福建师范大学文学院文学创作丛书

泡茶时光

戴冠青 著

海峡出版发行集团 | 海峡书局
THE STRAITS PUBLISHING & DISTRIBUTING GROUP

图书在版编目（CIP）数据

泡茶时光/戴冠青著. —福州：海峡书局，2015.5
（2024.7 重印）
（闽水泱泱：福建师范大学文学院文学创作丛书）
ISBN 978-7-5567-0077-6

Ⅰ．①泡… Ⅱ．①戴… Ⅲ．①散文集-中国-当代 Ⅳ.
①I267

中国版本图书馆 CIP 数据核字（2015）第 077167 号

责任编辑　曾令疆

泡茶时光
PAOCHA SHIGUANG

著　　者	戴冠青	
出版发行	海峡书局	
地　　址	福州市台江区白马中路 15 号	
印　　刷	三河市兴博印务有限公司	
厂　　址	河北省三河市杨庄镇大窝头村西	
开　　本	710 毫米×1000 毫米　1/16	
印　　张	14.5	
字　　数	234 千字	
版　　次	2015 年 5 月第 1 版	
印　　次	2024 年 7 月第 2 次印刷	
书　　号	ISBN 978-7-5567-0077-6	
定　　价	42.00 元	

序一

　　相对于中原而言,无论是经济还是文化,福建都是开发较迟的区域。然而,经过唐、五代的发展,至北宋、南宋时期,随着文化南移,处于东南海疆的福建在文化投入方面令人注目,整个宋代福建就出了五千多位进士。宋代的福建文化处于崛起的状态,州县学、书院的兴办,科举的发达,刻书业的繁荣,让福建一时文化精英荟萃。北宋著名词人、婉约派代表人物柳永就是今天的武夷山人,南宋著名词人张元干、刘克庄也是福建人。时间发展到近现代,冰心、庐隐、林徽因、郑振铎、高士其等闽籍作家影响广泛,他们的作品成为经得住考验的"长销书",用今天学术界的话来说,就是他们的许多作品都"经典化"了。

　　我无意过分强调福建的灵秀山水对孕育出一代代文人墨客的不可替代作用。地域文化的某些特征有时能让人发挥天赋,有时则制约人的创造力和洞察力。我只是说,从福建这片碧水青山走出来的读书人,他们对世界的思考,他们的审美创造,随着近代伊始"放眼看世界"的时代潮流不断涌动,表现出地域性文化与世界性文化的消化、融合大于冲突的特征,同样,他们的审美书写,既有博大的胸怀,又不乏细腻的精致。而这些特点在福建师范大学文学院创作文库的诸多作品中,亦能得到有力的印证。

　　福建师范大学文学院培养的学生相当部分已经是福建省语文教学的骨干教师,培养优秀的师范类大学生无疑是教学方面的重点。同时,不少博士、硕士、本科毕业生也走上了大学教育、文化传播或行政管理等岗位,与师大文学院有着学缘关系的各类人才活跃在教育与文化建设的各个层面，他们的工作在毕业后已经有了很大的差异，但有些能力的不断强化依然是他们的共同点：一是能写，二是能说。

如果是一位语文老师，能写意味着老师的下海作文要能为学生作出示范，示范性意味着难度性。语文老师的高素质表现之一，就是老师写出的文章，无论是议论文还是记叙文，学生不但能服气，而且具有带动、启发的作用。近在咫尺，且与学生形成教学共同体的语文老师若"能写"，其为"班级订制"的作品通常能发挥教材上的文章所无法替代的作用。如此，文学院的学生写诗歌、散文、小说、随笔，不是一种"业余行为"，而通过写的"游戏状态"达到写的"专业状态"。这是因为这种"游戏之写"，不是通过必修性的学分制度让学生受约束，而是通过鼓励性的氛围创造来推动进步。一位学生只有通过写小说、写散文、写诗歌才会有耐心琢磨自我情感如何通过文字获得有效而别致的表达，一个运动员光看教学录像无法成为运动员，只有参加训练和比赛，才可能锻炼体魄，习得技术和战术。文学院从2009年开始举办一年一度的文学创作大奖赛，得奖作品汇编成正式出版物，展现学生的创作才能，通过"作品会操"提升创作水准，检讨作品得失，活跃创作氛围。如此持续多届，为形成创作批评与学术研究积极互动之特色打下基础。这样，从"运动员"到"教练员"，今后师大文学院的毕业生，无论是从事教师工作，还是当新闻记者，或是从事其他文字工作，不但自己要写得好，更由于自己有了对写作的深切体验，懂得教他人写出一手好文章，而不是只会用几个既有的概念或术语来敷衍出几则写作方法。能力的培养，许多是习得性的，而不是概念性的。方法的"懂得"不见得会写，从方法学习到应用学习，有一大段距离要去亲自经历，也就是说，写作能力的习得具有不可替代性：只有体验过、受挫过、豁然开朗过，积累了一定量的写作体验，懂得自身的天赋如何通过写作发挥出来，才可能找到属于自己的表达路径。光说不练，写作体验是不可能达到深切的。从这个意义上说，此次创作文库的出版，对鼓励性的创造氛围的进一步形成，将起到明显的推动作用，其影响也将是长期的。

此次文学院创作文库的推出，其特色是除了学生作品系列，更有教师与校友系列。我们知道，福建师范大学文学院的历史可追溯到1907年清宣统帝的老师陈宝琛创建的福建优级师范学堂的国文系科，是全国较早创办的中文系学科之一。历史上，叶圣陶、董作宾等著名作家曾在此任教，著名的翻译家项星耀也曾任教于师大中文系。创作、翻译、研究、教学，这在诸多现代文学人那儿，多是相得益彰、相映成趣。我们无意倡导高校中文系教师在教学、研究与创作诸方面的全能化，但至少应该欢迎有创作才能的高校教师发表文学作品。文学作品创作不像体操比赛，上了年纪的体操教练很难与年轻的运动员一比高低。创作可类比射击运动，经验丰富的老教练亦可充任赛手，与年轻运动员同台竞技，有时还能获得不俗成绩。此次教师系列与校友系列的创作者，既有名家，又有年轻的教师作家、散文家、诗人，说不上洋洋大观，但济济一堂。第一次如此集中地推出在文学院工作以及在外就职的知名校友的文学作品，既是文学院教师群体创作实力的阶段性总结，亦通过作品的共同展示，了解知名校友的创作现状，深化知名校友与母校的学缘纽带联系，构建以师大文学院为出发点的创作共同体，让在校与校外的文学院文学创作者的各种作品，从各个侧面体现文学院历史与现阶段教学的成果性、成长性与标志性。

文学院这三个创作作品系列，从年龄的角度看，也可视为老中青三代的不同生活与思想情感面貌的差异性汇合，他们都与师大文学院有着种种"不得不说的故事"，他们的作品也或多或少反映了在母校生活的各种情感痕迹。当然，这是小而言之。就大处看，这三十年来，在我们这片土地上发生了各种变化与各种故事，然而，无论如何变化、如何不同，这三个系列的创作群体至少有些共同记忆密切地联系着福建师范大学，紧紧地联系着他们共同拥有的中文系和文学院。除了这一颇有意趣的共性之外，他们各自的生活与情感面相更可以让我们激动地发现，我们的同学、教师、校友通过他们的笔，对生活有着怎样的发现，又提供了什么样的思想与审美的景象。这犹如一系列的精神橱窗,让我们漫步其中,驻足品味,或会心一笑,或沉思感慨,或退后打量,或移情投入,说一声:"看看,毕竟都是师大文学院的人,他们有些地方太像了。"或是"怎么都是师大文学院出来的人,他们的风格真是千差万别,争奇斗艳。"也许,这正是中文系、文学院应该有的写照,他们为了一个共同的爱好、趣味,曾经或现在正走在一起,他们以各自的思想与表达呈现各种看法,同时,又以他们的笔,共同表达对世界、祖国、家乡以及文学艺术的热爱。

福建师范大学副校长　　汪文顶

序二

1988 年，我进入福建师范大学中文系，从那时起，我和文学的不解之缘就开始了。

那是文学创作的黄金时代，文科楼教室和宿舍楼里永远闪着不愿熄灭的日光灯，紧蹙的额头和双眉，格子簿上黑色的笔迹，一簇簇橙红明灭的烟头，都在暗示着文学风尚在那个时代是多么为人尊崇。我记得，中文系的《闽江》文学社云集了一大批文学爱好者。当年的文学爱好者，大多数现在已成了作家、评论家，他们将爱好做成了事业；更多的人，他们在工作岗位上发挥中文专业的特色和优势，在柴米油盐中眺望自己的理想，尽管当年的爱好已默默沉潜到生活的褶皱里，但毫无疑问，我和他们一样，用四年的时光培育了一生的情怀。

我们为什么需要文学？每个人都有各自的判断。毫无疑问，文学让我们更清楚地看见人生和世界，我们在艺术的视距里"看见"从来没有看见到的，这也许就是文学永恒的意义。因此我们说文学是一项不朽的事业，所有曾经和正在进行文学创作的人们都值得嘉许和崇敬！

热爱文学的方式有多种：一种人以文学创作为终生的事业；另一种人持续阅读文学作品并关注文学的发展，用读者的身份和阅读的力量来影响文学的发展。大学毕业后，我曾经在莆田一中当过语文老师，经常鼓励和指导学生多写作文，写好作文，不断提高写作能力。如今虽然沉浮商海多年，但我依旧对文学创作怀有深深的情结。我愿意做后一种人，虽然放下了文学创作，但永远不离开它！

福建师大中文系是一个文学人才荟萃之地,这里有很多优秀的文艺创作者,有的作品还对当代中国文学的发展产生过重要影响,而我也因之受益良多。今天,欣闻《福建师范大学文学院文学创作丛书》即将出版,我非常荣幸能为这套丛书的出版尽自己一份绵薄之力,一方面表达我作为一名中文学子的拳拳之心,另一方面我也想对那些依然在进行文学创作的老师和同学们表示敬意!持续关注福建师大文学院的文学创作和研究发展情况,并能有所助益,这是设立"文学创作与研究基金"的初衷,《福建师范大学文学院文学创作丛书》的出版不仅是福建师大文学院老师和学生文学创作成果的一次重要结集,更是一次集体展示,它不仅总结过往,更预示着将来。我想,福建师大文学院的文学创作传统也必将因之迈上新的台阶,继续发扬光大!

福建师范大学文学院 1988 级　　林　勤

目录 CONTENTS

高山琴音

山寨记忆

山水徜徉

雅园桂香

八大山人一直就是我最喜欢的一位画家,因为他的山水花鸟画充满了冷峻,充满了悲愤,充满了耿介,可以说,他是最有性格、最有艺术表现力的艺术家之一。

八大山人为明末清初著名画家朱耷(1622-1705)之号,是明太祖朱元璋第十六子朱权的九世孙。明亡时,年仅十九岁的朱耷便承受了国破家亡的严重打击,于是剃发为僧,皈依佛门,苦心修炼。后还俗隐于书画,并将儒、释、道思想融入书画艺术中,以那超尘脱俗、孑然独立的艺术经典让世人瞩目。在其代表作"墨荷图""鸟石阁""松鹤阁""柘木立鹰图""寿鹿图"等作品中,我们可以看到,画家画的不是残山剩水、老树枯枝,就是枯塘残荷、孤鸟独枝,而且几乎所有的鸟啊鱼啊,都睁着一双圆眼,翻出一大片眼白朝天,笔墨之间独具匠心地传达出画家面对国破家亡的深切痛苦,对满洲贵族统治者的强烈不满以及自己不愿屈从的傲岸个性和倔强精神,可以说是力透纸背,入木三分。难怪名画家郑板桥在题八大山人的画时充满了感慨:"横涂竖抹千千幅,墨点无多泪点多。"

应该说,朱耷是不幸的,年仅弱冠就承受了国破家亡流离失所的深重苦难。但也正是这种不幸和苦难,使他从皇室贵胄沦为草野逸民,再也没有了诱惑和野心,避世隐居,向佛修道,潜心于书画艺术之中;这种不幸和苦难,又使他愤世嫉俗率性张狂,满怀愁绪一腔愤懑无处可以排遣,只好寄予诗赋予画,从艺术中去寻求精神的寄托;这种不幸和苦难,也磨砺并突显了他的气节和精神,使他超凡脱俗、孑然独立,不甘寄人篱下,因而也成就了一个个性鲜明特立独行的杰出艺术家!我一直在想,假如朱耷没有遭此不幸,他还是一个高高在上的皇家子孙公子哥儿,他会是八大山人吗?也许他还会画画,但他会有如此英名在三百多年后还让二十一世纪的我们景仰吗?

在南昌开会期间,听说八大山人纪念馆就在南昌市郊,顿时心动不已。第二天中午,就和几位朋友牺牲了午休时间打车直奔市郊的青云谱而去。

青云谱位于南昌市南五公里处的梅湖定山桥畔,是八大山人纪念馆所在

地,原是一处历史悠久的道院。相传在两千五百多年前,周灵王太子晋(字子乔)到此开基炼丹,创建道场,"炼丹成仙"。唐太和五年(831年),刺史周逊名之为"太乙观"。宋至和二年(1055年),又敕赐名为天宁观。八大山人三十六岁时,欲寻求隐居之地,"觅一个自在场头",在访求先贤遗迹时看中天宁观并予以改建,更名为"青云圃"。"青云"两字原是根据道家神话"昌纯阳驾青云来降"的意思。清嘉庆二十年(1815年),状元戴均元将"圃"改为"谱",以示"青云"传谱,有牒可据,从此即称此观为"青云谱"。

青云谱不仅珍藏着八大山人许多珍贵的画作和书法,而且也是一座幽静雅致的江南园林。入园不远即可见八大山人雕像,清癯瘦弱,腰背微驼,全然没有了皇家子孙气概,但是在那种散淡漠然的乡野形象中,分明有一种超凡脱俗桀骜不驯的精神气箭一般穿透了你的心胸,让你不能不驻足于前,久久凝望,心中油然升腾起一种从没有过的感动。

沿着小道一路漫步,园内古树奇木枝繁叶茂浓荫葱茏,翠竹修篁亭亭玉立野趣横生;殿宇庭院掩映在绿树丛中若隐若现,小溪石径蜿蜒在山坡之间移步换景。真的是犹如仙境别有洞天!我们参观的时候正值中午,园里几乎没有游客,连导游和管理员似乎也午休去了,给我们留下这么一大片优雅静谧的绿色空间,让我们得以独享这么丰富美妙的视觉盛宴。最让我流连忘返的是园中随处可见的桂花树,一棵棵高达数丈,繁荫蔽日。正值仲秋时节,桂花开得正旺,抬头一望,绿油油的叶片间缀满了密密麻麻的桂花,有的是白色的,像碎玉;有的是黄色的,像金子;有的是红色的,像钻石。我从来没有见过这么多姿多彩的桂花!花香四溢,清新动人,袅袅腾腾飘浮在我们的周围。沐浴在这缥缥缈缈的桂花清香下,徜徉在这美轮美奂的古典意境中,真的让人有一种如痴如醉恍若隔世的感觉。于是,我问自己,是不是有一种气节,就像这桂花的清香一样,打动了历史,也打动了今人?

当我们终于走出青云谱,站在门外的梅湖畔回望八大山人纪念馆时,竟有许多的不舍。我一直在想,也许只有八大山人的耿直傲岸特立独行,才配得上这么优雅的园林和这满园的桂花清香!

邂逅一场辉煌

十月初，我们在厦门机场登机的时候还穿着短袖衫，然而在太原落地时，一个个都套上了风雪衣或呢大衣。虽然这季节还是秋天，可是太原的温度只有六至十五度，我们南方最冷也不过这个温度吧。

接站的司机说，太原连续下了半个月的雨，气温一下子降了下来。走出机场大厅，果然细雨飘飘，秋风瑟瑟，让人感觉身上阵阵发冷，与三个多小时前在南方的感觉真的不可同日而语，南北的温差太大了！

也许是我们把南方的热气带到了太原，到达的第二天太原就放晴了。但是太原的天空依然是灰蒙蒙的，马路上铺了一层厚厚的尘土，车开过去尘土飞扬。奇怪了，要是在南方，半个月的雨水早就把马路冲洗得干干净净，空气也特别清新宜人。王维诗写道："空山新雨后，天气晚来秋。明月松间照，清泉石上流。"我以为最能传达出清秋雨后给南方人带来的那种纯净恬淡的美妙心境，难怪南方人大多喜欢微风细雨。唐人张志和就曾经吟咏过"青箬笠，绿蓑衣，斜风细雨不须归"的优美意境，今人邓丽君也演绎过歌名为《微风细雨》的动人歌曲。然而太原的雨后怎么这么脏呢？有太原人告诉我说，因为雨水把别的地方的灰土带到了城里，天一晴地上就留下了尘土。雨下得越久，带来的灰土就越多，地上的尘土也就越厚。其实我还不太明白为什么会这样，但感觉北方的雨水会把城市变脏，这雨水实在不怎么样！

也许因为雨水的缘故，我们去了五台山、平遥古城、乔家大院和晋祠，感觉环境都有些灰蒙蒙的，但就在这种灰蒙蒙中，那种中华古地厚重而苍劲的悠久历史却异常鲜明而深刻地烙在了我的记忆深处。感觉最好的是晋祠，晋祠是全国重点文物保护单位之一，位于太原市西南二十五公里的悬翁山麓，为古代晋王祠，始建于北魏。晋祠内古木参天，树叶葱郁，寺庙祠堂雕梁画栋，大气磅礴，让人深切领略到晋地古文化的深厚底蕴。特别是著名的周柏和唐槐，虽历经沧桑，老枝纵横，但至今仍生机勃勃，郁郁苍苍。圣母殿中的那四十二尊宋代彩塑侍女，尊尊活灵活现，神采各异。不仅可以看出她们所司的职责不同，还可以感觉出她们年龄、表情和心态的殊异，或喜形于色，或悲哀愁苦；或趾高气扬，或低

眉顺眼,形象十分生动。而且,虽然历经年代久远,但她们身上的色彩依然美轮美奂,让人叹为观止。也因此,这四十二尊宋代彩塑侍女像与周柏、唐槐还有祠内长流不息的难老泉并誉为"晋祠三绝"。

五台山离太原城两百四十公里,坐汽车要六个小时的路程,没有高速,而且有好几段路是土路。我们就这样颠簸地朝着憧憬中的佛教胜地艰难前行。五台山是文殊菩萨的道场,是驰名中外的佛教圣地,与浙江普陀山、四川峨眉山、安徽九华山并称为我国佛教四大名山。而五台山以其建寺历史悠久和规模宏大,居于佛教的四大名山之首。五台山共有寺院三百六十多处,僧众三千多人,最著名的有南山寺、显通寺、清凉寺、塔院寺、菩萨顶等。上山朝拜的善男信女摩肩接踵络绎不绝,香火十分旺盛,祭拜的场面也相当壮观。

但最让我们惊叹的是五台山的树,一树一树的金黄色,那是南方的绿所无法比拟的!在南方,我们从来没有看到过这样鲜明的、炫目的、让人热血沸腾的金黄色!特别是回程的时候,车刚驶离五台山不远,突然发现一片明媚的热烈的金黄色扑进了车窗,车里所有的人几乎都喊了起来:"哇!太美了!"然后就有人大喊:"停车!停车!"司机也十分善解人意,马上刹车,车一停下,全车的人都争先恐后地跑出去拍照。我一下车就被这金黄的世界惊住了,那一片一片,一排一排,一波一波金澄澄的秋叶笼罩着我面前的空间,它们用火辣辣的情怀如此率性地演绎着生命的辉煌,用沸腾的色彩如此奔放地涂抹着秋天的悲壮。就连撒满地上的落叶,也是如此五彩斑斓,似乎在昭示,哪怕倒下,也要倒得热烈,倒得美丽,倒成一种让人回味的意境。在夕阳的光辉映衬下,我的面前像展开了一幅浓墨重彩的风景油画,画面意境大气磅礴,沧桑壮美,一下子就深深打动了我的心。我突然发现,我们竟然走进了画中!我就这样在画中跑着抢镜头,脚下的黄叶柔柔的,头上的黄叶还在飘飞,有些飞到我的身上,好像不舍得这么快就离去;有的插进了树下的泥土中,好像与树根作最后的告别。龚自珍诗道:"落红不是无情物,化作春泥更护花。"落叶不也是如此吗?我能想象得出,明年的春天,当黄叶沤成了肥料,给树根提供了养分,这些树又会长出蓬蓬勃勃的新叶,而且,枯萎的黄叶不落,那新叶还长不出来呢!正是老叶为新叶腾出了位置,才有那一春一春的绿意盎然,生机勃勃。然而老叶,在它们即将枯萎的时候却能以其最后的生命力倾情为自然界演绎了一场如此辉煌的美丽,让人类为之心动神驰!此刻,我才真正体会到,原来有这么一种生命的颜色会给人带来如此强烈的心灵震撼!

好像就是奔着这一场金黄色的邂逅而来的,有了这一场邂逅,也就不虚此行了!

烟雨南浔书卷香

走进江南小镇南浔,像走进一个硕大的名胜古迹博物馆,嘉业藏书楼、小莲庄、张石铭故居、张静江故居、百间楼等各式富有民国风的古建筑,超然物外似的在细密的雨丝中沉默;水墨画一样的南浔河,婀娜多姿的船娘悠悠地摇着船儿穿过桥洞,欸乃声中传达出不疾不徐的生活姿态;还有那长长的街边廊桥,幽幽的河畔茶楼,以及那恬淡闲适的茶客,都在诉说着岁月的久远和小城故事的从容淡定。

最吸引文化人的古迹也许是坐落于南浔鹧鸪溪畔的嘉业堂藏书楼。作为江南四大藏书楼之一的嘉业堂,据说与宁波的天一阁藏书楼齐名,是刘镛孙子、江浙巨富刘承干在民国初年建造的,因清帝溥仪所赠"钦若嘉业"九龙金匾而得名。嘉业堂藏书楼其实就是一个美轮美奂的文人花园,占地二十余亩,规模宏大,园里有莲池、假山、凉亭、石径,柳绿花红,芳草萋萋,处处流露出江南园林的清雅别致。园里的主体建筑是一座西式回廊式的藏书楼,藏书最多时曾达到六十万卷。藏书楼曾经的主人刘承干是个清末秀才,酷爱读书,更喜藏书。辛亥革命后,刘承干乘大批古籍流散之机,大量购书,历时二十年,费银三十万,得书六十万卷,其中有宋元刊本一百五十五种,地方志书一千余种,及不少明刊本、明抄本,更大量的是清人文集和各种史集。还有各种雕版印书,不少是清政府禁书,刊刻十分精美。可惜二十世纪中期,刘氏家道中落,大量古籍丧失,让人不胜唏嘘。尽管如此,徜徉在嘉业堂古香古色的楼道中,我依然闻到了一股挥之不去的墨香,从远古飘来,芬芳浓郁,洋溢在楼里的每一个空间,几乎熏酥了我的身心。

紧挨着嘉业藏书楼的是清光禄大夫刘镛的庄园小莲庄,始建于光绪十一年,以义庄、家庙和园林三部分组成,占地二十七亩。据传,"小莲庄"得名于刘镛对元代大书画家赵子昂之湖州"莲花庄"的钦慕,由此可见刘镛家族的诗书家风和审美追求。小莲庄里有扇亭、石牌坊、假山和竹林,特别是园子西边由数十棵古香樟树组成的古树长廊浓荫如盖,使整个园子显得分外清爽怡人。园外有

十亩荷花池,池水涟漪,荷叶田田。池边有逶迤的中式长廊和尖顶的西式小姐绣楼,恍惚中,以为走进了民国故事的情景之中,让人有一种时光倒流的感觉。

南浔古镇让人流连的还有数座中西合璧的名人故居。除了相传是明代礼部尚书董份为他家的奴婢仆从居家而建的百间楼之外,张石铭、张静江等人的故居不仅彰显了那个时代一些江南达官贵人的生活态度,也透露出他们在旧中国风云变幻中的生命追求。

张石铭和张静江都是南浔巨富张颂贤的孙子。张石铭故居是一幢江南古镇中绝无仅有的欧式建筑,隐于朴实无奇的院墙深处,显得十分内敛。但建筑内却显出一种欧式的洋气,彩色玻璃、吊灯等许多建筑装饰材料都从法国进口。建筑中还有一个欧式舞厅,据说,当外边的女人还裹着小脚时,里边的人却在伴着华尔兹翩翩起舞,可见主人受西方文化的影响之深。

旁边是张静江故居,为其父张宝善于清末所建。故居中挂满了名人字画,透着一种精致的风雅。中堂之画系谢公展的手指佳作,两侧对联"满堂花醉三千客,一剑霜寒四十州"为孙中山所写,抱柱联"世上几百年旧家无非积德,天下第一件好事还是读书"是翁同龢所题。厅堂里陈列着明代著名书法家董其昌手书的竹林七贤之一刘伶的《酒德颂》板屏六块,用银杏木镂刻,为难得一见的珍贵文物。还陈列着张静江书赠陈立夫的"铁肩担道义,棘手著文章"对联。

出生于1877年的张静江是充满传奇色彩的民国革命家。曾作为一级参赞随法国公使孙宝琦赴欧,途中结识孙中山,慷慨提供白银三万两给孙中山作为革命活动经费,由此走上国民革命道路。张静江先后扶持过孙中山、蒋介石,曾当选为国民党中央执委、代理主席、浙江省政府主席等职,后与蒋介石矛盾激化,辞去省主席职务,出国治病,1950年在美逝世,享年七十四岁。其一生经历不难看出,当年的江南文人除了诗礼传家之外,还有一份独特的襟怀和生命追求。

我还喜欢镇上无处不在涌动的民俗风味和乡土人情,它是一种恬淡的骚动,一种雅致的自在,让人沉迷其中,流连忘返。走进镇上人家的小洋楼,雕梁画栋,精美的栏杆和柱子演绎着大户人家曾经的豪奢。庭院整洁而清幽,庭院前的池塘上漂着浮萍,水下依稀可见鱼儿在游。庭院两旁树木葳蕤,绿草茵茵,安静地诉说着古老的记忆。

沿着街边长长的廊桥漫步,街栏延伸着江南人家日子的悠闲,沿街居民屋里丰盛的祭祀供品飘送的民俗风味让人迷醉。时值中午,街边的大排档静悄悄的,男人们围着收拾好的四方桌在打扑克,女人们则三五成群摇着扇子聊天,是在话桑麻还是在侃时尚?一家店里,一位大伯不肯闲着,全神贯注做着扇子,各种各样的精美折扇画着山水题着诗词,琳琅满目地挂满了三面墙壁,好像古意十足的折扇博览会;另一家店里,一个制作麦芽糖的师傅麻利地拉着长长的姜黄色糖浆,似乎正骄傲地向游客展示他的精湛手艺。虽然岸边五彩缤纷的广告招牌透露出今日水乡幽雅中所蕴含的商机,但整条街给人的感觉还是宁静,连窄窄的弄堂也是那么不动声色,楼两旁伸出的竹竿下垂着的五颜六色或长或短的衣服,让我们嗅到了市井人家波澜不惊的生活气息,那份闲适恬淡,那种自在逍遥,令我们瞬间顿悟,也许日子就应该这么过!

走到尽头,一家湖笔人家吸引了我们的眼光,店里到处是各种各样的毛笔,挂着、摆着、插着,门口还矗立着一支如椽巨笔。不知道这些笔书写过多少文化长卷,才使得南浔古镇到处都弥漫着浓浓的书卷味。

黔地晚秋

晚秋的贵州依然是多姿多彩的,蓝天白云,黛瓦粉墙,山峦叠翠,霞谷烁金,杜鹃流丹,黄果飘香,真的是五彩斑斓,千姿百态,让人心旷神怡,意绪飞扬。

让我动心的首先是黄果树瀑布的银色。瀑布像一匹无比硕大的柔软银缎,从白水河的河床上成九级落差哗啦啦倾泻而下。虽已是深秋季节,水量渐小,但瀑布依然不改其气势,水声如雷霆滚滚,震耳欲聋,溅起无数散珠碎玉,银光闪闪。远远望去,面前的青山犹如腰系银白色曳地长裙的爵士舞者,伴随着激越鼓点尽情狂舞,舞出了水帘洞的故事,舞出了花果山的传说,也舞得游人激情澎湃,诗思如涌。

丹霞谷橙色的岩石也让人回味。丹霞谷在贵州习水地区的三岔河间,距贵阳有将近五个小时的车程。虽然路途遥远,虽然山谷阴冷,但全程七公里长、涧谷纵横、九沟十八岔的那一片橙色丹崖着实让我感到了惊艳。丹崖上的岩石嶙峋突兀,形状奇特,或像情侣依偎,或成天书待读;或似天狼疾驰,或如仙女舞袖,惟妙惟肖,栩栩如生,引发了人们联翩想象,也激起了伙伴们此起彼伏的尖叫,秒杀了大家手中一个又一个的精彩镜头。

最难忘的是红军街边那两棵银杏树的金黄。红军街位于驰名中外的遵义会议会址后面,如今已成为遵义红色旅游景区的一个重要组成部分。虽然红军街那一系列震撼人心的红色元素,街两旁那错落有致、古香古色的青瓦小楼,街心那一地沧桑古朴、幽清整洁的青石板,以及那无数串小巧精致的红灯笼,还有那满街琳琅满目、五彩斑斓的黔地名优土特产都让我驻足流连,难以释怀,但是不知怎的,我却一直忘不了那两棵树。不仅仅因为银杏树泉州少见,也不仅仅因为那两棵树有多么高龄,而是因为那一树的金黄,是的,就因为那一树已落叶满地的金黄!那是东南的绿所无法比拟的!在泉州,我从来没有看到过这样鲜明的、炫目的、让人热血沸腾的金黄色!我一驻足,这一片金澄澄的秋叶瞬间笼罩了我面前的空间,如此率性如此火辣辣地演绎着生命的辉煌,如此奔放如此激情澎湃地书写着晚秋的悲壮。满地五彩斑斓的落叶,意味深长地铺排成一幅动人的大地画卷,与那两树金碧辉煌的冠盖构成了一个如诗如画的烂漫意境。

那一片金黄终于引得林娜和吴撇两位伙伴小孩般地在落叶间嬉戏,抓起一把又一把的黄叶扬起撒下,让落叶飘得满头满身,乐不思蜀。于是,街、树和人,就这样在秋阳的柔光映衬下,像一幅浓墨重彩的风景油画一样,从容而优美,深深打动了我的心。此刻,我才真正体会到,原来有这么一种生命的颜色会给人带来如此强烈的感动,从此往后,它将深深植入我的梦中!

对娃、草扇和董酒

对娃

三天的贵州采风中,我为自己买的第一个纪念品是对娃。对娃是一对用木头做成的布娃娃,一个男孩,一个女孩,穿着艳丽的民族服装,男孩女孩身上都琳琅满目挂满了"银"饰,体现了很鲜明的布依族色彩,让人爱不释手。

对娃是抵黔第一天前往黄果树瀑布的途中停在一个叫金谷酒店的地方吃午饭时买的。说是酒店,其实就是个小排档,两张桌子张在一个棚子下,连墙也没有,不过倒让我们感受到在空气清新的大自然中吃饭的愉悦。估计老板很少碰到十几个人一起涌进来吃饭的排场,一下子有点措手不及,准备饭菜费了好长时间。我们就在棚子下喝茶休憩,等待饭菜上桌。这时候,一个约摸七十岁左右的布依族老太太出现了,虽然穿着一身黑,绣花的黑衣黑裤,黑头巾,黑围裙,但她的容貌却瞬间亮瞎了我的双眼。

这真的是一个布依族老美人!头巾下一张长瓜子脸,有点深的眼窝中是一对大而亮的眼睛,尖尖的鼻头,笑起来露出一口整齐的白牙,透着一种从容温润的美。我猜想,年轻时她一定是个赚取了布依族少年无数回头率的美少女。

老太太手中拎着一个五彩缤纷的篮子,向我们推销里面的对娃、绣花钱包和家织围裙。不知道是因为东西确实富有民族特色,而且不贵;还是因为伙伴们的爱美之心被激发了,反正她的东西一下子吸引了大家眼球,也不讲价,围上去你一个我一对,几乎把她的篮子抢空。买完了大家还不罢休,不时有人挤上去和老太太合影。面对镜头,老太太也不慌张,扯扯衣襟,理理鬓角,把篮子往腰间一顶,十分有范,看得出是镜头下的常客。

老太太走后,又涌上来一群卖对娃绣品的布依族老太太,但已经没有前者的运气了。看来,卖东西也要人美。

回来后,一看到摆在客厅上的对娃,就想起那位美丽的布依族老太太。于是就想,老了老了还是要美!

草扇

草扇是我在遵义红军街买的第二件纪念品。那扇就挂在街口一家卖木桶的店里,并不醒目,醒目的倒是摆在店口的各种各样的木桶:足浴桶、洗衣桶、马桶,还有小蒸笼,漆着清漆,油光发亮。可是不知怎的,偏偏我和吴撇都看中了那扇子,吴撇捷足先登,把扇子买走了。我也要买,女店主只好翻箱倒柜,又找了一把卖我。看来买扇子的客人并不太多,不然店里也不会藏得那么深。

说实在的,要是放在过去,这只是一把很普通的咸草织就的扇子,咸草可能经过特殊工艺处理,扇面是米白色的,桃形,扇把用白线缠得密密匝匝,手感很柔和。但是在今天,这种扇子已经很难见了。

其实我并不缺扇子,家里到处都是,但很多是广告扇,夏天走在街上,不时就会有推销商品的人塞给你一把扇子,上面印着广告语,纸皮的或塑料的,大大小小,用了一夏常常就扔了。但是这把草扇给人的感觉完全不同,它是那样亲切,那样温馨,引发了我许多久远的也许早已淡忘的记忆。

因为父母工作忙,我的童年有一段长长的时间是在老家和祖母一起度过的。在我日渐模糊的记忆中,有一个细节却特别鲜明。那是一串夏天的晌午,祖母总是强迫白天玩疯了的小孩午睡。于是吃过午饭后,年幼的我和妹妹只好乖乖地躺在楼下的竹榻上。赤日炎炎,那时候家里没有电扇,更没有空调,祖母就搬把凳子坐在竹榻边,手里轻轻地挥着一把桃形草扇,好像也是用咸草或是麦秸秆编织的,嘴里哼着小曲,为我们驱赶炎热。在扇底一缕缕微微的柔柔的凉风中,我们渐渐进入了梦乡。

哦,时光已经远去,祖母早就作古。然而,至今想起来,那扇子还在眼前轻摇,那凉风还在耳边微拂。

我的心顿时变得很柔很酸……

董酒

贵州之行的第三件纪念品就是董酒。很精致的两小瓶酒,放在一个扁平的盒子里,一打开,酒香扑鼻,沁人心脾,于是我打定主意,这酒就放着闻好了,不喝也醉。

董酒是董酒公司的蔡董送的。鹤发童颜的蔡董是石狮人，千里迢迢跑到遵义去办酒厂，把贵州的山水酿成了遐迩飘香的董酒，为贵州经济的发展推波助澜。难能可贵的是他对文化事业的热爱，数次鼎力支持了遵义和泉州两地文联和报社联办的山海情征文活动，由此拉近了高原和沿海两个城市的距离，也才有了这回遵义的征文颁奖大会和作家们的高原采风。

蔡董有着闽南人特有的豪爽侠气，对家乡来的客人热情非常，带我们参观董酒制造工厂，深入感受红红的高粱米，是如何经过蒸煮、糖化、发酵、蒸馏等一系列工序，变成了醇香沁人的美酒。带我们游览厂区公园——董苑，园里草木葳蕤，曲径通幽，小桥流水，亭榭飞花，让你惊艳连连，犹如走进了苏州园林，若非亲眼所见，真不敢想象这里竟是一座酿酒工厂！

蔡董还天天招待我们喝董酒，伙伴们都说董酒好喝，虽是高度白酒，却不易喝醉，还有益健康。虽说李白斗酒诗百篇，似乎作家诗人天生善酒，可是我却一向不胜酒力，面对一壶好酒，只能望洋兴叹，抿嘴佯喝，实在有负蔡董的一片热情，也错失了醇香的口福。

幸好我有鼻福，我闻着酒香，就已神清气爽，浑身通泰。突然想到，好酒，也不一定非得一下子干掉，可以慢慢品，可以慢慢闻，也许它会香得更久更久。

生活不也是这样吗？

有一个地方叫北溪

有一个地方叫北溪。

北溪是中国的魅力乡村。

我去了一趟北溪,和一帮年轻的文学朋友,离开时居然依依不舍,不知是为北溪的山水,还是北溪的花草,抑或是北溪的人情? 总之,回来时心里充满了感动。

北溪因溪而得名,一条溪从山上直挂下来,蜿蜒曲折,穿村而过,使小山村显得分外灵动。我们去的时候恰逢冬季枯水期,溪里几乎没有水,干涸的溪床上裸露着一块块粗粝的溪石。但是我发现有几股涓涓的细流在乱石间顽强地流着,它们小心翼翼地寻找着石缝,柔柔地穿梭着,柔柔地流淌着。没有拍岸的涛声,也没有叮咚的泉唱,只有悄悄的身影,只有默默的穿行,但它们流得苗条飘逸,流得婀娜多姿,流得清澈纯净,把溪底的鹅卵石也洗涤得历历在目,抒情而写意。我第一次发现,原来干涸的溪床和涓细的水流居然构成了这么一幅富有韵味的意境,它沧桑得让我深邃,又柔美得让我心疼。它又以一种独特的召唤结构激发了我联翩的想象,等到春暖花开春雨倾盆的时候,溪水一定会把蓄积了一冬的精力化作不可阻挡的气势,涨上溪床,漫过溪石,然后一路高歌,滔滔不绝地痛快淋漓地汹涌而下,在山的东边和山的西边冲撞成两道瀑布,轰隆隆地在嶙峋的山石间跌宕奔突,以那瞬间释放的强劲生命力涤荡着沿途的衰草沉渣,也涤荡着我们的心胸。于是,在那一个明媚的北溪的清晨,我和杏子站在溪边,在这种审美期待中流连忘返。

北溪的花也让我感动。虽是冬季,但漫山遍野各种各样的花儿随处可见,山坡下悄悄怒放的红杜鹃,乱石中横逸嚣张的小红豆,小路旁蓬勃灿烂的迎春花,还有那像星星一般密布在小溪两岸墨绿色的草丛中叫不出名儿的小黄花。这些花儿就像在跟你捉迷藏一样,总在你不经意之间突然出现在你的眼前脚下,姹紫嫣红千姿百态地诱发着你的尖叫和惊叹,不时给你带来一份意外的审美欣喜。北溪人说,在春暖花开季节,北溪最动人的风景之一是成片的油菜花,

我们现在看不到。但我依然能够想象，阳春三月，一层层的梯田上盛开着一片片黄澄澄的油菜花，衬托着绿色的油菜叶，在阳光映照下，闪烁着金子般的光彩，灿烂着人们的笑脸，也辉煌了整个山村。那种充满野性的张扬和蓬勃，我想，在任何一个城市的公园里都无法铺排！

尽管如此，最打动我的却是溪岸的桂花。那是我们刚踏进北溪土地的第一天，太阳早就落山了，暮色苍茫。北溪人招待我们到溪对岸的农家去吃饭。沿着溪岸，踏着暮色，感受着清新的山野气息，我们缓缓地朝不远处那一盏光亮走去。突然，一缕迷人的香味钻进了我的鼻子，若隐若现，飘飘忽忽，像天边的仙乐，遥远而神秘；但又分明缭绕在你的周围，让你心酥神定，疲惫全消。是什么香那么诱人？我开始回头寻找香味的来源，原来是桂花，是溪岸那一列桂花树的花香，就在我的身旁！在夜幕的笼罩下，灰黑的桂花树像一株株剪影，乍一看你根本没法发现那树上有花。但只要你仔细一瞧，你就会发现在这黑黢黢的叶片间，分明有一小串小米粒一般细小的白色花朵，它们把自己隐藏得很深，不招摇不卖弄，不显山不露水，却毫不吝惜自己的香气，散发给每一个经过的客人，让客人心旷神怡，反复回味。我突然想起在武汉大学读书时就住在桂园，当年武汉大学里有四个园区，桂园、枫园、梅园和樱园，每一个园区种植一种花儿。桂园当然长满了桂花树，每到秋天，园里到处可见一穗穗乳白色的桂花在轰轰烈烈地盛开，花香扑鼻而来，浓郁而华丽，不像北溪的桂花如此谦虚而含蓄。而且，北溪的桂花居然冬天也开花吐香，不，北溪人说，这里的桂花一年四季都开花。哦，这就是北溪的桂花，淳朴、蕴藉、坚韧、大度，难道这就是这个美丽乡村的魅力所在？

北溪人招待我们的是地道的农家菜，早饭是地瓜稀饭配萝卜干、花生米、炒嫩笋，午饭是芋头盖菜饭配红烧猪肉、炒油白菜、草菇汤，晚饭是白米饭配炒盖菜、炸小溪鱼、白鸭汤。还吃过什么菜？我忘了，印象最深的就是这几道菜，因为这些菜我都爱吃，尽管我的身体不允许多吃猪肉，我还是忍不住尝了好几口，毕竟红烧猪肉的色香味太诱惑人了。北溪人热情地介绍说，稻米、芋头、花生、青菜都是自己种的，猪、白鸭是自己养的，竹笋、草菇是山上采的，一律绿色植物健康食品。不仅原料纯粹，厨艺也绝对传统，煎煮炖炒原汁原味，不添加那些花里胡哨的色素佐料，让人觉得特别清爽可口，忍不住狼吞虎咽，即使已经吃得肚子滚圆还舍不得放下筷子。是啊，想一想回到城里，哪里还吃得到这么纯粹的农家饭菜？

主人大嫂一看来了这么多人，一大早就把全家人发动起来，采摘刷洗备菜张桌，忙得不亦乐乎。洗菜的大妈额上挂着汗珠，脸上却乐呵呵的，看得出她心里很高兴，仿佛家里来了嘉宾贵客。她看我要去山上走，亲切地交代说，路上小心点，山路不好走，早点回来吃饭，菜凉了可就不好吃了。我不觉心里一热，仿佛听到母亲的叮咛。再看大妈手脚麻利，步伐矫健，脸上也没有什么皱纹，就说，您还这么年轻，孙子孙女都这么大了！她有些不好意思，不年轻了，都奔七十了。哦，这个数字倒是我没想到的。她还说，男人们都进城打工去了，只留着女人守望自己的家园。前些年儿子就叫她到城里去住，她不去，觉得还是山村里的老家好，住着习惯舒心。听罢不由得心里又一动，是什么使她精力旺盛容颜不老？是山上的绿色植物？是山村的新鲜空气？是没有污染的生态环境？抑或是长年累月的劳动使之筋骨舒张身手灵活？也许都是，也许都不是。我想，更重要的也许是山里人的一种生存智慧，他们正是拥有了这样一种与世无争自得其乐的生存心态，才会活得如此自在和潇洒。

离别北溪，我频频回头，我知道，从此以后，我的梦中有了你……

男子汉的山

九仙山是一座男子汉的山。

登了一回九仙山，我心里充满了感动。不为别的，只为我在这座伟岸挺拔的山上，找到了曾被荣辱功利的飓风一点点涤荡了血性的男子汉气概，找到了曾被现代都市的潮水一寸寸冲刷了棱角的男子汉丰采。是的，这座默默地耸立在德化西北部的大山真是一座男子汉的山。它粗犷而深沉，它雄浑而坚定。也许它的奇花异木还不足以点缀自己，也许它的云雾山泉还不足以炫耀世人。但它的岩石，它那堆叠有致的奇岩，它那错落嶙峋的怪石，它那直插霄汉的石壁，它那奇特幽邃的岩洞，已足以向世人证明它血性的存在。

一个飘扬着微微雨点的日子。我们一行数人，出德化县城驱车四十五公里近两个小时，首先到达九仙山腰的灵鹫岩。灵鹫岩是个简陋的寺庙，我们来时香火并不旺。但令人感叹的是这座小庙是巧妙地嵌在岩壁之中的，以岩石构架庙宇，又以庙宇装点山岩，这就让人倍觉苍劲有味。像这样构建的庙宇遍及九仙山各个角落，也许因为这些庙宇已和山岩融为一体，因此它们大多称岩而不叫寺，如莲花岩、普陀岩、通仙岩、永安岩、仙峰岩等。它们坚定地倚靠着石壁，向芸芸众生们传达着最良好的祝愿："愿天常生好人，愿人常做好事。"你到这儿一游，即使不烧香不拜佛，只那么看上一眼，胸中也有一种被净化了的感觉。冥冥中似乎有一个成熟睿智的长者，以他澄澈的目光、大度的胸襟在关注着你、感化着你、劝谕着你，使你再也不敢随随便便玩笑人生。

出灵鹫岩我们弃车攀登，气喘吁吁中终于攀上九仙山顶峰。当我们还没有从"会当凌绝顶，一览众山小"的博大境界中拔出神来，一抬头却猛地发现山巅原来是由数块错落有致的巨大岩石堆叠而成的。岩石粗粝黝黑，上面密布着一个个粗糙的凹点，就像一本本巨大的天书，记载着千万年来的雨雪风霜侵蚀和冲刷的沧桑。最高处三块岩石并肩挺立，中间一块上刻"只有天"三个大字，旁边两块则如两支硕大的犄角直刺苍穹。宏伟壮观，气势磅礴。我不知道"只有天"三字的真正含义是什么，但是站立在这巨大的岩石上，确实有一种顶天立地的感觉。极目远眺，千山万壑尽收眼底，白云在身边悠悠缭绕，山风猎猎吹拂，殷勤地为你拭擦汗渍，使你顿觉神清气爽，心胸开阔。这时，回望那些追名逐利的蝇营狗苟，你会觉得多么可笑。靠在岩石粗粝的怀抱里，头枕着苍劲的"只有天"，稳定而踏实，似乎有一支粗犷有力的手臂在托着你，抱着你，一种安全感油然而生。由此你不能不感到，你身处的真是一座男子汉的山，他默默无语，但是他顶天立地；他粗犷黝黑，但是他坚定有力，也许他没有秀气的亭榭，但是他那粗粝的手臂已足以为你抵挡风雨；也许他没有绮丽的楼台，但是他那沧桑的怀抱已让你感受到博大的呵护。

当我们沿着山脊折向西南去探访弥勒洞时，一路上最吸引我的还是那随处可遇的天然岩石，尽管它们千姿百态，形状各异，但共同的风格仍然是黝黑粗粝，写满了历史的沧桑，不管是有头有脸、形态逼真的"天狗"，还是硕大椭圆、状如巨卵的"天鼓"；不管是傲然耸立、题刻"渐入佳境"的巨岩，还是俨然自天外飞来陨石般落在群岩之上的"飞来石"。即使是传说中唐代僧人邹无比坐禅修行的天然室，我看到的还是硕大无比的巨石架着巨石让人叹为观止的天然石洞。而弥勒洞则隐于自然堆叠的群岩之中，幽暗的洞中盘腿而坐的弥勒造像，也是在一块硕大的岩石上，以几笔粗犷的线条雕刻而成的，古朴厚重，沉稳坚定，袒着大肚，笑容可掬。看到这里。你不能不感慨"大肚能容容天下难容之事；开口便笑笑世上可笑之人"这一副对联有多么隽永。我一直以为，大度、幽默是一个真正的男子汉最重要的品格，也许，九仙山正是以这尊弥勒造像作为其男子汉性格的象征和点题。

但不管怎么样，我感兴趣的依然是这些神奇雄浑的岩石本身。我看到许多有关九仙山的介绍说明。津津乐道的多是石上的题刻、文字和传说，却忽略这些造化天成的岩石本身，这未免让人倍感惋惜。我一直以为，倘能把那些矫作人为的题刻文字抹去，还奇岩怪石以自然天成、沧桑粗粝的风采，九仙山一定会更加动人。

谁说男儿是泥土做的，男子汉应该是石头做的，棱角分明，粗粝刚劲。稳重质朴，深沉坚定，有如九仙山的岩石。是的，也许九仙山不如武夷山柔媚，不如清源山秀美，但九仙山雄壮。他以神奇的岩石向世人展现其男子汉的魅力和风采，让天下女儿为其魂牵梦绕！

呵，九仙山，男子汉的山！

梦回龙门滩

余秋雨先生在脍炙人口的《都江堰》一文中,认为中国历史上最激动人心的工程是建于四川平原间的都江堰,它甚至比长城还伟大,因为它的建造早于长城数十年,而且数千年来它始终不渝地为无数民众输送汩汩清流,"永久性地灌溉了中华民族。"

我没有到过四川青城山一带,自然无缘目睹都江堰的壮观与伟绩,尽管读了余先生的文章后,我不时梦想着去亲身感受这一造福千年的伟大工程。但是今天,我有幸感受到了另一个伟大,这就是坐落在戴云山峡谷之中的龙门滩引水工程。

也许龙门滩引水工程建成至今不过数年时间,远远比不上已有数千年古老历史的都江堰,但它一样激动人心。因为它以水库汇水面积360平方公里,总库容5251万立方米,发电总容量约8万千瓦,年电能3.2亿千瓦时的胸襟和气魄,为正处在经济腾飞中的泉州市,特别是德化、永春两县插上了电动的翅膀;并且还以每年4.1亿立方米的水量,为晋江下游地区输送给养,改善了60多万亩耕地的灌溉条件,满足了泉州市城镇及肖厝工业区供水的迫切需要;同时还将为东溪沿河发展淡水养殖、开发旅游资源创造有利条件。这样伟大的业绩,这样卓著的贡献,已经使我备受感动和震撼,我突然觉得,它不就是余先生所称道的都江堰吗?是的,龙门滩引水工程,是闽中大地上的"都江堰",它一定如它的祖先一样,从今往后,一代又一代实实在在地为晋江两岸的众多儿女"输送汩汩清流",提供"庇护和濡养"。今天,当我们十余位来德化采风的作家伫立在龙门滩水库面前时,不禁为其秀丽的景色所陶醉。但见两岸青山环抱,中间碧水如镜。湖面壮阔,波光浩渺;白云在水底悠游,山鸟共水花嬉戏;湖岸蜿蜒曲折,柔媚有致;绿洲时缀湖面,宛如翠珠。阴天时,山影隐约,雾霭笼纱,水天一色,如梦如幻;艳阳下,青山绿水,流光溢彩,水天映衬,如画如诗。于是我不由得感叹,这样秀色可餐的美人般的湖水,居然能焕发出那么巨大的能量,居然能为泉州平原提供那么博大的濡养,这又多像一位伟大慈爱的母亲啊!而且,她又是一位多么美丽动人的母亲啊!

可惜,我们来的时候不是丰水期,看不到吴亚明在报告文学《"龙潭"引水》中所描绘的在"观瀑台"凭栏仰望时,"那三四十米宽、雷霆万钧的巨流跨越大坝溢洪道,从四五十米的高处向翘坡俯冲而下,巨浪排空,澎湃汹涌有如万马奔腾;冷风袭来,虽酷暑盛夏犹觉寒气侵人;轰鸣声震耳欲聋,响荡峡谷"的那种"惊心动魄,浩气荡胸"的壮观景象。但我幸运地和著名作家孙绍振、季仲、陈章汉、黄文山第一批登上绕湖环游一周的汽艇。汽艇如离弦之箭,"突突突"地在绿水上驰骋,犁开两道雪绒似的滚滚浪花,在艇的两旁跳舞。被艇壁碰撞激起的散珠碎玉,飘洒在我们的身上脸上,阵阵清凉沁人肺腑,顿觉神清气爽。抬头极目,两岸青翠扑面而来,一泓碧水直贯心底,似乎要把你的全身污浊冲洗净尽,还给你一个玲珑剔透的自然人儿。大个子陈章汉坐在艇尾,压得艇头直翘,驾驶员大哥让我和他调个位儿。然而我嫌眼光时有遮挡,不够尽兴,干脆站在艇头中间,望尽千顷碧波。任峡谷强劲的山风扑打着脸面,把头发和衣襟高高扬起。这时,我的脑海里突然闪过《泰坦尼克号》中女主人公露丝张开双手迎风挺立船头的画面,也许她当时的心境和我不一样,但我想,美好的感觉一定是相同的。

快乐的过程总是短暂的,十余分钟游艇就靠岸了,虽未尽兴也不得不上岸,让第二批作家去感受碧湖温柔的怀抱和美妙的冲洗。回望眼前这既为晋江两岸人民提供恩泽深重的"庇护和濡养",又带给游人如此赏心悦目的美好享受的龙门滩水库,我们不能不感激这一伟大工程的构想者、决策者和建设者,正是那一个地理教师睿智的发现和构想,正是那一代领导者富有远见卓识的决策,正是那数百上千个建设者风餐露宿、筚路蓝缕的开山筑坝,才有今天这造福子孙万代的高峡平湖!正像余秋雨先生在文中以深沉的激情热烈赞颂的筑堰治水,为民造福,"遥远得看不出面影"的蜀官李冰及其儿子一样,"因有过他,中国也就有过了一种冰清玉洁的政治纲领"。所以我们似乎也可以这样说,因有了这一批当今的李冰父子,泉州的政治,一定会更加冰清玉洁;泉州的发展,也一定会更加繁荣富强!

离别德化已有时日,可我依然情系龙门滩。因为龙门滩引水工程是我心中的"都江堰";龙门滩水库,是我梦中的母亲湖!

寻芳乌髻岩

清晨，当我在寓居的城市推开窗户时，看到的是对面高楼一片巨大的褐色外墙，还有一排排别人家的窗户。我相信，对面楼房里的人推开窗户，看到的肯定是同样单调的景色。

我努力地寻找着绿色，却只有庭院里几棵不知名的小树，在晨风中颤抖着它们柔弱的枝条。

我们的风景哪里去了？宋词中那种"待推窗、初见江南风物""推窗山影落冰壶""开窗放入大江来""睡起推窗凝睇，失喜柔桑微绿，便拟作春衣"的美丽景色哪里去了？

不能不格外想念乌髻岩的山水和花树。

乌髻岩位于泉州北部永春锦斗镇飞凤山凹，因山后一乌石形似古代美女发髻而得名，又因传说中一贤良民女化身的乌髻观音而名闻遐迩。

三月里一个风和日丽的日子，我有幸走进了乌髻岩。从此，这个始建于唐开元年间的千年名胜，这片有着"苍松翠竹琪花瑞草""秀水岚山幽谷甘泉"的迷人山水就深深植入了我的心里，让我魂牵梦绕。

乌髻岩的山绿得让人顿生凉意，绿油油的植被随着山势绵延起伏，郁郁苍苍的北亚热带原始次生林铺天盖地。放眼望去，山峦滴翠，层峰叠碧，一阵风吹来，绿浪滚滚。沿着林中石径攀登，空气清新无比，让人心旷神怡，浑身通泰，以为置身于童话里的绿野仙踪。

乌髻岩的草柔美得让人心疼，漫山遍野碧草连绵，柔如绒毯。有一种草名吉祥草，没有茎，细长的叶片直接从根部长出来，像兰花草一样的柔弱无骨，让人顿生垂怜之意。清澈的山泉缓缓地从崖壁流淌下来，把小草滴得湿漉漉的，每叶草尖都垂挂着一颗晶莹剔透的水珠，像小草美丽的珍珠链坠。乌髻岩有一峡谷称苦菜坑，相传是乌髻观音的原型施秀英当年拔苦菜、采草药的遗址。这里不仅盛产能解人口腹之虞的苦菜，而且生长着许多能治病救人的珍贵中草药，如龙须藤、五加皮、仙鹤草、石橄榄等等。据说美丽善良的施秀英就是在采草药济世活人的过程中坐化成佛的,这让我不禁对脚下柔弱的小草在心疼之余油然而生崇敬之情。

乌髻岩的树生动得让人神往,满山苍松翠柏,茂林修竹,藤蔓成廊,绿荫如盖,在林中悠悠攀登,曲径通幽,枝叶拂面,倍觉神清气爽。登到岩后,在蜿蜒而上的石径两旁相对屹立着两棵参天大树,名为"不知春"。"不知春"其实叫"南岭黄檀",也许因为它总是在春天过后才开始枝繁叶茂,故有诗赞曰:"人间四月芳菲尽,乌髻黄檀始盛开。知道深山少知己,不由转到此桥来。"黄檀树干笔直,高耸入云,围约两抱,树冠繁密。有人称其为"夫妻树",传说它们是施秀英和其情郎邱如意的魂魄化身变成的,远看多像一对伫足对望、脉脉含情的夫妻啊!也因为这个美丽的传说,后人在两树之间造了一座同心桥,祈愿有情人的精灵可以过桥相会,永结同心。也有人称其为"姐妹树",故"同心桥"也称"姐妹桥"。但不管是什么桥,我想民众所表达的愿望都是一样的,那就是对情谊的不离不弃,执著守望。这种朴素的诉求通过这一独特的植物形象表现得如此亲切隽永,让人感受到了一种动人的情感力量。

乌髻岩的花尤其让人流连忘返。粉红色的桃花艳丽柔媚,招蜂惹蝶;鲜黄色的迎春花蓬勃灿烂,星罗棋布;还有那漫山遍野的杜鹃花,它们悄悄地藏在绿草丛中,在你不经意间猛不丁就冒出几枝五颜六色娇嫩无比的花儿,不时诱发你一种惊艳的激动。更让人迷恋的是山坡上的一大片樱花。樱花正在盛开,远远望去,像碧海中汹涌的银浪,又似绿茵上堆叠的白雪,缥缥缈缈却又鲜明生动。走近一看,一树树雪白的花儿在夕阳的余晖中任性地展露着它们娇美的容颜,清雅的花香袅袅腾腾地飘浮在身旁,让人不酒而醉。淡黄色的花蕊中不时可见蜜蜂在忘情地啜饮花蜜,旁若无人,也许因为花蜜特别丰盈,一只只蜜蜂被喂养得肥胖无比,嗡嗡声此起彼伏。

我并不是第一次看到樱花,在武汉大学的樱花大道上我还穿着和服在纷纷扬扬的落英中拍过照。但我却是第一次看到正在倾情绽放的樱花。我知道樱花的花期很短,常常是三五天后已经落英缤纷了。因此冰心在她的经典散文《樱花赞》中曾感叹樱花的"早开早落",王英琦更在她的《落樱缤纷》中以樱花雪的意象感慨青春的短暂传达青春再生的渴望,最后一句是:"落樱缤纷,我的思绪缤纷……"

但在今天,我看到了一片充满生命力的樱花,它开得那么欢畅,那么率性,

那么蓬勃，无论游客攀着花枝欣赏，还是勾着枝条照相，它始终那么坚定不移，一点儿也没有要掉落的意思，这让我有一种意外的惊喜和感动！

人们常说，钟灵毓秀，人杰地灵。我不知道是乌髻观音的美德，让乌髻岩的山水分外旖旎，抑或是乌髻岩的山水，让乌髻观音充满灵气？我只知道，三月里的这一次际会，就足以把乌髻岩留在了我的梦中，从此之后，我的梦变得格外美丽，梦里有翠绿的山，有柔美的草，有夫妻情深的树，还有那一树树蓬勃张扬充满生命力的樱花！

圣蛙石的传说

在泉州湾北部烟波浩渺的海面上,浮凸着一座美丽的岛屿,这就是被称为"泉州鼓浪屿"的惠屿岛。

惠屿岛四面环海,北面,是壮观的福建炼油化工有限公司的油库区;南面,则是雄浑的泉港五万吨多功能集装箱码头泊位;隔海相望的,是有名的莆田秀屿港码头。

早就听说这个古朴得有些原生态的海岛十分迷人,然而那一天,当我和一群作家从肖厝码头乘大约二十分钟的机帆船来到岛上时,还是惊喜地感受到了一种不同于鼓浪屿的闽南渔村之美。只见岛上岩石奇崛,山林茂盛,白石红瓦的民居点缀其间;岸边沙滩细软如绸,渔船错落停泊;海上碧波荡漾,鸥鹭上下翔舞。水天一色间,渔人或驾船远航捕鱼,或忙于网箱养殖作业,还有渔民在兜售刚从海里捕捞出来的鱼蟹、虾蛄和海蛇,脸上笑容如花。路边不时可见一捆捆用于海带养殖的绿色粗绳,间或还有一堆堆用来网箱养鱼的白色泡沫。凉爽的海风送来一阵阵亲切的鱼腥味,整个海岛呈现出一片热气腾腾的生活景象。

对我来说,这座面积不足两平方公里的海岛曾经神秘得让我无限好奇。因为岛上流传着一个"圣蛙石"的传说:惠屿岛上有一块形似青蛙的巨石,巨石下有一个幽深的天然石洞,据惠屿族谱记载,这个石洞就是惠屿先人的居住地。相传泉港肖厝五祖的候妈及其幼子受迫上岛后,就栖身于这个天然石洞以抵挡风雨。母子俩在岛上胼手胝足辛勤劳动,筚路蓝缕开拓家园,经过一代又一代的艰苦奋斗,终于把惠屿岛发展成现在这个已经聚居着三百多户以打鱼和海水养殖为生的渔家的海岛渔村。因此这块巨石被惠屿人尊崇为"圣蛙石",又称"老嬷厝"。听了这个传说后,我曾经一直想知道,候妈母子俩是被谁逼迫上岛的?但传说中没有说明。后来我想通了,其实你不用知道是谁逼迫的,"圣蛙石"只是惠屿人的一种精神象征,它纪念碑似的见证了惠屿祖先栉风沐雨的创业历程,也永远激励着海岛居民拼搏进取的奋斗精神。

是的,这个泉州市唯一的孤岛行政村,曾经是一个没有电没有淡水交通不便

甚至有些与世隔绝的贫困村。但在各级领导的关心支持和惠屿人的不懈努力下，短短几年间，岛上的饮水、通电、村道、通信、医疗设施建设问题都已解决。村民们不仅家家户户喝上了干净的自来水，还用上了让他们的生活质量大大提升的家用电器和电脑。现在，一条10千伏的线路从空中飞越海峡，连接了陆地和海岛，为岛民们送来了梦寐以求的光明；而一条2.5公里的海底电缆则从大海深处直贯海岛，让岛民们不出岛就可以从互联网上领略到世界的丰富和精彩。

如今，惠屿人在海岛上生活得安闲而富足，惠屿岛也已发展成为集海产品养殖、休闲旅游为一体的现代化海岛。岛上拥有50多艘近海捕捞船，养育了800万粒鲍鱼，2000多亩海带，500亩牡蛎，400亩江蓠菜，网箱养鱼500箱，村民的人均年收入达到11200元。去年，全村农渔业总产值达2500多万元。

岛上还建起了别有风味的假日酒店，站在酒店大门前的棕榈树下放眼眺望，映入眼帘的是一片波光粼粼的浩瀚大海，海面上渔帆片片，鸥鸟翻飞。远处，是树木葳蕤的山陵；近处，是净白如练的沙滩。有人正在白浪里游泳戏水，钓鱼者则在礁石上静静地等待鱼儿上钩。游客或者登上海岛北边的小山顶去尽览海岛风光，或者呼朋引伴到沙滩上自助烧烤，还可以顺便摸摸螃蟹。还有人干脆在渔排上钓鱼，那真是一种享受啊，十多米深的网箱里全是鱼，再蹩脚的垂钓者都可能钓到大鱼。

更多的人是到渔排上去吃海鲜，架在海上的渔排随着海浪的起落晃晃悠悠，就着小酒，吃着从海里现捞现煮的鱼虾螃蟹，还有你平时难得吃到的海蛇和鲨，那美味啊，鲜得你都舍不得放下筷子。海风轻轻地吹，海浪轻轻地摇，不时有浪珠儿飞到你的手臂上，脸颊边，那点点清凉沁得你毛孔舒张，身心舒畅，心想，神仙过的日子也不过如此吧！

写到这里的时候，突然想起曾经看过的一个博客，博主在去过惠屿岛后写道："我看到那片沙滩和滩上晒着的海带，海浪在岸边卷起白花，湛蓝的海水在阳光下映出耀目的金光，四面都是海，天边有远山，海风吹拂到我的脸上时——这一刻，我是真的想留下来。""我在心里说，如果时间倒流，我想来，想长留岛上，和岛上的女子结婚生子，白日里我教书、唱歌、种海带，黄昏时带着妻儿到海边吹海风。"

不知怎的，我突然就被感动了，原来幸福就是这么简单，面朝大海，种海带，吹海风，当然，最好住在惠屿岛上……

守望红树林

"从明天起,做一个幸福的人/喂马、劈柴,周游世界/从明天起,关心粮食和蔬菜/我有一所房子,面朝大海,春暖花开/……"虽然海子的这首诗大家是多么地耳熟能详,但是海子诗中所追求的那种极简的近乎原生态的幸福却越来越成为现代都市人的一种奢望。

城市在不断扩张,高楼大厦总在不知不觉间如雨后春笋般地疯长,然而,现代都市人却发现生命的空间越来越狭小。人们在水泥丛林的夹缝中左冲右突,灵魂越来越累,心儿越来越老,可是,能安顿灵魂的绿色家园似乎越来越远,能抚平心灵皱纹的自然之风总是那么遥不可及。

但是今天,在洛阳江出海口,在江海交汇处的滩涂湿地上,我惊喜地看到了一大片虽不高大却郁郁葱葱蓬蓬勃勃充满着生机和活力的红树林。这是一种生长在热带、亚热带海岸潮间带的神奇而美丽的木本植物群落。它们可以在特殊的盐土环境中生长,涨潮时海水没过红树林的植株,退潮时它们又精神抖擞地伸展出来。然而,低调的不择土壤不避海浪的红树林,当它们坚韧地在海滩上扎根,顽强地在海岸边展叶的同时,也给我们带来了一个舒心活肺的生态环境。它们是海洋生物的栖息港湾,在红树林的绿荫下,大量的鱼蟹贝螺快快乐乐地在这里觅食嬉戏、繁衍后代;它们是候鸟的温馨家园,在茂密的树林间,许多黄嘴白鹭、岩鹭和海鸥千里迢迢寻觅至此越冬繁殖、补充给养;它们是独特的"海上长城",用它们纠结的根系,防浪固堤,呵护海岸;他们还是天赐的自然空调,以它们茂盛的枝叶,清新空气,调节温度……

最让我赏心悦目神清气爽的,是红树林那一片翠生生油亮亮的绿,鲜嫩而动人,镶嵌在蔚蓝色的海洋旁边,就像大海的绿色裙摆,在海风中轻轻舞动,在艳阳下烁烁发亮,如诗如画,如梦如幻。那沛然的绿意,温润了我们干涩的眼睛,让灰色的瞳仁瞬间变得水灵而神采奕奕;那凉爽的林风,清新了我们疲惫的身心,让尘封的心儿顿时变得强劲而生机勃勃。

我们就这样默默地站在洛阳江南岸,静静地凝视着这片美丽的红树林,还

有湿地中随时可见的小鱼、海螺和螃蟹,还有不时从树林间飞起的白鹭和海鸥,任海风把我们的长发和衣襟高高扬起。

旁边,就是建于九百多年前的洛阳古桥,白色花岗岩的筏形桥础和格子栏杆很艺术地把大桥延展到了七百四十多米远的洛阳江对岸,桥身上斑驳的青苔和蛎胶似乎在悄悄地诉说着漫长而沧桑的历史进程。是的,北宋皇祐年间,泉州郡守蔡襄主持建造了洛阳桥,是为了让当时"水阔五里,波涛滚滚"的洛阳江两岸的民众来往便利安居乐业。那么今天,为了民众有更良好的生命空间和生存环境,难道我们不也应该以蔡襄造桥的执著去守望这一片珍贵的红树林吗?

想到这里,抬头远望,只见蓝色的大海、绿色的红树林、白色的古桥,在阳光下交相辉映,多么像一幅色彩鲜明意境蕴藉的油画。我突然心生灵感,想造一所房子,不要多大,只要在洛阳江畔,在红树林湾区,让我可以天天坐在阳台上,面朝大海,春暖花开,还有远处海平面上的日出日落,渔帆片片;还有近处红树林间的鸟栖鸟飞,绿意悠悠;还有金色的阳光和蓝色的天空,还有凉爽的海风轻抚着我的脸颊和手臂……

那么,我真是一个幸福的人了!

滩涂上的翔舞

我任教的大学对面就是浩瀚的东海,下课时站在教学楼的窗口放眼望去,烟波浩渺的大海一直延伸到天的尽头,天空中鸥鹭点点,海面上渔帆片片,那充满诗意的天风海韵,我感觉并不逊色于一些著名的海湾,而且因为有渔船的停泊和渔民的捕捞似乎更多了一份俗世的亲切。

但一些像我这样眺望大海的人却颇为惋惜地说,这片大海不如别的海湾漂亮,因为没有那一大片金色的沙滩,没有那一棵棵婆娑的棕榈,没有涨潮时白浪逐沙滩的生动,没有敞开胸怀让游泳者尽情嬉戏的乐趣……因为的因为是我们的海边是一大片滩涂,黑色的黏稠的一踩下去两脚就深陷下去的泥巴滩涂。这片滩涂似乎阻隔了我们和大海的亲近,让我们面对大海只能远看,不能近玩。

这话让我听起来有些心疼,为什么有滩涂的大海就不漂亮呢?不,我认为它是最漂亮的!正是因为它拥有这一片广阔的、绵软的、黑色的但却蕴蓄着无限丰富的生命营养的滩涂,这是许多海洋所没有的!

这片有滩涂的大海紧挨着一个名闻遐迩的村落——蟳埔,蟳埔村拥有同样名闻遐迩的蟳埔女。但是蟳埔女为世所闻名的常常是她们繁花似锦的簪花围发饰和青色大襟衫、黑色大筒裤服饰,这些奇特的装扮使她们在海边捕捞或在集市卖鱼时像一道道美丽的风景,谋杀了多少摄影家的菲林,掠夺了多少作家的文字。但是却很少人注意到,正是这一片"不美丽"的滩涂塑造了这一群美丽的女子,也塑造了她们美丽的家园和她们背后的美丽的城市!

是的,正是这片肥沃的滩涂,养育了泉州湾晋江出海口北岸的蟳埔村民众,也养育了泉州市区的居民。蟳埔地处江海交汇之处,蟳埔人有史的四百多年来,世世代代以海为生,渔业捕捞和滩涂养殖是他们的主要经济来源,也是他们的安身立命所在。特别是滩涂养殖,更是他们主要的经济粮仓。东海的滩涂是海边潮间带形成的一片黑色淤泥湿地。因为江海之口是咸淡水交汇处,滩涂中微生物十分丰富,所以蟳埔人利用滩涂养殖了各种贝类(如贻贝、扇贝、蛤、牡蛎、泥蚶、缢蛏等)、海藻(如海带、紫菜等)和螃蟹。有的蟳埔人还把滩涂改造成

潮差式、半封闭式或封闭式的渔垼(亦称渔港),养殖了经济价值和营养价值都很高的鱼类(如鲻鱼、梭鱼、鲷鱼、石斑鱼、鲳鱼、鳗鱼、遮目鱼、非洲鲫鱼等)和对虾。每天,当男人们"清早船儿去撒网,晚上回来鱼满舱"时,蟳埔女也在潮落时扎上头巾,穿上筒高及膝的雨靴,戴上塑胶袖套去滩涂养殖或采撷捕捞蛤蛎鱼虾。这片营养丰富的滩涂在蟳埔女的劳作中孕育了肥美的牡蛎、缢蛏、螃蟹和鱼虾,这些都是泉州人最爱吃的美味啊!当雨靴上还黏着黑泥的蟳埔女一大早就骑着摩托车,用塑料桶或浴盆把新鲜而肥美的海鲜送到市区的菜市场,让买菜的市民挑得眉开眼笑时,她们也喜笑颜开地收获了生活的富足和快乐。

我一直在想,如果没有这一片滩涂,还有蟳埔村的发展和富裕吗?还有蟳埔女的满足和快乐吗?还有我们泉州人这么方便而现成的口福吗?

距离产生美,越近的风景却往往被人们所忽略。虽然我几次路过蟳埔村口的龙眼树和蚵壳厝走向学校大门时总是不由自主地回头凝望,对那个神奇的村落充满了好奇和想象,但惭愧的是我居然一次也没有走进过,总觉得风景就近在咫尺,反正有的是机会,但实际上我已经错过了许多美丽。

那一天中午,当《福建文学》编辑部的几位编辑来到这里时,不想再错过的我陪他们顶着火热的太阳走进了这个神往已久的美丽村子。村子里静悄悄的,水泥村道非常干净,几条狗或伸着舌头在屋前憩息,或枕着大地在打盹。村里几乎不见男人,我想也许出海打鱼去了。首先映入眼帘的是一幢幢同样名闻遐迩的蚵壳厝。蚵壳厝是蟳埔村的独特风景,这些房屋的造型和其他闽南古民居并无二样,奇特的是它们独一无二的牡蛎壳装饰。除了背面,屋子的其他三个立面都是用很大个的银白色牡蛎壳砌成的。听说这种硕大的牡蛎壳来自于海外。宋元时期,这里曾是"海上丝绸之路"的起点古刺桐港的一部分,泉州远航船队从这里扬帆出海,把丝绸、糖、茶叶、瓷器、布匹、桐油等运往世界各地去贸易,回来时虽然也带回钻石、玛瑙、玳瑁、香料、玻璃工艺品等异域手工制品,但由于担心货物太轻遇浪容易颠覆,船员就顺便捡了许多南海群岛、印度洋、波斯湾等当地丢弃的牡蛎壳来压船。没想到回来卸下后,这些堆在房前屋后的硕大牡蛎壳就被聪明的当地村民变废为宝,用来建造这种冬暖夏凉的蚵壳厝。如今,这些奇特的蚵壳厝不仅见证了当年"海丝之路"的辉煌,也成了蟳埔村一道道亮丽的风景。你看那排列有序、凹凸有致如鱼鳞般的银白色牡蛎壳立面配上墙头、墙棱的红砖和门框、墙基的灰石,再加上垂在墙头缀着紫红色花瓣的绿色三角梅,色彩鲜明而高雅,使蚵壳厝看起来就像一座座美轮美奂的雕塑艺术作品,而拥有这一座座艺术品的村子则像一个巨大的露天艺术馆。我一直在想,是哪一个艺术家,具有这么富有创意的美学眼光,用这么质朴的材料把他们的家园装点得如此如诗如画,如梦如幻?

在几棵树干粗壮、枝繁叶茂的龙眼树下,几个蟳埔阿姨正在一只大筐子上开牡蛎,她们用一把刀子撬开牡蛎壳,掏出肥软的牡蛎肉放在一个盆里,把牡蛎壳丢在另一只筐里。她们做得很专注,来往的客人并没有影响手中的工作,也许她们想赶在下午时把开好的牡蛎挑到集市上去卖个好价钱。我看她们虽然人到中年,而且就在家门口劳动,但头上依然盘着发髻,团着花围,插着骨簪。花围上多是雪白的玉兰花、栀子花、茉莉花和鸡蛋花,香喷喷的,配上几支艳丽的绢花,素雅而动人。听说村里有几个年轻女子很漂亮,常常成为许多杂志或广告牌的形象代言人。可是我见不到她们,估计是到滩涂上干活去了,想一想也是,大白天怎么能见到以勤快著称的年轻蟳埔女呢?但我能想象得出,在那一片黑色的滩涂之上,有一群喜欢戴花的年轻蟳埔女扭着她们柔曼的腰肢,轻盈地在淤泥中上上下下地劳作,远远望去,就像一只只美丽的白鹭在海面上翩飞起舞……

每当我吃到味道鲜美的牡蛎煎、炒花蟹、椒盐缢蛏、清蒸扇贝、白灼虾等等让你垂涎欲滴的泉州名菜,我就想到东海边的那一片滩涂,以及滩涂上那一群美丽的白鹭。我一直执拗地认为,正是因了那一片滩涂,我们学校对面的这一片大海才尤其漂亮!

大山深处的母亲湖

也许是性别使然，从小就喜欢水。水的清澈，水的凉爽，水的柔美，水的静谧，总会让我久久驻足，流连忘返。外出旅游采风，也常常找有水的地方去。于是，庐山的三叠泉，海南的大东海，杭州的西湖，桂林的漓江，昆明的滇池，还有九寨沟的碧水，就这样一泓泓一注注地流进了我的眼帘，我的心田，潮湿了我的记忆，也滋润了我的生命。

难怪贾宝玉说，女儿是水做的。很难想象，没有了水，还会有天下女儿水灵灵的风韵和缠缠绵绵的柔情吗？

因了对水的迷恋，在那一个秋高气爽的午后，我们来到了泉州北部九都的大山深处，因为那里有个让人心驰神往的母亲湖——山美水库。

当车子在山路上绕了一圈又一圈之后，终于驶进了密林深处。这时，我们的眼前突然一亮，在丛林尽头，一泓烟波浩渺的秀湖碧水一下子惊艳无比地扑进了我们眼帘。

那真是美不胜收啊！放眼望去，湖面壮阔无垠，似乎一直延伸到了遥远的天边，让人有一种水天一色、天地澄碧的壮丽感觉；湖面波平如镜，碧绿的湖水在秋阳的朗照下闪烁着粼粼的银光，绚丽夺目。远处青山如黛，在湖边绵延起伏，像碧湖的美丽花边；近处鸥鸟飞翔，与蓝天白云绿树一起在水中铺陈出缥缥缈缈的倒影，犹如人间仙境。

乘一艘快艇游湖，看艇尖在水中犁出翻卷的浪花，飞珠溅玉；看鱼儿在水里畅游跳跃，趣味盎然；看一泓碧水清澈如洗，两岸风光如诗如画……我再也坐不住了，站到了艇头的甲板上，扶着栏杆极目眺望，让迎面而来的碧水一遍遍冲洗我的眼睛，一次次灌注我的心田；任猎猎的山风不断吹拂我的头发，掀起我的衣襟，顿觉心旷神怡，浑身通泰。这时，我真有一种身在瑶池、翩翩欲仙的美妙感觉。

可是，如果你以为山美水库仅仅是因为风光无限而吸引我们的眼球，那你就错了。不，她不仅仅是一个美丽动人的母亲湖，还是一个慈爱、慷慨、大度的生命营养库。这座建于 1958 年，投产于 1972 年的水库，是一座以灌溉为主，结合防洪、发电等综合利用的大型水库工程。水库集雨面积达一千多平方公里，多年来平均水量达到十四亿立方米，正常蓄水位有三十多层楼高，水域面积相当于澳门的陆地面积总和。下游泉州民众的自来水、日常用电、农田灌溉以及防洪调度、汛期蓄水等等均有赖于山美水库。可以说，这座硕大的母亲湖正是以其源源不断的丰美乳汁滋养了下游泉州近五百万民众的生命，她是泉州人民的生命之源啊！

可是四十多年前，这里的大山深处还只是一条巨大的山沟，干旱时，山水四处流淌，慢慢干涸，下游无水可用；暴雨时，沟水奔涌，山洪暴发，下游泛滥成灾。水可载舟，亦可覆舟，当时的泉州民众真是怕水又盼水啊！于是，在上游治水建水库就成为摆在泉州人民面前的一件大事。在漫长的治水岁月中，山美水库的建设者们筚路蓝缕，艰苦卓绝，历经几上几下，始终没有放弃。库区的民众积极响应号召，移民他乡，奉献家园，无私支持水库建设。正是那段壮伟的奋斗和那场壮烈的义举，一起构筑了库容总量达到六个多亿立方米的伟大山美水库！

近半个世纪以来，山美水库这座大山深处的母亲湖，泉州人民的生命库，为泉州经济社会的发展作出了重要贡献：枯水期，水库每天向下游提供数百万立方米的优质水，保证五百万泉州人生活生产和农田灌溉的用水需求；洪汛期，水库承担了蓄水错峰、防洪调度的重要任务，调洪库容达两个多亿立方米，有力地保护了下游民众的生命财产安全。

变水患为水利，变山沟洪涝为造福民众的母亲湖，这是多么伟大的壮举啊！历史上，治水建坝的杰出人物总是被当作民间英雄广为传诵，他们的事迹也常常成为动人的文学篇章，如大禹治水、精卫填海、李冰父子建造都江堰、钱四娘殉身木兰陂，还有建造惠女水库的惠安女。那么，我们母亲湖的建设者和维护者不也值得我们大书特书吗？

今天，当我们徜徉在绿树如盖、负离子丰沛的山美水库库区，当我们流连在如梦如幻、妩媚迷人的秀湖碧水之滨，当美味的乳白色鲢鱼头汤与我们的舌尖亲密接触，当清新宜人的山风像母亲绵软的手温柔地抚摸我们的脸颊和头发时，我们别忘了，给我们带来水的滋养和美的享受的建设者们。

春光明媚运伙村

一夜春风,吹走了绵绵雨丝,吹来了灿灿艳阳。这是一个做梦的季节,也是一个踏青的季节。就在这个季节里的一天,我和杏子走进了明媚春光里的运伙村。

曾经无数次在脑海中勾勒这个地处深沪湾的美丽乡村的图景:蓝海、黄沙、桅杆高耸的渔船、锦鳞蹦跶的鱼市,一片"清早船儿去撒网,傍晚归来鱼满舱"的热闹景象。

不曾想,运伙村处在深沪湾腹地,热闹的大海似乎并不属于它。然而,这个偏离大海的乡村却让我感觉到了一种韵味悠长的美丽。沿着洒满阳光的村道走进去,好像走进了孟浩然诗中"绿树村边合,青山郭外斜"的秀美意境,村民的小洋楼高低错落,掩映在绿树丛中;迎面依次是红色的文化楼、红绿相间的塑胶篮球场、高高低低的健身器械;然后是三个秀气雅致的公园,园里亭台水榭,小桥流水,池塘里荷叶片片,鱼翔浅底;鹅卵石小道温润如玉,曲径蜿蜒,道旁刺桐树热情绽放,花红似火,树上鸟鸣声声,婉转悦耳。公园边还有三棵百年老榕,长髯垂地,浓荫如盖,树下置有石椅,可以想见夏天的傍晚,村民们在树下消暑纳凉的惬意和安闲。村庄旁则是一大片一大片绿油油的胡萝卜地,时而可见村民们正在收获,一袋袋带着泥土清香的红萝卜正被运往村里的"绿源农业开发有限公司"加工成出口日本的"生鲜人参",这是日本人对运伙村鲜红硕大、营养丰富的红萝卜的美称,种植红萝卜也因此成为运伙村的支柱产业之一。但是现在,也许村民都去劳动了,村里显得特别宁静,洁净的村道上几乎没有人,我不由得放轻了脚步,生怕惊扰了那份"暖暖远人村,依依墟里烟"的安宁。

就这样,沐浴着和煦的春风暖阳,在村支书许锦芳的引领下,我和杏子悠悠地徜徉在这个美丽的村庄里,呼吸着充满鸟语花香的新鲜空气,让疲惫的眼睛尽情享受小树林和古榕的浓绿,感受久违的田园牧歌对精神的淘洗,身心感到了一种从来没有过的放松。难怪陶渊明要解甲归田,图的也许就是这份"结庐在人境,而无车马喧"的安适和恬淡。倘若自己老后也能归隐于如此宁静恬淡的村庄中,远离城市的纷纷扰扰,闲听花开花落,坐看云起云飞,人生如此,夫复何求!

就在我们沉湎于村庄的绿色生态之中时,忽然眼前一亮,我们走近了许运伙纪念亭。原来运伙村还是一片人文荟萃的红色大地,这片土地上曾经诞生了一个让村民们引以为豪的革命烈士许运伙。抗战期间,他为掩护战友而牺牲,运伙村即因之而命名。许运伙纪念亭只是一座红瓦白柱的六角凉亭,它静静地坐落在友尚公园里,沉稳而内敛。但是,让村民们在劳作之余能在公园里散步,在纪念亭里休憩,也许这正是烈士当年浴血奋战的初衷。相信烈士在天之灵,看到他的家乡如此美丽,乡亲们这么安居乐业,定会倍感欣慰。

穿过友尚公园,再沿着一条竹林依依的村道前行数十米,出现在我们眼前的是宏伟壮阔的许柴佬纪念园。春风吹拂中,我们拾阶而上,一尊身穿明代官服、手握诏书的许柴佬石像矗立眼前,仰望中一种崇敬感油然而生。

祖籍运伙村的许柴佬在明永乐年间是由皇帝朱棣任命的吕宋国(今菲律宾)总督。据史载,许柴佬任职期间,体恤黎民,注重教育,勉励农耕,为社会稳定、经贸发展作出了卓越贡献,在当地享有盛誉,被旅菲华侨奉为神明。也许是受其精神影响,运伙村旅居菲律宾等海外的八百多位侨亲和港澳台同胞都有一颗回报桑梓的爱心。许书记深情地说,运伙村的美丽乡村建设,侨亲们的大力捐助功不可没。投资三百多万元建设的友尚公园,一位旅菲侨胞一下捐助了一百多万元。正在建设的贤鉴公园,也是一位华侨捐建的。还有正在规划建设的龙泉湿地公园,以及拆了八十多座老房子建绿地,拆了两百多座茅坑建冲水公厕,让整个村容村貌焕然一新的一系列建设,除了各级政府的扶持奖励外,可以说到处都留下了热爱乡梓的侨亲们慷慨捐献的动人印迹。

午后,我们走进了金表体育文化展览馆。这是村主任郑金表个人投资兴建的展览馆。展览馆里各种体育收藏品应有尽有,从北京奥运会的火炬和福娃,到 NBA 球星签名的球衣、球鞋和篮球,还有各式各样的体育明星签名册、合影、纪念章、锦旗和吉祥物,真的是姹紫嫣红,琳琅满目,让人眼花缭乱,目不暇接。弘扬体育精神,让村民们过上健康生活,也许这就是郑金表建设体育文化展览馆的目的。正是在这种精神的感召下,村里不仅建设了灯光球场、健身房和健身路径,设置了各种各样的健身器械,还成立了村级农民体育协会,定期举办象棋、乒乓球、篮球比赛。劳作之余,村民们除了看书、上网和唱南音,就是打球、

散步,进行各种各样的健身运动。可以说,如今健身锻炼已经成为运伙村村民们的一种生活时尚。

　　是谁把春天带给了运伙村?是谁让运伙村如此美丽?走出村庄时,我不由得端详着身旁这位壮实沉稳的许书记,他的家人都在菲律宾经商,只有他坚持留在运伙村,一心扑到了新农村的建设中。再看村主任郑金表,他一米八的个子,身穿鲜艳的球衣,浑身充满活力,就是他把体育精神带给了村民,谁能想到他已经年近古稀。我再一次回望那尊高大的许柴佬塑像和那座玲珑的六角凉亭,不知怎的,一团浓浓的感动霎时充溢了心胸,让我有许多的依依不舍。

时空回眸

穿越千年的茶香

一直以为,好山好水的安溪感德是出产优质铁观音的著名茶乡,那满山满谷青翠欲滴的茶园,那长街短巷茶香缭绕的茶坊,都见证了我们的神往不虚,让许多醉心于观音韵的作家们心旷神怡,流连忘返。

但这一次短短数天的茶乡之行,却让我收获了另一份惊喜。在这里,我无意中走进了被人们传颂了千年并奉为保生大帝的民间神医吴夲的故乡。

原来这一片飘着茶香的土地竟是神医吴夲的出生地!

吴夲是宋明时期的济世良医,闽南民间称其为吴真人,台湾民间一般称大道公,一生悬壶济世,治病救人,乐善好施,不取分文,是一位深受闽台民众爱戴和崇拜的医神。历史曾记载,吴夲家境贫寒,但勤奋好学。十七岁起云游四方,拜各地名医为师,苦学医术成为灵医。不仅医术高明,而且医德极好,救死扶伤,活人无数。后因采药跌入悬崖身亡,终年五十八岁。百姓"闻者追悼感泣,争肖像而敬奉之",从此吴夲成为一代医神,被供奉于寺庙之中,让民众顶礼膜拜。宋乾道七年(1171年),宋廷追封他为"大道真人",赐以庙额"慈济"。历代王朝又多次褒封,明永乐十七年(1409年)封为"保生大帝"。保生大帝崇拜也因此成为闽台地区最有影响的民间信仰而代代相传。

最近几年,我一直在研究闽南民间故事,对民间传说中吴夲济世救人的美德善行可以说是耳熟能详烂熟于心。如《揭榜医太后》讲述了吴夲为皇太后治愈乳疾的故事,皇帝要送他财宝,还要封他为御史太医,可是吴夲一概婉拒,执意要回民间医治百姓疾苦。《智破蜈蚣案》的故事说的是,吴夲为刘知县之女治病时听到公堂有人喊冤,即用其聪明才智破解蜈蚣案为民申冤救民于困。《虎口拔银钗》的故事更为神奇:神医居然能为老虎拔掉卡在嘴里的银钗,解除了老虎难言之病痛,使老虎感恩戴德,从此不再伤人。这些民间故事想象奇特,充满了传奇色彩,不管是否属实,我觉得都传达出闽南民众对这位无私救助百姓疾苦的善良好人和神奇良医的景仰和感念之情,其中不难把握到淳朴的闽南民众弘扬传统美德的审美价值取向。

　　然而在过去的许多传说中,吴夲的出生地有多种版本,有的认为在厦门海沧青礁,有的认为在漳州角尾白礁。今天我才第一次知道,原来感德的石门竟是吴夲的出生地,原来石门村中的赤血仑上竟有一座供奉吴夲的神殿叫玉湖殿,这真是一次意外的惊喜!

　　在这个美丽的五月里一个细雨霏霏的午后,带着穿越千年的神往,我和一群到感德采风的作家走进了这座神圣的玉湖殿。当我沿着两旁长满野草莓的小路登上赤血仑山头,撑着伞站在雨中,默默地凝视着这座青石砌成的玉湖殿时,我的心跳突然加速,有一种神奇的感觉倏地袭上心头。是的,这就是供奉保生大帝的神殿,这片铁观音飘香的土地就是吴夲真正的故乡!

　　这是一座虽不华丽却精致沉稳,虽不雄伟却别有韵味的宋代建筑。它依山而立,坐北朝南,殿后巍巍青山蜿蜒而上,气势雄浑;殿前百级石阶依次而下,视野开阔。殿对面有一山形浑圆的"珠山",与玉湖殿构成"蜈蚣吐珠"之势,让人感觉到一种祥瑞的预兆。左边山上有一形如旗杆的巨松屹立,右边山上有一状似凉伞的玉兰树高耸。兰香袅袅,细雨绵绵,茶山青翠,竹林生风。此情此景多像一幅诗意盎然意境隽永的水彩画,让人迷醉其中,心驰神往。

　　走进殿中,只见上悬"真人古地"匾额,为明代大书法家张瑞图所书,字体遒劲大气,十分醒目。殿柱上镌刻一副对联:"保佑家邦,大道洋洋光祖宇;生成民物,帝恩浩浩达九霄。"当中供奉着吴真人神像。与其他慈济宫不同的是,玉湖殿的吴夲形象脸色红润,长髯飘拂,神情安详而儒雅,让人感觉非常亲切温和。当我充满敬意地与他对视的时候,不知怎的,冥冥中感觉他似乎活了过来,依然在默默地保佑我们的健康和安宁,依然在慈祥地抚慰我们受伤的肉体和心灵,于是一种穿越千年的感动一下子溢满了心胸,浑身顿时觉得暖融融的。

　　当我终于走出玉湖殿,沿着殿前的石阶缓缓走下山的时候,我一直在回望。当鼎沸的喧嚣逐渐远去后,我看到雨中的玉湖殿显得分外的寂静和沉默。然而,在这种寂静和沉默中,分明有一种强大的力量在牵扯着我的目光,不,是牵扯着我的灵魂,让我痛并神往着。是的,为什么一个出身贫寒的民间医生,在去世千年之后,依然被一代又一代的民众如此执著地牵挂着、感念着、敬仰着、崇拜着、供奉着、传颂着,始终不渝,经久不衰?

　　我突然想起,连日来,感德的茶人一直自豪地提醒我,你闻到了兰花香吗?那是感德铁观音茶特有的香味,刚制好的春茶兰花香最浓。

其实,我们早就感受到了。现在正是铁观音春茶上市的时节,家家户户都在采茶制茶,走在感德的大街小巷,那一缕缕兰花香一直袅袅腾腾地飘荡在我们周围,让人神清气爽,身心通泰。

只是我总在疑惑,为什么感德铁观音茶会有兰花香气?没人告诉我。但现在我似乎明白了,原来兰香就是"德"香啊!唐代诗人刘禹锡《陋室铭》诗曰:"山不在高,有仙则名。水不在深,有龙则灵。斯是陋室,惟吾德馨。"原来"德"是可以馨香的,怪不得这片飘香的土地叫"感德",因为它除了有飘香的铁观音茶,还有飘香的神医吴夲的美德啊!

苏东坡有句脍炙人口的名句:"从来佳茗似佳人。"这里的"佳人"以往人们都解释为"美人",但如今我宁愿把它解释为"好人""美德之人"。好茶像好人,好人像好茶,让人回味,让人景仰,让人感恩,让人铭记。而且感德的茶,因为有了吴夲美德的熏陶,愈发兰香馥郁,愈发回味悠长。

我想,一定是好人的德香融进了铁观音的茶香,因此闽南喝茶人的生活才会充满芬芳!

牧童的神坛

泉州西北部有一座奇山,因形似凤凰而名为凤山。

凤山地处南安诗山镇境内。诗山不仅是闽南著名的侨乡,现有人口近九万人,旅居海外的华侨华人就多达十万余人。诗山也不仅是中国雨伞之城,被誉为"世界十支有其一"的诗山伞业,年产量超过五百万打,创汇上千万美元。诗山还是个钟灵毓秀、人文荟萃之乡,是历代文人墨客游学读书之处,也是唐代著名文学家欧阳詹的出生之地,游学至此的南宋理学家朱熹正是景仰和欣赏欧阳詹及历代名家留下的许多诗词佳作,感叹道:"此诗山也!"从此有了"诗山"这一诗意盎然的地名。

也许,引发诗人诗兴的应该是凤山的如画美景。凤山背枕文章山,面揖高盖山、龟山、育浆二山耸于左,魁躔、天柱两峰峙于右,水秀山环,层峦叠嶂,引得无数文人墨客诗兴勃发。明代文学家何乔远就曾写下七律一首:"佳节登临兴欲飞,虚台独上远巍巍。阴沉林气幽人语,苍翠山光逼客衣。枫叶岚晴还不动,药苗秋晚正应肥。主人爱客清樽满,十月留连归未归。"诗人把秋日凤山的林气清幽、山光苍翠抒写得清新动人,让人无限神往。

很小的时候就听说凤山上有一座凤山寺,香火鼎盛,香客如云,每年春节期间,海内外行香者络绎不绝,蔚然大观。

可惜我一直无缘亲身体验。虽然我走过许多名山大川,也拜访过不少著名的寺观庙宇,但就是这座曾经让我莫名神往的凤山寺我却一次也没有走近过。总觉得它就在家乡,如此之近,随时都有机会观赏,然而事实是,我已经一再错过这片风景。

三月里一个草长莺飞暖阳和煦的日子,我和一行作家终于有机会走近凤山寺。

凤山寺就在凤山之巅。何乔远笔下青翠即将退去的秋色尚且那么秀丽,何况万木复苏生气勃勃的春天!当我们在葱郁苍翠的春色中拾级而上,登上凤山顶时,抬头望去,扑入眼帘的是一座雕梁画栋耸翠流丹的宫殿式建筑,造型轩昂,气势恢宏,让我们顿时感到了一种威严的力量。庙宇始建于五代后晋天福三年(938年),距今已有一千多年的历史。明嘉靖四十一年(1562年)诗人陈学伊有诗云:"突兀来峰势若骞,石梯百仞到山门。原畴一望平流水,烟火相连远近村。栋宇半成栖佛像,藤梦遗迹说将军。欲寻旧记今无考,指点群山笑白云。"明万历二十三年(1595年)戴廷诏也有诗句云:"当年遗迹藤梦杳,此日明神帐殿深。"从这些诗中我们不难看出建庙的年代已经非常久远,以至于明代嘉靖至万历年间都已经古迹难寻了。

如今这座气势轩昂的壮观庙宇是改革开放后在海内外同胞的极力倡导下重建的。凤山寺供奉的是一位封号长达十六字为"威震忠应孚惠威武英烈保安广泽尊王"的主神,俗称保安尊王、郭圣王、郭府圣王、郭王公、郭姓王、圣王公、王公祖、王公、相公、圣公等等。

这是一个什么神? 为什么能得到历代民众不吝溢美之词的景仰呢? 当我真正走进了寺庙才明白,这位被封为广泽尊王的神原来是十世纪五代时一位名叫郭忠福的孝子。这让我大为惊奇,我还从来没见过哪一座寺庙奉祀的是这么一个平凡如斯的民间孝子,而且香火竟然如此之旺,蔓延海内外!

但很快,我的惊奇就被一种独特的精神力量所震撼。在凤山寺的简介中,我们读到了一则"凤山寺的传说":南安诗山人郭忠福自幼聪颖过人,十分孝顺父母。九岁时卖身葬父给财主放羊,后得到一位地理大师的指点与母亲落脚于凤山之下,白日勤苦劳作,晨昏奉祀亲娘,十六岁那年在加蕉藤上坐化成神,乡人为其筑庙祭祀。成神之后,他屡屡显灵驱奸除恶为民消灾,庇护天下好人,被后人尊为郭圣王。

原来郭圣王曾是一个孝顺父母的放羊娃,原来这里竟是一座牧童的神坛!

透过凤山寺袅袅腾腾的香火我似乎看到一个白衣清相的少年,他日出而作,牧羊种地;日落而归,侍奉亲娘。他的勤勉肯干、孝敬友善感动了上天也感动了民众,于是被敬奉为神。

也许这只是一则带有传奇色彩的民间传说,但不知怎的一团浓浓的感动却一下渗透进我的心田,让我的心瞬间变得分外柔软和温润。

我想起了《读者》杂志上一篇题为《流浪汉的葬礼》的文章,文章讲述的是今年初美国阿灵顿国家公墓为一位六十一岁的老流浪汉举行了隆重的葬礼。"能够安葬在阿灵顿国家公墓,是国家对在历次战争中牺牲的美国现役军人和

获得过荣誉的退伍军人的一种褒奖。""阿灵顿国家公墓里,安葬着许多大人物,总统,将军,大法官。"但是,这个名为雷蒙德·威维尔的平凡退伍军人,没有打过仗也没有在军队中留下任何荣誉记录,甚至后来还因为酗酒等劣迹导致家庭破裂沦为流浪汉,实在是"渺小得不能再渺小"的小人物,为什么也有幸在死后进入阿灵顿公墓呢?唯一的原因是他曾经从大火中救出了五个人而自己却因吸入过量烟尘而死,"小人物也有伟大的时候"。这一葬礼传达的是一个国家对一个作过贡献的牺牲者的尊崇和敬意,彰显的是一个有良知的社会对善良和美德的敬仰和肯定。

是的,在一个有良知的社会里,善良和美德是应该得到尊崇和敬仰的,不管采用什么方式,不管是古代还是现代,不管是中国还是外国。

有着一千多年历史的"牧童的神坛"和 2010 年 1 月 22 日举行的美国阿灵顿国家公墓的"流浪汉葬礼",难道有什么区别吗?

其实,在闽南文化中还有许多像广泽尊王这样"牧童"似的民间神祇:闽南人奉为医神的保生大帝,只是一个名为吴夲的热心民间医生;奉为漕运保护神的妈祖女神,则是一个曾经救助过渔民的普通渔家少女;能够给人带来平安和好运的关公和岳飞,一个是侠肝义胆的好汉,一个是精忠报国的英雄。泉州湾畔的古镇崇武甚至还有一座神奇的解放军庙,奉祀的是二十七个无名无姓为保护民众而牺牲的解放军英烈!就因为他们能够帮助民众保佑民众,就被朴实的民众尊崇为神,并渐渐成了民众的一种理想寄托和民间信仰,成了民众一种独特的精神力量。

神与人的关系就是这么简单。神并非就那么高高在上遥不可及,只要对民众有益,在民间想象中,人就可以成神,哪怕曾经是多么普通渺小如放羊娃郭忠福、民间医生吴夲甚至是无名无姓的渔女和解放军战士,都能够变成民众的保护神,被供奉在神坛上,让万众瞩目、敬仰、尊崇和弘扬。

当然,也许处在科学如此发达的现代社会的现代人已经不会再去神化好人,也许我们也未必能在国家公墓为死去的好人举行隆重的葬礼,但我想,每个人的心中一定还会有一座像这样的"牧童的神坛"。

人们一定还记得这样一些曾经感动过中国的普通人的名字:沈阳送奶工王秀珍突然接到噩耗需回家奔丧,在等火车时手写了一百六十五份通知让儿子连夜送给一户户的订奶户,告知停奶和恢复送奶的时间;南京 46 路公交车司机谢二喜在开车途中突发脑血栓,在昏迷前居然令人不可思议地刹车停车,保护了乘客的生命安全;年轻的乡村女教师李灵为了给家乡的贫困学生建立一个阅览室,骑着一辆破旧三轮车,风雨兼程、挥汗如雨地在郑州城的街巷里为孩子们一本本地收购旧教辅和儿童读物……桃李不言,下自成蹊。也许这些人都是名不见经传的小人物,但他们的诚实守信、舍己为人和奉献精神却让人们感受到了伟大的真正含义,难道我们不应该在心中为他们筑起一座"牧童的神坛"吗?

如今,"牧童"的影响已经波及世界各地,尤其是东南亚各国及我国的港澳台地区,大约有三百多座奉祀广泽尊王的庙宇。这些庙宇均以南安诗山的凤山寺为祖庭,每年到凤山寺进香朝拜的海内外侨亲络绎不绝,如今已有六十余万人之多!在海峡东岸,广泽尊王还被认为是泉州人的保护神。据台湾学者陈梅卿调查,台湾有台北县、宜兰县、彰化县、云林县、云林县、台南市、高雄市、屏东县等八个县都建有凤山寺,计有二百八十余座之多。虽然有的叫凤山庙,有的称凤山宫,但主祀的都是广泽尊王,都是"牧童的神坛",由此不仅可以看出两岸文化的一脉相承,源远流长;而且也可以看出台湾民众对"牧童"这一孝道之神的独特尊崇,看出闽南文化向善崇德的美好品质!

那一个阳光灿烂的午后,我们慢慢地走出了凤山寺的山门。回头望去,在金碧辉煌的神殿前,广泽尊王的神像隐在白烟袅袅的香火后已经看不见了,但那个白衣清相的牧童形象却深深地烙在了我的心里,而且越来越鲜明。我突然想到,但凡能够吸引千百万人仰慕前来的人文景观除了得益于那些大名鼎鼎如雷贯耳的将相宿儒,还应该得益于这些默默无闻却为社会营构了良知和美德的小人物,也许他们才是与民众距离最近的"神"!

走过临江古街

泉州有许多脍炙人口的古街巷,什么东鲁巷、镇抚巷、奉圣巷、甲第巷、孝感巷、相公巷、旧馆驿、青军驿,等等等等,每一条古街巷几乎都有一段积淀深厚的历史故事,令我十分神往,很年轻的时候曾梦想着走遍泉州的大街小巷,结果是至今仍未能走过它的三分之一。

因工作关系,早年家住城北,对那里的许多光听名字就觉得有故事的街巷可以说颇为熟悉,如西街、北门街、梅石街、县后街、都督第巷、模范巷、米仓巷等等,然而当年走了一遍又一遍,竟然就没想到去关注一下这些街巷的故事。后来住到城市东边,东边是新区,虽然也有丰泽街、津淮街、湖心街、田安路、刺桐路等颇为繁华的街道,但这些街道都是后来建设的,没有历史,自然没有故事。

后来人们告诉我,有历史有故事的街巷多在城南,因为城南是海上丝绸之路的起点,它留下了许多刺桐古城的遗迹,如天后宫、德济门遗址、李贽故居、黄帝宫、明来远驿、车桥头等等,当然也造就了许多人文底蕴丰厚的古街巷。可是我寓居泉州三十余年,竟一直无缘走进城南古街巷!

在一个春阳暖暖、和风习习的下午,我终于兴奋地漫步在泉州城南的临江街区上。

也许因为临江街区面对晋江临近大海,宋元时期海上丝绸之路的货船从这儿出发,把中国的绸缎、茶叶、瓷器运往世界各地。归来时又在这儿靠岸,把满船的象牙、珍珠、香料、玛瑙、钻石、翡翠、琥珀等番货卸在港口,再销往内地。泉州府志记载:元代"地城要地,莫盛城南关(德济门)四海舶商,诸蕃琛贡,皆于是乎集"。所以江边有个著名的海丝古迹叫富美古渡。就在这个古渡口,当年货船上上下下运货卸货买货卖货的繁忙和热闹演绎了临江"涨海声中万国商"和"市井十洲人"的奢华和繁荣。泉州有句俗语称"南门兜,挤烧包",形容的就是当年抵达富美古渡的货船一靠岸,商人们蜂拥而至,大箱小包,肩挑手扛,摩肩接踵,熙熙攘攘,就像"挤烧包"一样的热闹景象,由此也形成了临江许多条车水马龙、生意兴隆至今还让后人津津乐道的著名街巷:聚宝街、青龙巷、道才巷、旧米铺巷、水巷、万寿路等等。

在我的想象中，被称为宋元时期刺桐港最大的货物集散地的聚宝街当然是一条繁华而喧闹的聚宝之街。街上海关、税行、邮局、银行、当铺、车马行、酒肆、茶坊一应俱全。街道两旁的店铺摆满了波斯的珠宝、荷兰的香料、缅甸的玉器、阿拉伯的神油、柬埔寨的高白棉、泰国的象牙、马来西亚的橡胶、朝鲜的高丽参以及德化的瓷器、永春的土纸、苏杭的绫罗绸缎等等奇珍异宝，每个店铺都熙熙攘攘、人声鼎沸。正泉茂绿豆饼、秉正石花膏、文啊鱼丸等各种名小吃琳琅满目、香气扑鼻。街上穿梭着、簇拥着肤色不一、装扮奇异的外国商人和传教士，其中依稀可见到身材高大、服饰华丽的马可波罗的身影，他和一班随从谈笑风生，时而驻足观看，时而指指点点。我不知道他是护送蒙古公主下嫁波斯时路过的，还是专门到此一游。街上每一天几乎都是节日，随处可见各种各样的表演，说书的、弈棋的、唱南音的、打拳卖膏药的、耍木偶的、雕糖的、妆糕的、踩高跷的、变戏法的，热闹非凡。那景象，似乎可以和"清明上河图"中所描绘的北宋汴京的繁荣集市相媲美。

但是今天我走在聚宝街上，已不复见当年的繁华和喧嚣。街上分外的清静，连行人也见不到几个。两旁的不少古民居已经被钢筋水泥的现代建筑所取代，当年古香古色的木板门面已经所剩无几。为数不多的几间店铺冷冷清清，也不知卖的是什么货物，店主悠悠地在店堂里泡茶自饮，半天都不见一个客人光顾。只有街口的一间陶器店依稀可见当年的市景，码得整整齐齐的茶壶、药砵、夜壶、水罐在夕阳中闪着黄澄澄的釉光。走到一家门楣上挂着"中华老字号"的糕饼店，门口的玻璃橱窗里摆着包装简陋的花生糖、寸枣、双糕和馅饼，听说这些糕点都是纯正的"古早"味，我们就想买一些尝尝。走近一看，店里居然没有掌柜，唤了好几声，才有一个女孩匆匆走出来，很惊奇的样子，大概是想怎么这时候还有人想买她的糕点。

聚宝街的路角头有一座面积近二十平方米的黄帝宫，祭祀的是中华民族的始祖黄帝，还有大禹(水德星君)、康元帅(守城保护神)等民间神祇。我曾经去陕西黄帝陵祭拜过黄帝，没想到家乡居然也有黄帝宫，觉得十分惊讶，不禁驻足敬拜。一个热心的中年市民看我颇为虔诚，非要让我进去看看嵌在斑驳墙体上的两块黑色的清代石碑，并且颇为感慨地说，据石碑记载，黄帝宫已有很悠久的历史，起码是宋元之前就已存在了，因为清代同治年间重修时都不知道它的来

历。黄帝宫还是台湾供奉中央帝(黄帝)的祖庙,当年来泉州做生意的阿拉伯商人也常到黄帝宫膜拜,祈求得到保护。然而我看到,如今它也是门前冷落车马稀,与泉州人笃信能保佑升官发财、天天香火鼎盛的涂门街关岳庙相比,简直不可同日而语。

我不禁想到刚刚走过的位于南门万寿路上的李贽故居,也是一派落寞。倡导童心和真心、性格耿介正直的明代泉州人李贽是民主思想的杰出先驱者,他的名字在中华文化史、思想史上都是最熠熠闪光的一个。但如今,老旧的房屋在夕阳的映照下显得分外凄清。故居前的李贽雕像清癯的脸上充满了沧桑之感。进入故居,穿过一落二落之后是一个小小的后花园,依稀可以看到古代文人建筑的优雅韵致,花园边的内沟河据说当年宽可行船,流水潺潺,这让我想起周庄、同里等江南水乡的文人雅居。五百多年前,李贽回老家时是不是也曾经和夫人、儿女们坐在花架下的藤椅上,悠悠地看着溪水在脚下流,小船在门前过,摇橹的船娘软软地哼着南曲,一起一伏的丰满身段吸引了多少商贾和游人登上她的小船。

与聚宝街平行的是青龙巷。据说当年青龙巷比聚宝街还有名,故有"金青龙、银聚宝"之说。青龙巷的名气在于它曾经是历史上许多达官贵人居住的福地。这些达官贵人们在聚宝街做生意,然后把家建在近旁环境清静交通便利的青龙巷里,所以青龙巷里有很多著名的古民居,如经营大典当行的苏家古大厝、清朝台湾总兵林拔瑞故居、望族林濂平故居、新加坡华侨黄世瑞鹰楼、李妙森荷兰式番仔楼,等等。其中苏家古大厝据说有五个私家大花园,府邸架构巨大,连成一片,几乎占去整条街的四分之一;而且还出了闽地第一个出国留洋的女大学生。但如今,许多闽南古大厝在岁月的侵袭下已经破败不堪,有的坍塌成断壁残垣,有的则被翻建成钢筋水泥的现代建筑。这些现代建筑就像入侵的强盗蛮横地雄踞其中,坚硬而霸气,与充满历史感的古巷是如此的格格不入,令人嘘唏再三。

我们信步走进林濂平故居,虽然红砖地、蚵壳墙和小花园里高大的玉兰树似乎还在诉说着当年的富庶和气派,但墙体的斑驳和墙角的青苔已经无奈地宣告了繁华的逝去。留守古厝的一位老人执意让我们去看他保存的两块夹旗杆石,指着地上一块石上雕刻的印记讲述着当年祖上门前竖旗杆的光辉历史,浑浊的老眼里闪过的那点充满沧桑的自豪让我怦然心动。然而,当我的眼睛在搜寻另一块夹旗杆石时,却看到那块就垫在墙根的花盆底下,而这一块其实是铺在路上。这时,我突然百感交集,不知道是该哭还是该笑。

走出林濂平故居不远就看到鹰楼。这是一座中西合璧的四层洋楼,半个多世纪前曾经是泉州的标志性建筑。它的造型非常别致,楼顶中间塑了一只鹰,两边翘起来的屋檐则是鹰张开的大翅膀。这种造型也许隐喻了洋楼主人在商海搏击的勇气和力量。然而今天,鹰身已经在"文革"中惨遭损毁,一边翅膀也被旁边一栋现代楼房挡住了,可怜这只断头折翅的鹰,会让多少泉州人情何以堪?

往事越千年,也许刺桐港的萧条导致街市的冷落已在意料之中,也许绚烂之极归于平淡是历史发展的必然规律,然而当年盛极一时的古街今天如此的落寞和沧桑仍然让我倍感心痛。当一些地方因为旅游经济一夜间涌现出许多人造的唐宋古街、明清古街时,我们这么真实这么厚重这么富有历史底蕴的宋元古街却在陨落!此刻,我的心里充满了惆怅,站在德济门遗址回望刚刚走过的临江古街巷,多么希望聚宝街依然满街是宝,店铺生意兴隆,游客络绎不绝;青龙巷依然古韵悠悠,古民居清雅深邃,私家花园有拱桥亭榭……

我不知道老城区的居民是不是更喜欢过这种平静的生活,但是假如那些能承载泉州人生命轨迹和历史记忆的文化遗存也将随着街市的冷落而逐渐荒芜、湮灭甚至随风而逝,假如泉州的街巷再也没有了故事,我们还能如此淡然吗?

云医生和西街礼拜堂

云医生是一位美丽的女人，眼睛明亮，皮肤白皙，一米七的个儿，耄耋之年还是那么高挑挺拔。

她是我母亲的中学同学，和我母亲一样在新中国建立初期从莆田来到泉州工作。

她的人生本该很幸福，她曾经是市区一所大医院的儿科主任，医术闻名遐迩。丈夫是院长，也是一位名医。住在西街裴巷，有自己的房子。

我曾陪母亲去过她家几次，二层楼的传统民居，很干净。前面有狭长的石埕，石埕两边有几个石台，摆着一些花草盆景，埕角有一棵龙眼树，不是很高大，但枝叶茂盛。屋里红砖铺地，白石格窗，通向二楼的楼梯也是白石砌的。我不知道这是什么风格的建筑，看起来有一点古意，但又有一点洋气，风徐徐穿过，感觉很清爽。

但云医生的人生却多灾多难。"文革"开始不久，当院长的丈夫就被打成资产阶级权威、反动分子，不久即被迫害致死，死时还不到五十岁。云医生担惊受怕、含辛茹苦地带着孩子熬着岁月，终于熬到了"文革"结束，丈夫平反，她也恢复了儿科主任的工作。不幸的是，没多久她就被查出了乳癌，但术后不久她又坚持工作，一直到八十年代中期退休。

说真的，要不是母亲说起我一点也看不出她曾是癌症患者，她是那么美丽、平和、乐观。

退休后她常常到西街的礼拜堂去做义工，我母亲去西街看她也会和她一起去做礼拜。礼拜堂位于西街208号。清光绪二十一年（1895年）由英国长老会文高能筹建，基督教牧师吴封波主持兴建，第二年建成。礼拜堂是典型的哥特式建筑风格，其平面是横臂很短的拉丁十字，上、中、下各层有许多尖拱和高窗。高高的台阶，外面围着雕花的铁栏杆。教堂那垂直向上的狭高空间和体态，以及从不同方向的彩色玻璃窗射进来的迷离光影都在渲染着宗教的神秘气氛。

我有时望着西街礼拜堂会觉得很奇怪，因为就在礼拜堂东边，距离仅仅数十米之远就是蜚声海内外的佛教寺院开元寺。建于唐垂拱二年(公元686年),内有双塔耸立的开元寺,是省内规模最大的佛教寺院,原占地面积近八万平方米,在宋、元鼎盛时期僧侣达千人。但这一点也不影响两座建筑相安和谐地共存于西街之上,它们和西街两边熙熙攘攘的特产店铺,形成了这条古街既宁静又喧闹、既宗教又世俗的独特景观,也生动地诠释了泉州人兼收并蓄、开放包容的文化心态。

二十一世纪第二个十年之初,我母亲和云医生先后辞世,她们都活到了九十多岁,去世时都很安详和平静。

但只要我在西街上徜徉,我就会想起云医生,想起她的美丽和平和……

泉州少林风

"少林少林/有多少英雄豪杰都来把你敬仰/少林少林/有多少神奇故事到处把你传扬/……"每当我走进泉州少林禅寺，耳边总是不由自主地响起《少林，少林》那熟悉而又激情澎湃的旋律。这首随着二十世纪八十年代《少林寺》电影的放映而走红的插曲已经流行了将近三十年，至今还长盛不衰。也许歌曲的旋律优美动听易于传唱是一个原因，但是，更重要的原因，我想应该是其中所洋溢的那种让人血脉贲张、激情飞扬的少林武术精神！

我去过河南登封的嵩山少林寺，但我对少林武术精神的感受，更多地还是来自于电影《少林寺》。我也数次去过位于泉州城仁风门外东岳山麓的少林禅寺，虽然总是如惊鸿一瞥，匆匆掠过，但是那种激情澎湃、气冲云霄的练武场面却常常让我感受到了一种在胸中鼓荡的少林雄风。

七月流火的一天，我又一次去了少林禅寺。还未踏进山门，一阵"嗨嗨嗨"的练武声就冲进了耳膜，让人顿感热血沸腾。进门一看，好家伙，巍峨的禅寺大殿下那宽阔的水泥地坪上，这里一群，那里一伙，正在热火朝天地演练各种拳术，张臂抬腿，摸爬滚打，"嗨嗨"声此起彼伏，震耳欲聋。其中有身穿橙色僧服、扎着绑腿、脚蹬布鞋的少林武僧；也有穿着白色运动服的少年儿童，最小的看样子只有五六岁。正是炎炎夏日，天上骄阳似火，地上热风扑面，但他们练起武来照样全神贯注，精神抖擞，一招一式毫不含糊，汗流浃背也顾不上擦拭，就连我们在旁边围观拍照也转移不了他们的视线。

旁边一居民说，他们天天都在这里练功，几无间断！我的感动油然而生，仿佛进入了电影中少林武僧苦练武功的场面中。然而，这不是电影，这个场面就在眼前。也许为了强身健体，保家卫国，苦练武功本来就是少林武僧的必备功课，但在这里练武的不仅仅有少林武僧，还有那么多的俗家孩童。这确实让我感到了震撼，我感受到了泉州民众在传承闽南传统尚武精神上的努力和用心。

尚武精神可以说是闽南文化的一个重要组成部分。古时闽南人民以海为生，和山做伴。茫茫大海，凶险莫测；荒野深山，危机四伏；还有海盗、倭寇的侵袭。为了生存发展,闽南人除了与恶劣环境抗争,还得与海盗、倭寇作战,久而久之造就了闽南人豪爽侠义、肝胆尚武的性格特征。这种性格对于保家卫国、驱除侵略者具有重要作用,所以闽南也涌现出了许多脍炙人口的英雄人物,如英勇善战,把荷兰殖民者赶出台湾的民族英雄郑成功,大智大勇,大举歼灭来犯倭寇的俞大猷,以及在闽南民间故事中广为流传的武人林俊、拳师郑礼、侠士郑宽永、女中豪杰丘二娘等具有江湖侠义精神的绿林好汉,他们为了维护民众利益,路见不平,拔刀相助,见义勇为,除暴安良,以生动感人的英雄事迹演绎了充满正气的侠义尚武精神,凝聚了人民的愿望,闪耀着理想的光辉。

我想,泉州先民一定是认为,没有强健的体魄和高超的武艺,如何能有见义勇为、除暴安良、保家卫国、庇护民众的实力?因此自晋唐以来,泉州人习武之风盛行,各种拳法纷纷崛起,广大民众深入研习,发扬光大,少林太祖拳、五祖鹤阳拳、咏春拳、白鹤拳、罗汉拳、玄女拳等等拳法一时名扬海内外。至宋、元、明、清以至民国时期,泉州城乡习武练拳相沿成习,薪火不绝,形成了相当成熟的武术文化。一直到今天,泉州的武术文化依然在海内外影响深远,成为泉州与海内外文化交流的一个独特平台。

泉州少林寺就是在这样一种背景下建立起来的。据传,泉州少林寺始建于唐武德至贞观年间(618—649 年),为曾救援过唐王李世民的智空禅师所建。智空,字道广,原是嵩山少林寺的十三棍僧之一。清蔡永兼《西山杂志》记载:"十三空之智空入闽中,建少林寺于清源山麓,凡十三落,闽僧武派之始也。""少林寺十三进,周墙三丈,寺僧千人,陇田百顷,树林茂郁,掩映少林寺于山麓。"少林寺建好后,智空禅师就在寺里组建南少林武僧团,练功习武,强身健体。可以说,他的入闽,有力地传播了中原少林的武术文化。据传他的十二门徒,有力能擒虎者,有敢挟千斤之鼎者,有能张千斤之弩者,有善舞百节链锤者,有行走如飞者,个个武功超强,明末黄景昉《温陵旧事》曾赞道:"吾泉郡拳棒手扑,妙绝天下。"

武艺高强的少林武僧在安境保民中发挥了巨大作用。据载,宋景炎元年(1276 年),南少林寺的长老听说三万多元兵凶残成性,沿途焚劫,很快就要攻到泉州桥南了,顿时义愤填膺,敲钟打鼓,集合千余名少林武僧,各备僧杖,严阵以待。待元兵冲到少林禅寺,千僧呼拥而出,刀光剑影,一以当十,元兵尸横清源城东,枕骸遍野。《西山杂志·少林寺》曾载:"宋末,少林寺反蒲寿庚,千僧格

斗元兵三万,元唆都遣胡骑冲少林寺,寺僧被屠大半,而元兵三万死余数千矣。少林寺僧曰法本、法华,技武超群,剑光如飞,杀出生门,逃之德化戴云山焉,建玄妙观。"虽然终因寡不敌众,少林武僧死伤大半,余下避走戴云山,但三万元兵大部分被消灭,避免了其对广大平民更残忍的杀戮和伤害。

历史上,与太祖、罗汉、达尊、行者诸拳同称为少林五祖拳的永春白鹤拳也在反对封建压迫、抗击土匪强盗中起过很大作用。当年永春位于泉州西北山区,山高林密,强盗横行。往来的民众担心遭土匪抢劫,路过山岭时总是提心吊胆,在泉州练武的白鹤拳拳师郑礼总是自告奋勇,护送乡亲过岭。相传一次护送几个回乡探亲的侨亲来到山岭时,果然碰到几个强盗从丛林跳出,杀气腾腾,持刀抢劫。郑礼佯装上前交出财宝,还没等强盗回过神来,迅疾亮出一指以"单枝"之势点了一个歹徒穴位,又卖个空就势夺下歹徒大刀,并杀将过去。众匪一看来人武艺高强,惊得魂飞魄散,纷纷下跪告饶。侨亲得以安抵故里。清咸丰三年(1853年),当时赫赫有名的白鹤拳名师林俊,为反抗封建压迫,曾率领一支永春义军,呼应太平天国起义,先后攻克永春、德化、大田、永安、尤溪、仙游等十八个州县,所向披靡,威震八闽。

而少林武僧平倭抗敌的故事在泉州典籍中也屡有记载。明代历史上还发生过泉州抗倭名将俞大猷回传少林剑技到嵩山少林寺的动人故事。

这些史实和故事都生动而有力地诠释了少林武术精神,那就是练好本领,除暴安良、保家卫国、驱除侵略者。我想,这种精神,不论是过去,还是今天,它都以一种充满正能量的气概在激励着我们的生命追求!

哦,少林,少林,你的故事在我的耳边回响,你的雄风在我的胸中激荡,不管我走到哪里,我都会深深地深深地把你敬仰!

回望五店市

很久很久以前的唐开元年间，居住在晋江青阳的蔡姓七世孙五人，在山下的官道上开张了五间饮食店，以方便行人和客商。饮食店天天酒幡招扬，饭菜飘香，吸引了南来北往的众多客商，生意很快兴隆发达，在四乡八里声名远播，被民众称为"青阳蔡，五店市"。"五店市"由此闻名遐迩，成为青阳的别称。

两年间，我已经去过五店市三次了。每去一次，对晋江古建筑的美感就多了一分。但至今，我依然觉得难以穷尽，因为五店市的魅力是如此隽永，隽永得令我多次往返，乐此不疲。

其实，如今的晋江已经是一个极富现代感的城市，走进青阳，放眼望去，到处高楼林立，街衢纵横，广告牌铺天盖地，霓虹灯璀璨辉煌。那份气派和堂皇，已不是当年那个小县城可以同日而语。

然而，就在这个现代城市的一角，一个历史悠久的老街区被保护起来了。这就是五店市。位于晋江青阳核心城区、占地一百二十六亩的五店市是晋江市政府为了保护闽南建筑文化遗产，用心打造的一个传统文化街区。虽然，晋江已从当年的五店市发展成为一个现代气息浓郁的城市，经济总量常年居于福建省首位。然而，人们不会忘记五店市，它曾经是这座城市的发祥地，现在依然是这座城市的血脉，它以一种坚韧的生命力，默默地守护着一百五十多座古香古色、底蕴丰厚的闽南古建筑，也默默地承载着海内外三百万晋江人一代又一代的记忆。

八月里一个炎夏的上午，我顶着烈日在这个幽静的老街区里漫步，宛如穿行在一座美轮美奂的闽南古建筑大观园，迎面扑来一座又一座华美大气的红砖大厝，让我目不暇接，惊艳不已。这些古建筑大多是明清至民国以及二十世纪八十年代之前的古民居和早年海外侨胞回乡兴建的番仔楼。古建筑独具闽南特色，几无例外都是"皇宫起"的红砖厝，如蔡氏宗祠、庄氏家庙、石鼓庙、布政衙、天官第、蔡妈贤宅、朝北大厝、庄志旭宅、庄杰线宅等等；番仔楼建筑则中西合璧，最典型的可能就是宛然别墅了。

古建筑历来被称为"凝固的乐章""石头的史书",它们以其最大众化的艺术形式诠释了一个地方的文化历史,也生动地彰显了一个族群的审美观照。五店市的古建筑也是如此,它们和泉州所有的传统建筑一样,在经过漫长岁月的磨砺后逐步形成了自己别具一格的建筑艺术风格。特别是那些飞檐翘脊的古大厝,它们以其独特的结构体系、优美的艺术造型、丰富的雕绘装饰突显了闽南古建筑"红砖白石双坡曲,出砖入石燕尾脊,雕梁画栋皇宫起"的美学特色,同时也以其所蕴涵的丰富的文化信息和族群记忆而令今人频频回望流连忘返。

我就是这个频频回望的今人之一。

走进五店市老街区,最让我叹为观止的是闽南古建筑的和谐对称之美。不管是蔡氏宗祠,还是庄氏家庙,在建筑造型和空间组合上都体现出一种和谐均衡的布局,这种布局采用中轴线延展,以祭祀祖先的厅堂为中心,其余房间按先左后右依次排列在前落、下落、护厝等,朝两边和后面扩展,成排连坐,占地面积宽广,让我有一种气势恢宏的视觉体验。这种对称美不仅表现在厢房、护厝、门窗的两两相对上,还表现在斗拱、叠檐、角牌等建筑饰件的对称安排上。和谐对称的建筑架构,不仅营造出一种温和大度的美感,也让我对儒家"中庸之道""中和之美"的哲学文化精神有了更深切的体悟。中国传统美学历来强调中和之美,只有"六气和顺,五行相克相生",世间万物才能有条不紊,生生不息,因此,"中和"可以说是中国传统文化一个至高无上的审美境界。来自中原古地的闽南先民深受儒家文化浸润,深信"长幼有序""家和万事兴",和谐对称的房屋也许会让他们的身心得到更温馨的安顿,会让他们的子孙得到更长久的庇护,因而和谐均衡的架构也就成为闽南先民独特的生命追求。

五店市古建筑让我惊艳的还有那些精美华丽的装饰处理。走进蔡妈贤宅抑或朝北大厝,随处都可见到各种精雕细琢的石雕、木雕、砖雕和泥塑艺术品。许多古大厝的柱基、门、窗、题匾、栏杆等装饰构件上的雕塑精彩纷呈美不胜收,那一尊尊栩栩如生的古代人物,或坐、或站、或舞枪弄棒、或策马驰骋,仿佛在上演着一幕幕精彩的历史传说。除了人物,飞禽走兽、奇花异草也是石刻的主题,骏马、梅花、喜鹊、麒麟、凤凰,无不姿态各异,形神兼备。那一扇扇木雕花窗,花繁叶茂,神态逼真,让人有呼之欲出之感,真应了古语中那"窗如画卷,画作窗棂"的生动情景。还有门楣、门楗、隔屏、插角、斗拱上的木雕,构思巧妙,线条细腻,朴素中透着灵气,让人无法不赞叹建造者的瑰丽想象和技艺的巧夺天工。

这些雕刻精致的建筑饰件对古民居起到了画龙点睛的作用,使整个建筑物显得生机盎然、意境深邃,表现出了一种精致典雅之美。

激起我审美兴奋的还有那一条街红红火火的颜色。漫步在老街区,映入眼帘的就是那仿佛无穷无尽的红砖墙,有的红色墙体上镶嵌着白色的花岗岩块石,自然而然地形成了一种红白相间的图案,让人感受到了闽南古老匠师含蓄动人的民间智慧,他们运用充满闽南味的红砖和白石这两种如此简约朴实的素材,毫不张扬地营构出了一种被称为出砖入石的艺术建构的美丽传奇。

红墙、飞檐和翘角,就这样不知不觉间造就了闽南古民居特有的雍容大气、瑰丽堂奥的皇家气息。这是民宅呀,居然与古代皇宫如出一辙,泱泱中国,你在哪里看到如此热烈的红墙橙瓦飞檐的民居群落?只有闽南!只有被称为"皇宫起"的闽南古民居!

"皇宫起"是一个美丽的传说。相传五代时期,家乡在泉州海滨的闽王后黄惠姑为老家房屋残破不堪风雨侵袭而忧心忡忡,宠爱王后的闽王得知后立马恩赐黄家"汝母厝皇宫起",闽南话"母"与"府"谐音,阴差阳错,遂使红墙橙瓦飞檐的"皇宫起"惠及整个泉州府,成为闽南地方建筑的独特风格,与中国传统建筑中的灰砖灰瓦或粉墙黛瓦形成了强烈对比。

这是一个爱情高于皇权的动人传说,我曾经多少次为闽王的爱所感动,也从民众的口口相传中感受到了一个族群爱的追求和理想。但不知怎的,我宁愿相信,泉州传统民居红红火火的喜庆色调一定与闽南民众渴望丰收、喜庆、幸福、吉祥的审美心理有关,它不仅传达出泉州传统建筑温馨的情调和意趣,也给人带来了一种辉煌亮丽积极向上的情感魅力。

漫步于五店市老街区,你还会发现一些古民居把本来迥异的东西方建筑装饰结合得那么协调巧妙。建于1957年的宛然别墅是旅菲华侨苏孙江的住宅,别墅里绿树葱茏,鲜花盛开,绿意盎然中掩映着一座突龟式两层洋楼。红砖白石相间的外墙洋溢着闽南古建筑的乡土气息,但雕花精美的晒台,墙面的砖雕,墙裙、柱脚上的浮雕,以及拼贴在红色墙身的各种花纹,或呈旋涡形、或呈文字形、或呈几何形,则可以看出南洋文化的鲜明印迹。歌德说,建筑是凝固的音乐;雨果说,建筑是人类思想的纪念碑,它和产生它的文化土壤息息相关。在五店市老街区的古建筑中,我们分明可以聆听到中原文化与海洋文化相互交响的动人乐章,我们分明可以感受到晋江人中西合璧兼收并蓄的博大胸襟。

日已近午,出砖入石的古建筑在明晃晃的阳光照耀下显得分外明媚亮丽。我依然余兴未艾地徜徉在五店市古街区,哪怕身上已经汗流成河。我在这里看到一个城市文化记忆的复苏,也在这里看到一个族群精神命脉的延伸。不管城市如何变化,不管生活的脚步迈得多快,我相信,这里永远是晋江人安放诗意和旧梦的地方!

哦,五店市,我走到哪里都会时时将你回望……

风雨姑嫂塔

不知道多少次了,每当我来到石狮宝盖山下,渴望拾级而上,去瞻仰那座遐迩闻名的姑嫂塔时,总是碰上倾盆骤雨。大雨从淅淅沥沥到哗啦哗啦,越下越大,一道迷蒙如烟的雨幕就这样挡住了我们一干人上山的脚步。许多次我只能遗憾地伫立山下,透过那迷离的雨幕,远远望向山顶那座在雨雾中若隐若现的五层石塔,感觉它是那么神秘,神秘得令我魂牵梦绕。

是不是应验了那个脍炙人口的民间传说?传说中,那个因天灾歉收被迫离妻别妹远走南洋的石狮男人海生,在异域他乡为稻粱谋是如何的含辛茹苦筚路蓝缕,我们都不得而知,只知道三年的打拼终于迎来回归的那一天。是的,就是那一天,我猜想,当他的船远远地从海平线上出现越驶越近时,当他扬帆鼓浪加速前进时,站在宝盖山上望眼欲穿的姑嫂俩该是怎样的心跳加速泪眼婆娑啊!我想海生也一样,当姑嫂塔的塔影渐渐进入他的眼帘时,当他的船即将靠近亲切的海岸时,这个久别故里的石狮男人一定也是血脉贲张兴奋不已啊!然而,那场该死的狂风暴雨,让本应成为喜剧的民间传说急转直下成为悲剧,海风呼啸,海浪汹涌,海生的船瞬间被惊涛骇浪打入海底。姑嫂俩喜尽悲来,眼睁睁地看着亲人葬身大海,痛不欲生,纵身跳入山崖。这个民间故事中少有的悲剧,让多少年后听到故事的我们也心痛不已不胜嘘唏。

姑嫂塔的故事已经传播久远,明代泉州著名史学家何乔远在《闽书》中早有记载:"昔有姑嫂嫁为商人妇,商贩海,久不至,姑嫂塔而望之,若望夫石然。"四百多年来,它已深深地植入石狮人的心中。也许因了这个传说,石狮人相信,姑嫂塔就是人们为了纪念这对苦盼亲人回归的姑嫂而建造起来的。

虽然我知道,传说只是个传说,但是为什么大雨偏偏总在我们去造访姑嫂塔时倾盆而下,是不是总在提醒我们去关注这个凄美哀伤的故事?

其实,近几年我一直在关注闽南民间故事,这其中也包括了石狮的民间故事。我认为石狮民间故事也是石狮民众文化想象的结晶,在生生不息的口耳相传中,它们以一种富有韵味的文学形态透露了石狮先民在石狮地区长期繁衍发

展过程中的生命轨迹和心理经验，深深地烙下了石狮人的历史记忆和文化精神，其中蕴涵着石狮发展变化的丰富信息和独特内蕴，是石狮精神的重要载体。

是不是悲剧的净化作用？我在姑嫂塔的故事中，读出的已不仅仅是姑嫂盼不回海生的凄苦，更读出了石狮人敢于开拓进取，到海外去发展的文化精神。

地处福建东南沿海的石狮，似乎天然就有一种把握先机的机敏触角，改革开放东风一吹，石狮人就率先锐意改革，开拓发展，不到三十年，如今我们走进石狮城，放眼望去，高楼林立，街衢纵横，广告牌铺天盖地，霓虹灯璀璨辉煌；还有绵延数里的服装城，鳞次栉比的别墅群，都在告诉我们，石狮已经是一个极富现代感的城市。

然而很久很久以前的石狮只是一个小渔村，土地贫瘠，天灾频至，村民食不果腹，生活艰难。穷则思变，凭借扼泉州湾出海口的地理特点，从唐代开始，就有石狮人沿着海路外出谋生。据史载，唐开元年间，航海家林銮为"渡蛮舟之便"，在石狮石湖西南建渡头。乡民出洋前往淳泥（加里曼丹岛北部）等地，大多从这个渡头开船下海。

到了宋、元两代，泉州成为"海上丝绸之路"的起航点和东方第一大港，处在泉州湾出海口的石狮人更是成批成批地扬帆跨海过台湾下南洋，远走他乡异域去打造自己的创业人生。明清时期实行"海禁"，泉州港随之衰落。石狮人不得不冒险向国外拓展，在异国垦荒辟地，建家立业，并慢慢地融入当地民族之中。何乔远曾在其文集《镜山全集》中提到，早年华侨"皆背离其室家，或十余年未返者，返则儿子生育至不相识。盖有新婚之别，娶以数日离者"。我想，正是石狮人这种普遍的、常态的、行走在海路上、创业在异域中的独特经历，才有姑嫂塔的传说，它不仅是早年石狮侨乡人民苦难生活和悲惨遭遇的文学想象，更是石狮人穷则思变、开拓进取精神的独特象征。

于是我知道，姑嫂塔其实是一座航标塔，当年，它目送着石狮先民们横渡大海闯荡异域，当海船渐行渐远，当姑嫂塔慢慢淡出视线，游子们终于意识到，故土已经远离，他们面对将是茫茫大海那一边的异域和不可知的未来。后来，它守望着游子们远航归来，当海船越驶越近，当姑嫂塔渐渐扑入眼帘，海外游子欣喜若狂，欢呼雀跃，因为他们终于回家了！姑嫂塔在眼前，家就在眼前，姑嫂塔已经成为海外游子梦中家乡的符号，成为海外侨胞"摇篮血地"的标志。

可以说，占全市人口总数一倍多的近四十万海外华人大多就是这样走出去的,从宝盖山上的姑嫂塔下,穿越大海,走向东南亚各国,走向世界,走向六大洲的近五十个国家。

穿过历史的风云,站在石狮海边的我,似乎看到在东南亚的椰风蕉雨中,一代又一代的石狮华侨和当地人民一道胼手胝足,披荆斩棘,开荒垦殖,种稻割胶,打鱼拉纤,走船运货,建农场盖工厂,办公司做贸易,艰苦奋斗,历尽沧桑,凭着石狮人的吃苦耐劳和聪明才智,终于发展起自己的事业和财富,也推动了东南亚及其他侨居地国家的经济发展和国家进步。

在这批浩浩荡荡在外拼搏的石狮籍华人华侨和港澳台同胞群体中,我看到了为中菲友谊和祖国和平统一作出重大贡献的石狮籍旅菲侨领李逢梧、蔡友铁、蔡文春等侨亲的拼搏精神。五岁随母亲到菲律宾谋生的李逢梧,兢兢业业开拓创业,在菲地先后创办了李那、伟亚唱片公司,合资建立宝丽金公司,控制了全菲本地曲目唱片百分之六十的市场,成为赫赫有名的菲律宾唱片大王。继而投资旅游、酒店、饮食、电器、机电、医药、房地产等产业,形成了旗下有新力国际、鹰标电器业、太平洋旅游、机械总会等十多家公司的势力强盛的李那集团。

1949年旅菲的蔡友铁和五十年代中期旅菲的卢祖荫,同样都是事业有成、蜚声海内外的杰出创业者。蔡友铁自二十世纪七十年代初开办家庭服装厂,数年后已经发展为著名品牌企业 KENTUCKY(马头牌)制造有限公司。至八十年代形成主营服装制造、代理销售与出口的集团企业。目前已经发展成为纺纱、织布、成衣、销售一条龙的大型企业集团。卢祖荫同样二十世纪七十年代在菲律宾创办亚洲印刷包装工业公司,继而又创立了菲律宾第二大苎麻加工厂、第三大卫生棉厂和出入口公司,并组成实力强劲的菲律宾纤维工业公司;还于二十世纪九十年代回泉州投资创办了永顺轻工实业有限公司。

我还看到了为香港平稳过渡和繁荣发展作出重要贡献,获得香港金、银紫荆星章的杨孙西、卢文端两位石狮籍企业界领军人物。年幼失父、穷且益坚的杨孙西在二十世纪六十年代中期香港纺织、制衣业大发展之时,通过购买、安装设备,成了一个自动化针织机的专家,并于六十年代末期开办了香港国际针织制衣厂。由于他对服装花样款式的精心钻研,产品深受海内外客商欢迎,企业迅速发展了第二家、第三家,最后,拥有十余家企业的香江国际集团诞生了,成为香港制衣业发展最快的企业集团之一。

而二十世纪五十年代初随母亲移居香港的卢文端,经过数十年的艰苦创

业,如今已是香港荣利集团董事局主席、香港镜报文化企业有限公司荣誉董事长、香港友邦国际集团有限公司副董事长、福建省闽南黄金海岸度假村有限公司董事长、江苏省镇江百盛商城有限公司副董事长。他还担任全国政协委员、福建省政协委员、世贸联合基金总会永远荣誉主席、中华海外联谊会理事、中国和平统一基金会荣誉会长、中国和平统一促进会理事、全港各区工商联会会长等荣誉职务。

让我感动的是,这些石狮籍旅外侨亲和港澳台同胞,致富不忘姑嫂塔下的摇篮血地,热爱祖国,心系故土,投资兴业,报效桑梓。特别是许多事业有成的乡贤,在回乡考察了家乡的教育、医疗、慈善,以及乡村环境、道路交通和基础设施建设后,纷纷慷慨解囊,捐赠公益,自石狮建市以来累计捐赠公益事业的资金已达十四亿元之多,为石狮经济社会的快速发展发挥了让人震撼的积极作用。如此善举和热心也得到了各级政府的充分肯定,建市以来,石狮籍华侨、港澳同胞已获得福建省人民政府表彰的金质奖章十八枚、银质奖章十七枚;泉州市人民政府表彰的铜质奖章四十八枚,荣誉奖状四十六幅,奖匾四十八块。其中郑声党、杨孙西、蔡清洁、蔡友玉、洪淑佩、林玉燕、蔡辉煌、蔡经阳、卢祖荫、邱季端、姚志胜、蔡天真等十二人还被福建省人民政府树碑立传,以弘扬他们的乐善好施精神。

在海外取得杰出成就的,除了石狮籍的经济界人士,还有为人类科学事业作出巨大贡献的石狮籍专家学者。在半导体材料研究方面成就突出的美国科学院院士李爱珍,在世界医学界神经外科专业久负盛名的英国著名华人脑神经外科专家高武图,为奠定中国人类学学科基础作出重要贡献的人类学家林惠祥等都是科学界石狮籍华人华侨的佼佼者。

正是这一个个从姑嫂塔下走向世界的杰出人才,灿若繁星般把石狮的天空装点得晶莹亮丽光彩动人。

明代泉州安溪人,嘉靖年间进士詹仰庇有诗云:"宝盖峰高控海东,西来金马远争雄。/手摩霄汉千山尽,眼入沧溟百岛通。/虎豹风生幽涧底,鱼龙云起大波中。/天涯恍有神仙气,一啸冷然若御空。"在诗中,詹仰庇以隽永的意象和激情洋溢的诗情赞美了宝盖山下这片土地的人杰地灵如"虎豹风生""鱼龙云起""恍有仙气""啸然御空"。难怪姑嫂塔原名"关锁塔",那是史书记载中一名叫作"介殊"的南宋僧人有感于宝盖山位于晋江东南端滨海风口、水口交接处,认为这是一片"风水宝地",关乎一方灵气,决定人文兴衰。于是募缘兴建此塔,作为"关锁(风)水口"镇塔之用,遂命名为"关锁塔",又名"万寿塔"。

也许风水宝地之说只是石狮民众的一种生命诉求,然而石狮三面临海,北临泉州湾,南临深沪湾,东与宝岛台湾隔海相望的地理环境,以及面对浩瀚大海,"宝盖峰高控海东,西来金马远争雄",所以"手摩霄汉千山尽,眼入沧溟百岛通"的襟怀和气魄,才是这片土地之所以人杰地灵的原因所在!也许正是石狮人由此形成的那种大海般的胸怀,开放的视野,大气的追求,让石狮这片陆域面积仅一百六十平方公里的土地人才辈出,经济发展突飞猛进,各项事业欣欣向荣!

那一天,风雨过去,天空一片晴朗,我终于登上姑嫂塔,极目远眺,大海一望无尽,波光浩渺;海上碧水蓝天,白帆点点;海风猎猎,鸥鹭翱翔,顿感襟怀舒展,视野通达!

我想,有了这般开阔的视野和襟怀,有了从姑嫂塔走向世界的豪迈和大气,还能没有石狮今天的繁荣富强吗?

感恩的土地

有个诗人说,金谷是天上掉下的一穗金谷长出的土地。虽然诗歌是想象的夸张的,但诗歌就有这种力量,从此让我对这片金色的土地充满了向往。

三月里的一次金谷采风,终于让我见证了诗人的所言不虚。这确实是一片物产丰饶、人杰地灵的土地。这里有山有水,山是大吕山,水是清溪水,山清水秀,气候温润。这里有茶有果,茶是名茶,铁观音、黄金桂、黄旦;果是优果,柑橘、龙眼、柿子;漫山遍野,绿肥红瘦。这里有树有花,春暖花开,草木生辉,村头屋后,三角梅姹紫嫣红,大榕树葱茏如盖。这里是抗日女红军战士、《延安颂》的词作者莫耶的故乡,是安南永德苏维埃政府的旧址,还是风靡海内外的广泽尊王的原型郭忠福的诞生地。

郭忠福我并不陌生,三年前我在南安凤山寺采风时就知道他是一位神奇而孝顺的牧童,家境贫寒的他不仅卖身葬父,而且日夜精心侍奉亲娘,十六岁时坐化于加蕉藤上。乡人感其至孝,为其筑庙建祠,尊为郭圣王。因此我在一篇散文中,把供奉广泽尊王的凤山寺称为"牧童的神坛"。在闽南民间传说中,郭忠福成仙后,经常显灵保境安民,骑白马披白甲驱奸除恶、庇护百姓,不仅作法下雨扑灭皇宫火灾,为皇太后把脉开药,治好她的痼疾;而且在倭寇骚扰民众时还能设计诱敌下水,把倭寇歼灭在水中,保护了黎民百姓的生命财产。

传说是民间想象的产物,但想象却透露出民众的心理经验和情感诉求,是闽南文化的独特镜像。这些充满独异想象的圣王传说不仅传达出闽南民众对给他们带来生命安全和社会安定的好人的虔诚崇拜和深切感恩之情,也形象地表现了闽南民众的理想追求和精神向往,闪现出闽南文化向善扬善的人性光辉。

不知道是帝王们也相信这些传说,渴望得到庇佑,抑或是为了激励民众孝顺父母,常做好事,维护社会稳定,郭圣王从此成为一个独特的榜样,屡受历代皇帝褒封,直至清朝同治年间,累积封号已达十六字之多,为"威镇忠应孚惠威武英烈保安广泽尊王",简称"广泽尊王"。广泽尊王崇拜也因此演变成了一种影响深广的民间信仰,信众遍及海峡两岸、东南亚甚至世界各地。目前世界各地都有奉祀广泽尊王的庙宇,包括东马来西亚沙劳越的古晋保安宫,连马来西亚人也来行香。广泽尊王庙宇最多的当属海峡对岸的台湾,金谷人说有几百座,因为广泽尊王被认为是台湾汉人的保护神,信众数百万人。由此不仅可以看出两岸文化的一脉相承,而且也看出了牧童极其短暂的生命是如何以其品德的强大力量在世界各地闽南民众的灵魂里和信仰中顽强地延续和存留。

但是今天,我第一次知道原来郭圣王的诞生地竟然是安溪金谷,原来金谷居然诞生了一位具有世界影响的牧童神灵!

我在金谷镇河美村与尚芸村交界处的蛇仑山山麓,看到了一座古朴沧桑却气派非凡的庙宇,这就是主祀广泽尊王的威镇庙。威镇庙始建于五代末(938-959年),宋绍兴年间(1131-1162年)受帝敕封庙额曰"威镇"。现存建筑为清光绪丁亥年(1887年)重修。庙右前侧建有"圣旨亭",亭内竖有一方宋碑,镌书"敕威镇庙圣祖神道",据考,这也是宋代皇帝所敕封。威镇庙为首批县级重点文物保护单位。据传,威镇庙建在蛇仑山麓,后龙山势延德化、永春的山脉而来,宛如一条游蛇,故称"蛇穴",因此此地被认为是风水宝地。广泽尊王也因此获山灵之气,神力十分显赫。

我还在金谷镇河美村的蜈蚣山麓,看到了太王太妃陵,俗称"圣王公墓",是圣王郭忠福之父郭明亮、母林素娘的墓地,始造于五代间,也曾被宋帝敕为"太王太妃陵",是省级文物保护单位。两墓规模庞大,气势磅礴;墓山绿草茵茵,翠木苍苍。尽管墓地远在山林间,却不时可见村民或游人前来烧香祭拜,足见人们对这对能养育出善良牧童的父母亲的感恩之情。

最让我惊讶的是在太王陵右旁还有一座建构颇为宏大的陵墓,墓碑上书"杨公"二字,原来这就是名闻遐迩的杨公墓,是郭忠福为其牧羊的财主杨长者的陵墓。墓前建有拜亭,据说祭圣王公墓前必先祭恩主杨公墓。这真的让我十分奇异,在我的记忆中,郭忠福为了安葬父亲,小小年纪就卖身给大财主杨长者家牧羊。在民间传说中,杨长者还非常吝啬,并不是一个好财主,为什么后人要为他建墓纪念?而且还先于圣王公墓祭拜?就在我困惑之时,一个好像是管理寺庙的金谷人告诉我,因为太王太妃陵即郭忠福父母的墓地是当年地理大师点拨的风水宝地,在传说中,这块地正是杨长者的羊栏里公羊睡觉的地方,是地理大师作法让郭忠福得到了这块风水宝地葬父。这么说来,杨长者真的是郭忠福

日后"万代封侯"的恩主。既是恩主,就得感恩,哪怕他曾经是一个吝啬的地主!

在广泽尊王的传说中,也许郭忠福成仙显灵保境安民只是古代地处偏远山区环境恶劣的闽南先民的一种精神寄托,但金谷民众通过祭拜杨公墓所透露出的那种相当朴素而真挚的感恩心理却使我深受感动,一种人性的力量刹那间让我心潮起伏!

离开金谷,我还在久久地回望,因为这片善良的、感恩的土地已经镌刻进我的生命深处,让我常常回味和自省。

永远的孝女

位于紫帽山麓的鲤城常泰是一个神奇的地方,因为这里有一座神奇的苏夫人姑庙,供奉着一个神奇的十六岁少女苏六娘。

苏六娘的故事非常神奇,而且广为流传,脍炙人口。传说中,苏六娘是明代鲤城常泰村苏启能之女,自小端淑孝顺。因为生活贫困,排行老六的小姑娘一出生就被送给别人当童养媳。但苏六娘懂事后并无抱怨,反而十分孝敬父母,每天都回家看望侍奉,分担家事农活,风雨无阻。十六岁那年突然拜别父母,自言天神召见,便神奇离世。离世之时,祥云缭绕,天乐遥闻。民众感其孝顺贤良,尊称她为"苏夫人",因其年少未字,又尊其为"苏夫人姑"。并建庙筑祠,奉为孝神。在古代先民的潜意识中,好人是不死的,死了也会复生,并以非凡神力继续庇护民众。因此在纯朴民众的想象中,神化的苏六娘屡屡显灵治病救人,并率神兵抗倭平乱,保家卫国,被朝廷先后敕封为"护国卫生夫人"和"衍圣崇福夫人",谥号"忠烈"。

如此威名显赫,苏六娘真是一个神奇的少女! 由此我也知道,苏夫人姑庙供奉的其实是一个女孝神。此刻我突然想起前几年去过的南安凤山寺,凤山寺供奉的广泽尊王郭忠福则是一个男孝神,生前牧羊砍柴侍奉寡母的郭忠福也是在十六岁那年在一株加蕉藤上突然坐化成神的,被后人尊为郭圣王和广泽尊王。

地方不同,性别不同,但同样于十六岁那年坐化,同样因孝道被敬奉为神,同样神力广大,驱奸除恶,庇护民众,同样以其美好的形象活在闽南民众的想象中、传说里、心坎上,甚至信仰中!

这难道仅仅是一种巧合吗?

我以为不然。也许在今天的人们看来,坐化前的苏六娘和郭忠福还仅仅是两个孩子。然而,恰恰是这两个普通的孩子,他们极其短暂的生命却以其品德的强大力量在世界各地闽南民众的灵魂里和信仰中顽强地延续和坚固地存留。

由此我们不难看出民众对这两个孝道之神的独特尊崇,看出闽南文化崇善

敬德的价值取向和生命追求,看出中华传统美德的强大精神力量!

闽南民间有一种很普遍的礼俗,就是为孩子的十六岁生日举办隆重庆典,俗称"做十六岁"。也许这一礼俗即源于苏六娘或郭忠福的传说。但我想,这不仅仅只是一种成人礼,祝贺孩子成人了;也许这还是一种提醒,告知孩子你已经长大了,要懂得感恩,要懂得尽孝,要懂得关心父母的病痛,分担父母的辛劳。

这就是苏六娘这一民间故事的魅力。它以一种神奇动人的艺术形象,承载了传播和弘扬以孝亲文化为基本内涵的中国传统美德的任务。

其实,不仅仅是闽南,也不仅仅是民间。著名学者、北京大学教授季羡林生前给年轻人的八字寄语就是"爱国、孝亲、尊师、重友",其中孝亲是排在第二重位的。倪萍曾在央视《艺术人生》清明特别节目中追忆了十年前季羡林先生回山东老家大官庄村给母亲上坟的情景,并为一个八十多岁的老人长跪在去世时才四十多岁的母亲坟前泪流不止的画面震撼不已。季羡林先生自己也在《怀念母亲》一文中写道:"一想到母亲,就泪流不止,数十年如一日。"由此我们看到了一个大学者最真实的情感流露和那深入骨髓的一片孝心。

虽然人类社会已进入了二十一世纪的第二个十年,日益膨胀的消费文化也在不断改变着人们的生活观念,但家庭没有消失,道德没有消失,孝道在当今的社会生活和人们的道德行为中,仍然具有不可或缺的积极意义。

也许现在有些养尊处优的孩子已经不太懂得感恩,不太懂得孝道,于是我想,应该让他们到鲤城常泰走走,让他们去看看苏夫人姑庙,让他们知道这里供奉的苏夫人姑其实只是一个十六岁的民间少女。但就是这样一个民间少女,却以其贤良孝顺的品德魅力征服了自古至今的千千万万民众,成为人们心目中永远的女神!

那一个夏日的午后,当我们一行走出双涧环抱、林木掩映中的苏夫人姑庙时,我已知道,风光并非远去,因为这个善良的少女已经站成了我们心中永远的风景,那么美丽,那么动人!

被遗忘的痛苦

泉州西部有一个古镇叫英都,英都镇中有一个著名的山村叫良山,良山村有一个历史悠久的名胜古迹叫"云从古室"。位于天马山北麓的"云从古室"是英都洪氏文化的发祥地,因为它曾经是英都古代的一个学堂,许多山村的孩子正是从这个学堂中汲取了文化知识,然后走向全国各地去建功立业,光耀门庭,显赫祖宗,也灿烂了一个山村。据《翁山谱志》记载,仅明清两代就有进士十六人之多,还不包括六十五个举人、六十三个贡生和五百多个秀才。英都五世家庙东西轩大门楹联刻下了一些官宦之家当年的显赫:"解元传胪鸿博第,将相公侯郡马家""宪台方伯大夫第,布政司徒侯爵家"。难怪英都自古就被誉为"人文荟萃之乡,藏龙卧虎之地"。

八月里的一天,我慕名来到良山村,我知道这个小山村曾经诞生过一个在历史上饱受非议的明清两朝重臣洪承畴。虽然我不知道父子两代双进士的洪承畴是不是从"云从古室"走出去的,但在村人的引见下,我来到了"洪承畴读书处"。这个雅称"溪溢馆"的地方现在已成为供人参观的名人古迹,其实它只是山村一座古大厝里一间小小的偏房。

在那个阳光灼热的中午,我就这样默默伫立在这个叫"溪溢馆"的小屋前,那个曾经横刀立马、叱咤风云的影子已经非常遥远,遥远得我实在看不出他的面容是帅哥还是丑男;但他的形象又分明如此清晰,清晰得我可以感觉到他心灵的战栗和眼角的泪花。

于是我的记忆一直在历史的长河中穿行,但无论我如何去读解历史,我都无奈地读出了一个在时代更替的风口浪尖中上下颠簸却把握不住命运之舵的身心极度痛苦的知识分子。

是的,这个靠科举取士的知识分子曾经有过辉煌的足以让村人引以为自豪的前半生。辉煌是从他在这个叫"溪溢馆"的小屋里发奋读书起步的,在那张简陋的书桌旁我似乎能穿过历史的烟云看到年少的洪承畴悬梁刺股埋头苦读的寂寞身影。在知书达理的母亲严格教导下,从小聪明好学、思维敏捷的洪承畴

靠着勤奋苦读，于二十三岁那年考中举人，第二年考中进士(二甲第十七名)，从此步入仕途，并逐渐官居高位，至崇祯时已任职兵部尚书，官至三边总督、蓟辽总督，成为明末重臣。并且荫及父母及祖上，自曾祖父始均获封官加爵。应该说，这时候的洪承畴是志得意满的，从一个山村的贫寒书生，一步步地青云直上，指点江山，挥斥方遒，不管是面对祖宗，还是面对村人，都是风光得足以让人飘飘然的。

然而造化弄人，不幸的是洪承畴经历了一场朝代更替的乱世风云，这就注定了这个试图有所作为的知识分子官员无法避免的悲剧命运。崇祯十三年，清太宗率兵包围锦州，边关告急。十四年，临危受命的洪承畴率领十三万明军在东北锦州城外的松山与清军作战。因朝廷腐败，士气低落，明军被击败，松山城陷，洪承畴也因此被俘，并在清太宗的百般安抚劝降下归顺清廷。

翻开历史，我们看到尽管洪承畴降清之后曾为一个兀然崛起的新朝代出谋献策，制定法规，佐理机务，平定江南，在清王朝统一全国时起了十分积极的作用。而且一些清人也给予不低的评价，清初努尔哈赤的孙子、平南大将军博洛曾认为洪承畴平定福建是"开清第一功"。云贵总督周有德也认为洪承畴在清初统一云南贵州中的功绩是"不负先帝，亦承畴实不负经略矣。"清人梁章钜还称颂道："西南底定，其功亦伟矣。"甚至康熙皇帝也在谕旨里一再称他"劳绩茂著"。但是对这一辅佐过明清两个王朝、被称为"贰臣"的历史人物的非议，历史上也并不客气。乾隆皇帝钦定的《贰臣传》中，干脆把洪承畴和其他入清的明朝官员一百二十多人，一律贬斥为"大节有亏"。后来一些受儒家正统观念和大汉族主义情绪影响的历史学家对洪承畴也一直持否定态度，甚至贬斥为"汉奸"之辈。民间也是如此，坊间甚至还流传"庄妃劝降""洪母骂畴""承畯贬兄""素月孤舟""六离门"等故事予以谴责和痛斥。

改革开放后，史学界开始从宏观历史的角度对洪承畴的"仕清"行为进行重新认识。许多史学家从学术的角度肯定了洪承畴在清初统一过程中的历史作用，认为清朝是中国的主要王朝之一，洪承畴归顺清王朝，是顺应历史，他为清廷安邦定国出谋划策，为清朝的统一大业作出了重要贡献。但无论如何，我宁愿相信从此辉煌和荣耀已经离他远去，伴随着他的只有痛苦和无奈。

当代史学界对洪承畴的重新评价也许是一次拨乱反正的探讨，但是我却困惑于洪承畴降清是一种所谓"顺应历史"的选择。也许现代人认为是这样，但作为一个封建科举制度培养出来的古代知识分子，在兵败被俘、身陷缧绁的耻辱时刻，我总觉得他未必能有那样高远的眼光和如此自觉的反应，反之，他应该是十分痛苦的。洪承畴生逢乱世，被迫降清，这对他的身心已是一大打击，让他倍感痛苦。而洪承畴"仕清"，仍然是无奈的，为那个推翻了自己所依附的王朝并让自己备受羞辱的敌对王朝服务，这让一个以儒家忠信为要义的知识分子尤感痛苦。对于这样一个穷途末路而又满腹文韬武略的知识分子来说，不管降清还是"仕清"，其实都是一种极端痛苦而无奈的选择。

我一直以为，作为一个以科举取士的官员，不管他官职有多高，在历史上作过多大贡献，本质上他仍是一个知识分子，因此就难免带上中国知识分子的种种秉性特征。特别是面对命运转折期的两难选择，良知和现实的矛盾总是让他们的内心备受煎熬而痛苦。在儒家传统思想的指导下，他必须效忠他所服务的明王朝，作为一个有所作为的知识分子，他渴望社会安定昌盛，所以他努力工作，积极进取。但作为一个清醒的知识分子他又看到了由盛入衰的明王朝末年政治腐败经济衰微阶级矛盾尖锐社会动荡不安的严酷现实，由此他又可能对这个王朝越来越感到失望，幻想有一个新的气象来取代这一黑暗现实。这种无法调和的矛盾心态使他的心理显得十分脆弱，因此当他兵败松山被俘时，虽然也英勇抗争过，清廷命其剃头易服投降，他拒不剃头，延颈承刃，"科跣谩骂""只求速死"，并绝食七日。但他后来还是抵不住清太宗的竭力规劝而归顺清廷。也许是因为感动于清太宗诚心可鉴，"朕素以诚信待人，必不以虚言相诳。尔等可自思之！"也许是因为他看到了明王朝气数已尽而作出的别无选择的选择；也许是他在权衡了利弊之后为了天下而不得不牺牲自己名誉的一种忍辱负重；当然，也许还有他的懦弱、沮丧与绝望。不管有多少个也许，我都觉得这是一种痛苦的选择。过后他效忠清廷，同样是一种无奈的抉择。作为一个知识分子，儒家思想的根深蒂固，使他不能不为他所依附的朝廷服务。而知识分子固有的"天下为心"的信念，也许又使他必须为天下的安定和统一作出贡献，以实现他当时忍辱负重降清的初衷。尤其是在满汉民族矛盾如此尖锐的情况下，他参与清廷中央佐理机务，不管是到南京招抚江南抗清势力，到湖广总督五省军务，还是协助清廷平定江南、统一云贵，他的用心也许都是为了尽可能地避免在清朝统一全国的过程中出现更多的武装冲突和流血事件，尽可能地避免人民会有更多的伤亡和灾难，缓和民族矛盾和阶级矛盾，使国家安定和发展。也许，这正是

他作为一个知识分子的良知和道义使然。因此，洪承畴由明仕清的选择，虽然从现代理念上来说是顺应历史潮流的，特别是他在清朝统一全国中的积极作用，从某种意义上来说是推动了历史的发展。但我们完全可以觉察出来，其实这种选择是十分痛苦万般无奈的。对于一个力图有所作为的知识分子来说，这实在是一种别无选择的选择。

离开时，我再一次回望这个不平凡的山村。在正午的阳光下，山村显得分外宁静，山林特别青翠，田野特别金黄，一些农人悠悠然地坐在房前屋后和树荫下乘凉避暑，脸上带着一种生活富足的惬意。不管洪承畴是对是错，他们已经不再提起，一切都已经被埋入历史的深处。只有当有人来参观时，村人才会引至洪氏祖祠和溪溢馆，淡淡地说起当年洪承畴给村里带来的荣耀。也许知识分子的命运常常就是如此，他们创造了历史，却不幸成为历史的殉道者，然后被历史慢慢地遗忘。

民间的朱熹

在我以往的视野中,朱熹一直就是头顶灿烂光环的南宋大理学家,世称朱子,是孔子、孟子以后最杰出的弘扬儒学的大师。当年他在时属泉州的同安县做官时,曾在泉州留下大量书香熏人的足迹。相传他曾经在泉州清源山、南安九日山结庐读书讲学,还在泉州各地建了多所书院,如石井杨林书院、南安诗山书院、安海石井书院、东石鳌江书院、安溪考亭书院、泉州小山丛竹书院,等等,他走过的地方也被人们奉为圣地。

然而有一天,我在阅读了一些地方的民间故事后,发现不同地域的民众所想象的朱熹居然是不一样的,有些甚至是截然相反的形象!民间故事是底层民众想象的结晶,民间的朱熹居然是千面的朱熹!这让我大为惊讶。

流传于晋江流域、九龙江流域为主要区域的闽南民间故事中的朱熹是最正统也是最尊崇的对象,因为闽南民众都把朱熹想象成"神的化身"。在这些故事中,朱熹是神,具有非凡的神力,能够斩妖除魔,解民于困;能够通天显灵,扬善惩恶。有一个《文昌鱼的传奇》故事,讲述时任同安主簿的朱熹为了征服在县南海域兴风作浪危害渔船的两条吃人大鳄鱼,设计择日择时"倒乘轿"进衙门,引鳄鱼出海,再望空投掷朱笔,射死吃人鳄鱼。鳄鱼死后腐烂生虫,虫子就变成了今日的文昌鱼。还有一个《对天祝词显报应》的传说,讲述朱熹为同安主簿时,在处理一起强占别人风水墓地的案件时,挥笔题词祈求天地显灵主持公道,果然朱熹通天有灵,霎时天摇地陷,强占者受到了报应。有关朱熹通神的故事还有《计除恶僧》《青蛙带枷镶环翠》《齐齐松》《茅笔镇流》《葬大林谷镇蟹精》等等,或讲述朱熹用朱砂笔制服了老鼠精变成的横行霸道作恶多端的恶僧淫棍,为老百姓禳灾解难;或讲述朱熹用字纸给青蛙带枷,制止了影响他读书思考的蛙噪;或讲述永春知县骆起明使用朱熹遗留的毛笔一挥,居然镇住了狂风巨浪,避免了一场覆舟之险;或讲述朱熹用儒巾罩住了变成书生危害乡里的螃蟹精,使其原形毕露从而为民除害。

很显然,在这些故事中,朱熹的能力已经被民众无限扩大化,而且无一例外

的是,他为民除害的武器都是神奇的朱笔或儒巾,朱笔和儒巾可是最能显示其知识者本领或身份的用具呀!由此不难看出,朱熹在闽南民众心目中的地位有多崇高,闽南民众崇儒尚文的心理有多执著。

我们再来看流传在江浙一带有关朱熹的文学传说,当地民众所想象的朱熹形象竟然大相径庭,让人大跌眼镜。譬如明末凌濛初编刊的著名小说集《二刻拍案惊奇》中有一篇《硬堪案大儒争闲气 甘受刑侠女著芳名》的小说,描绘了提举浙东的朱熹受人挑拨,偏狭狠毒,硬要弹劾无辜的台州知州唐仲友,并殃及天台营妓严蕊的故事。故事中,被闽南民众尊为儒神的朱熹居然被塑造成了一个偏执卑劣暴虐的小人形象,其中贬斥的感情色彩十分鲜明。

在武夷山地区以及距此不远的江西铅山一带、庐山白鹿洞一带流传的朱熹传说,又是另外一种形象。我们知道,朱熹长期游居武夷山,淳熙十年,朱熹在五曲溪畔筑武夷精舍,"著书授徒,学者云集"。据学者林振礼考察发现,朱熹死后,武夷山及江西民间流传了不少朱熹与狐仙的传说故事,如《狐夫人》《朱熹与丽娘》《鹅湖山朱熹遇怪》《狐狸墓》等等。这些故事都讲述了朱熹与一个狐仙变成的美女(胡丽娘或胡玉莲)之间缠绵悱恻又遭人挑拨破坏的灵异经历。在这些故事中,头顶圣人光圈的大儒朱熹俨然成了通俗文本中多情书生的浪漫形象,其中不乏调侃、戏谑和嘲讽的情感因素。

让我感兴趣的是,朱熹传说为什么会出现几乎截然相反的文学想象呢?我想了又想,觉得这种情况表面上是受其现实环境影响的结果,实质上是由不同地区的不同文化心理所决定的。从上面的比较可以看出,在这几个不同区域流传的朱熹民间故事中,只有闽南民间故事最严肃最正统地将朱熹想象成一个大智大圣的神儒形象,一点都不敢亵渎,由此我们不难把握到闽南文化的审美价值取向。

闽南文化是具有鲜明特征的地域文化,不仅与北方中原文化有着显著的差异,就是与同为闽文化群体的其他地域文化相比较,也彰显着其个性的光彩。而闽南民间故事,由于来源于广大劳动人民的智慧和想象,是民间创作者根据自己的人生把握和审美理想进行想象创作,又通过民众的口耳相传而得以广泛流播的,在民众中具有广泛的基础,可以说是闽南文化的典型代表。在这些广为流传的有关朱熹的文学想象中,我们可以看出闽南文化的一些鲜明特征,以及闽南民众通过神化名儒所传达出的对儒学尊崇和敬重的价值取向和精神追求。

在中国古代思想体系中,儒家思想长期占据主导地位。虽然南方的开发远远落后于中原地区,但是随着中原移民的南迁,经济重心的南移,儒家思想也毋庸置疑地伴随着中原移民传到了曾经是一片蛮荒之地的闽南地区。特别是南宋大学者朱熹入仕后先任泉州同安主簿,后又知漳州以来,长期在闽南地区讲学,"日与讲说圣贤修己治人之道""一时从学者众",对儒学文化在闽南的发展影响很大,许多闽南籍的儒学学者多为其师友门人。由此可见朱熹对闽南儒学盛行的推动作用。以致朱熹去世后,民间对朱熹的崇拜依然有增无减,元人任松乡曾在《重建文公书院记》一文中记载:"文公(朱熹)既没,凡所居之乡,所任之邦,莫不师尊之,以求讲其学,故书院为盛。"

闽南地处福建东南沿海,改革开放之前交通极其不发达,因此一直以来远离中国的政治、经济、文化中心,再加上很少进行大工业建设,所以闽南地区长期处于一种比较保守的传统农业社会形态中。这种社会形态使闽南文化具有较少受到现代大工业文化所冲击的中国儒家传统文化的鲜明特征,譬如,尊师重教,勤奋好学,济危救困,乐善好施,思乡恋家,仁爱宽厚,等等。而且,由于儒家思想的巨大影响,闽南地区兴学重教的文化精神迅速得到提升,特别是泉州及晋江流域学风更盛,"十室之内,必有书舍,保贩隶卒之子,亦习章句",可见闽南对文化教育的重视,以及儒学在闽南民众心目中的重要地位。因此,民间想象中对儒学儒子的大力推崇,以及对名儒朱熹的神化,我想与闽南文化根深蒂固的儒家传统是分不开的。

所有的民间想象都是民众文化心理的演绎,朱熹的民间想象自然蕴涵着底层民众的心理经验和精神追求,是长期积淀在民众内心深处的集体无意识的独特表现,是瑞士精神分析学家荣格所说的"一种沉淀在作者无意识深处的集体心理经验"。因此我想,江浙一带的民众敢在传说中把代表封建正统的朱熹想象成一个偏执卑劣的小人,不难看出其文化中的离经叛道精神。这在当时以儒家文化为统治思想的封建社会,不能不说透着一种反封建的亮眼色彩,也不难看出江浙民众的某种审美取向。因此,在中国近代文化史中,江浙出现如鉴湖女侠秋瑾、文化斗士鲁迅、北大革新者蔡元培等这样性格鲜明形象突出的反封建志士,应该说也是一种文化的必然。

武夷山地区的民众把朱熹想象成了通俗文本中多情书生的浪漫形象也是可以追寻到原因的。武夷山地区拥有丰富的"古闽越""闽越族"历史文化遗

存,是已经消逝的古代文明的历史见证。早在四千多年前,就有闽越族先民在此劳动生息,其后的"闽越族"文化绵延两千多年之久,留下众多的文化遗迹。武夷山东部绝壁岩洞中的架壑船棺、虹桥板是闽越族先民的丧葬遗存,也是国内发现年代最久远的悬棺,距今三千多年。因此,武夷山也被考古学家认为是悬棺葬俗的发祥地。而占地近五十万平方米的汉代闽越王城遗址则是中国长江以南保存最完整的一座汉代古城址,其出土的日用陶器、陶制建筑材料、文字瓦当、铁器青铜器等,见证了汉代闽越族盛衰的历史过程。我想,偏居中国一隅的闽越族先民一定和许多居住在山上的少数民族一样,拥有不受封建传统约束的勃发的原始生命力和绮丽的爱情幻想。尽管朱熹曾在武夷山讲学著述五十余年,但他针对的主要是知识阶层,处在社会底层的闽越族文化的强大力量,完全可以以其充满生命力的爱情想象,为朱熹穿上浪漫的情爱外衣,演绎充满民族灵异色彩的爱情故事,从而有趣地改写了朱熹一本正经的大儒形象。由此我不能不佩服武夷山民富有民族文化魅力的独特想象。

由此可见,民间的想象真的是既有趣又真实,不仅体现了不同地区不同民族民众的审美文化心理和生命追求,也彰显出不同地区不同民族的文化魅力。也许在社会变迁和文化传承的过程中,民间想象会得到发展、丰富甚至改变,但它曾经演绎过的有趣故事,已经在历史文化中留下了难以磨灭的痕迹。

如此看来,民间的朱熹并非仅仅是民间的朱熹,我讲述的朱熹的民间想象也并非只是让大家听听故事而已。

神化的蔡襄

北宋年间，泉州洛阳江水阔五里，波涛汹涌，两岸民众只能靠渡船往来，若逢风大潮急，一不小心就是船倾人亡，民众出行困难重重危机四伏。皇佑五年（1053 年），时任泉州太守蔡襄看在眼里忧心忡忡，决定主持兴建洛阳桥。洛阳江海潮汹涌，江流湍急，可以想见当时建桥环境是何其险恶，建桥工程是何等艰巨！蔡襄率领部属攻坚克难艰苦卓绝，历时六年方建成洛阳桥。洛阳桥长达八百多米，有桥墩四十六座，是中国现存年代最早的跨海梁式大石桥，与北京的卢沟桥、河北的赵州桥、广东的广济桥并称为我国古代四大名桥，建成后极大地造福了当地民众百姓。蔡襄也因此深受民众拥戴，不仅在桥头塑像瞻仰纪念，他的爱民精神也被民众演绎成许多脍炙人口的民间故事加以传诵。

蔡襄的民间想象丰富而生动，民众大多在故事中把蔡襄想象成一位具有非凡能力的神化形象。如洛阳桥系列故事之一的《夏得海投书海神》，讲述的是泉州太守蔡襄派衙役夏得海往龙宫送牌，借助海龙王神力退潮三日以便奠基砌墩建桥的故事。《观音化美女》和《八仙显神通》的故事或讲述观音化身美女帮蔡襄筹集资金建桥，或讲述八仙施以援手助蔡襄完成建桥善举。还有《洛阳桥的传说》，讲述蔡襄为了回乡为官，竟能指挥蚂蚁在皇帝必经的路上围成自己的名号蔡端字样："蔡端蔡端，本府为官。"皇帝路过时看到随口念出，蔡襄一听急忙下跪谢恩，君无戏言，皇帝无可奈何，只好钦点蔡襄为泉州府太守，也因此才有蔡襄建桥的伟绩。在这一系列故事中，神佛都能在蔡襄需要帮助时及时出现，由此可见民众已经把蔡襄提到了通神的高度来加以传说，民众认为蔡襄可能是神灵转世，才有能力在恶劣的自然条件下建成洛阳桥。这不仅反映了民众对神灵的期盼心理，也传达出民众对蔡襄的独特景仰，人们甚至还在桥南建了一座蔡襄祠，把蔡襄当作神来崇拜，可见蔡襄在闽南民众心目中的地位和分量。

神化好人好官，向来是闽南民间想象的一个重要特征。但凡民众尊崇的对象，不管是宗教人物、历史人物还是平凡百姓，伟大如民族英雄岳飞、郑成功、俞大猷，平凡如渔女林默娘（妈祖）、民间医生吴夲（保生大帝）、牧童郭忠福（广泽

尊王)、民女施秀英(乌髻观音)、苏六娘(苏夫人姑),以及地方官朱熹、蔡襄、李九我,还有传说中大义凛然、武功超群的关羽,乐善好施、慷慨散财的李五,等等,都是闽南民众崇拜的对象,也都是民众在想象中加以神化的艺术形象。

虽是神化形象,其实非常朴实,都是民间想象的产物。这些民间想象的原型,生前均是救苦救难乐善好施的好人,死后才会被民众奉为神灵,甚至修庙建祠进行供奉和祭拜。民众还幻想这些民间神灵能在他们遇到困难时,挺身而出显灵显圣化解灾难,所以洛阳江两岸民众想象中的蔡襄也能在成神之后继续庇护他们,给他们带来和平安定的生活。像蔡襄这样的民间想象在闽南民间故事中是很普遍的,如《妈祖的故事》中那位能够感知海洋危险,乐于保护船舶安全,勇于救人、不怕牺牲的渔女林默娘,也被长期以海为生的渔民想象成具有非凡神力的女神,一直在庇护渔民的安全。死后被民众奉为保生大帝的民间医生吴夲,也在《揭榜医太后》《智破蜈蚣案》《虎口拔银钗》等一系列民间故事中以自己的神力继续在民间悬壶济世,治病救人。还有《凤山寺广泽尊王的传说》中,大孝感天的牧童郭忠福十六岁时也在民众想象中坐化成神,并总在民众遭难时及时显灵以白衣白马的形象出现救灾济人。这些想象中的民间神灵都与民众一起生活过,乐善好施,为民造福,尤其乐于帮助底层民众,是人们心中既亲切又尊崇的人物,所以被称为民间俗神。他们不像宗教神话里的神仙那样高不可攀,而是充满世俗味和人情味,是人与神的结合体。而且,有些俗神形象还有一定的专业技能,他们成仙前从事的职业,就是他们成仙后主管的业务,如蔡襄是管洛阳江水利的,吴夲是救死扶伤的,妈祖主管海上航运的,能够庇护渔民的,等等。民众会根据不同的需要,去祭拜不同的神灵,由此得到不同的庇护。也许对神灵的过分依赖会导致某种迷信思想从而影响开拓进取的气魄和胆略,但我们不难看出闽南民众从善的价值取向和希求得到庇护过上安定生活的朴素愿望。我想,民众之所以将蔡襄、妈祖和吴夲等奉为神明,正体现了闽南民众对给予他们帮助的好人的尊崇之情和感恩之心。也许这些想象混杂了许多夸张成分,但民众对行善助民之人之官所寄托的期望和景仰却是非常真实朴素的。

闽南地区多神也多庙,民众认为,多一个神灵就多一层保护,神灵越多就可以得到越多的保护,因此,闽南民间故事中的神仙形象充斥着天上、人间、地府,其中大多是民众在想象中加以神化的历史人物或民间人物。闽南民众创造这么多的神祇,其潜意识的目的只有一个,那就是祈求神灵保佑他们避祸趋福、安度人生。

这种想象传达了闽南先民的生命诉求,也基于古代闽南地区恶劣的地域环境。

古代中国南方的开发和文明程度远远落后于北方中原地区,随着中原移民的南迁入闽,福建才逐渐发展起来。然而,闽越地区多为山地丘陵和沿海地貌,山林瘴疠弥漫,土地贫瘠,溪涧江河蜿蜒曲折,时常有毒蛇猛兽出没和泥石流灾害;沿海生活也是危机重重,人们不论是出海打鱼,还是越洋经商,都面临风浪险恶、海盗抢劫的凶险和灾难。特别是生活在洛阳江两岸的民众,因海潮泛滥,风浪险恶,渡江耕种也好,出海打鱼也好,都是危机四伏凶险未卜。在这种恶劣的环境和神秘的自然力面前,现实的力量变得非常弱小,人们只能寄托于幻想,幻想有能人能够解民于困,久而久之,这种能人就被幻化为神。有学者在论及"隋唐宋福建的造神浪潮"时指出,隋唐宋时期闽南人创造了数以千计的神灵,希望借助这种超人力的力量,征服自然,摆脱危机,庇护自己。这种对神仙下意识的迷信和敬仰,又扩展到对祖辈先贤的崇拜,他们把历史上的一些功臣、清官良吏和乡贤尊奉为崇拜的神祇,认为他们也会在冥冥之中保佑民众,以满足自己的精神寄托。由此及彼,能够造福民众的历史人物地方官员也被闽南先民当作一种神奇人物,赋予一种超能力,能够帮助他们化解危机,解决困难。在传播过程中,这些历史人物的超能力进一步被神化、传奇化、夸张化,成为一个无所不能无往不胜的超凡神仙。我想,蔡襄的神化形象就是这样产生出来的。

这种神化想象也许还透露出民众的某种补偿心理,是处在生活困境中的民众一种心灵慰藉和精神向往的隐喻。其实,在闽南民众想象中,不管是蔡襄、妈祖、吴夲,还是郑成功、俞大猷,之所以后来都成了神,传达的已经不仅仅是民众的敬仰之情,以及尊崇好人好官的精神追求,也昭示了民众渴望安定生活的美好愿望。因此可以说,神化的蔡襄已经成为一个象征一个符号,他蕴涵了民众对行善造福之人发自内心的一种充分认可,是闽南民众根深蒂固的敬贤情结的一种独特演绎。

"银渡万安流古韵,玉桥三绝荡天香。"每当我漫步在古老的洛阳桥上,看着玉白色的花岗岩石栏杆排列整齐地延伸到远方的对岸,看着波涛汹涌的洛阳江水浩浩汤汤地奔流入海,看着桥下一架又一架爬满牡蛎壳的筏形桥基历经岁月沧桑依旧那么坚定有力地托举着大桥,我就忍不住驻足凝望,浮想联翩。蔡襄并非泉州人,却成了泉州人心中的神,让泉州人从北宋祭拜到了今天,而且还将一直祭拜下去,哪怕他只为民众造了一座桥!

信仰的力量

七一建党九十二周年前夕,我随市文联采风团来到石狮市永宁镇,在李子芳纪念馆里看到了革命烈士李子芳的遗像,眼光很快就被吸引住了。照片中的李子芳年轻而帅气,脸庞清秀,五官端正,眉眼间有一丝淡淡的忧郁,稍长的浓发一丝不苟地梳向脑后,露出光洁的额头。身穿一件西服外套,白衬衫的大开领翻在西服外面,即使在今天,他的神采和衣着依然还是相当时尚而洋气,看起来像个拥有万千粉丝的明星。

可是年轻而帅气的李子芳却是个革命战士。二十世纪二十年代末,十七岁的李子芳回国求学。然而当时风雨飘摇、乌云压顶的旧中国已容不下一张平静的课桌,接受了共产主义思想的李子芳毅然走上了革命道路,开始了他南征北战的革命生涯。他1932年参加红军,1933年加入中国共产党,历任红军组织部干事、副部长、部长,当选军团党委候补委员。参加了中央苏区反"围剿"战斗、二万五千里长征和抗日战争。在"皖南事变"中被俘,1942年牺牲,年仅三十二岁。

从二十二岁到三十二岁,李子芳的革命生涯只有十年,可是他已经经历了中国共产党建党以来最艰苦卓绝的战斗岁月,从土地革命战争到反"围剿",到二万五千里长征,到抗日战争,到"皖南事变",到狱中斗争,在戎马倥偬的烽火硝烟中,他成长为一个意志坚定的党的领导干部。为了新中国,他坚守信念,英勇不屈,直至献出自己年轻的生命。

我一直在想,如果当年李子芳不回国参加革命,也许他会成为一个事业有成的商人,或者留学欧美的专家,或者凭其帅气的长相成为一个演艺界的明星,绝不至于只活到三十二岁。这是一个太年轻的年龄,在今天,有些这样年龄的学生才博士毕业刚刚参加工作呢。可是,年轻的李子芳已经长眠在他为之殊死战斗的祖国大地上!

这就是信仰的力量!

二十世纪二十年代末回国后的少年李子芳在就读泉州培元中学、晋江中学和黎明中学时就开始接触各种进步书刊,学习《共产主义 ABC》《向导》《新青年》以及他由南洋带回来的许多唯物史观的哲学著作,估计在那时,反抗封建压迫和剥削、为人民谋幸福的共产主义信念的种子已经播进了他的心田。

有了信仰,就有了理想,有了奋斗的目标,并愿意为之奋斗终生!所以在大革命失败后,李子芳不畏风险地参加各种学生运动,传播进步书刊,揭露贫富不均,抨击黑暗统治,参加反帝大同盟和革命互济会,并从此走上至死不渝的革命道路。即使在残酷的监牢中,李子芳仍然设法建立秘密的中共党支部,并任支部书记,组织越狱行动,因为只有"设法逃出去,才能够为党为革命做更多的工作"。万一无法越狱,就斗争到底,准备牺牲。他对难友们说,"我从被捕开始那一天就已经作好了牺牲的准备""只可惜我为革命做的工作太少了"。我们可以看出,在信仰面前,李子芳是多么地执著和坚定,他真正是用自己短暂却光辉的一生践行了少年时就树立的共产主义信仰,并且,无怨无悔!

在中国共产党的光辉历史上,像李子芳这样为了信仰千里迢迢从东南亚各国奔赴国内参加革命的华侨子弟还有很多,如从印度尼西亚归国的蔡其矫、廖瑞卿,从菲律宾归国的叶飞,等等,特别是抗日战争爆发后,有三千多名东南亚华侨子弟组成的"南洋华侨机工回国服务团",回到祖国从事滇缅公路的运输和汽车维修等工作,为抗战作出了特殊贡献。

而像李子芳那样,用自己的青春和热血为新中国的建立谱写了一曲曲感人壮歌的革命烈士更是数不胜数。位于重庆的红岩革命纪念馆里记载着一个个牺牲于新中国建立前夜的革命烈士的光辉名字,他们中很多人牺牲时年仅二三十岁,如出生于印度尼西亚的廖瑞卿年仅二十四岁,在雨中写出《黑牢诗篇》的蔡梦慰年仅二十六岁,重庆《挺进报》的负责人江竹筠年仅二十九岁,因组织平民革命军而被捕的章培毅也年仅二十九岁,在狱中组织"铁窗诗社"的陈丹墀年仅三十四岁,担任过万县县委副书记的李青林年仅三十六岁,最年轻的烈士熊世正年仅二十岁。他们都是热血青年,而且很多还是大学毕业生,江竹筠、蔡梦慰就读于四川大学,章培毅毕业于武汉大学;都无怨无悔地为中国的新生浴血奋战,都在正当青春年华的时候牺牲在离他们为之奋斗的理想的实现仅仅一步之遥的 1949 年 11 月!

同样的,如果他们活到现在,一定也是国家的栋梁之材,或者是党的领导干

部。但他们只有过去,没有现在。不,他们用太早逝去的青春,换来我们繁荣富强的现在!

年轻帅气的李子芳和与他一样年轻的红岩烈士们就这样告诉我们:

信仰的力量是无穷的!

杯盏随想

泡茶时光

很享受泡茶的时光。

泡茶的时光让我很放松。偷点闲心,找点闲时,三五知己,围坐一圈,看主人熟稔地煮水、洗杯、冲茶、洗茶、倒茶,然后在水汽缭绕茶香氤氲中一人一杯,边滋滋地品茶,边懒懒地聊天,没心没肺,不咸不淡,可以是家长里短,也可以是世界风云,或者只说说茶香、茶色和喉韵。不是为了聊天而泡茶,而是为了泡茶而聊天,聊天其实只是一种茶配。当然,你也可以什么都不说,只是痴痴地看着主人泡茶,然后优哉游哉地啜饮,没人会在意你发言或者不发言。一泡茶淡了,主人又续上一泡,刚刚泡的是清香型铁观音,续的也许就是浓香型铁观音,或者是某个茶友突然掏出的正山小种,请大家品评共赏。就在这种泡了又泡的惬意时光中,那一颗颗奔突在消费世道中变得浮躁和焦虑的心儿便得到了片刻的宁静和放松。

唐代诗人李涉诗曰:"终日错错碎梦间,忽闻春尽强登山。因过竹院逢僧话,偷得浮生半日闲。"虽然不一定去登山,但登山其实常常也是去泡茶,山上有好泉,好泉就可以泡出好茶,在泉州,哪一座山没有茶室茶桌呢?重要的是一种闲适的心境,偷得浮生半日闲,换取一截悠悠梦。如此说来,泡茶时光其实是一种自我解脱的时光。

我一直认为喝酒和喝茶是两种完全不同的文化。喝酒是要热闹的,不热闹就没气氛,所以喝酒常常是在酒楼里,在节俗的日子里,而且还往往佐以猜拳行令,刻意制造出一种轰轰烈烈的氛围,让酒客们尽兴尽欢。喝茶则不同,喝茶需要清静,所以喝茶总是在家里,在雅室里,在属于自己的空间里,在偷得空闲的时光里,悠悠地喝,静静地品,图的是一种自娱自乐的悠闲。

请人喝酒往往带点功利的味道,或者是为了一单生意,或者是为了增进友情,或者是有求于人,或者是让人助兴。再个人化的喝酒也有点消愁解闷的需求心理。请人喝茶则纯粹是一种消闲,一种放松,一种审美,可以自泡自喝,也可以三五知己一起喝,喝完就走人,无所求也就没有心理负担,不用想我是不是

还欠人一席酒或者一顿饭。

因此我把喝酒看作是儒家文化,喝茶则是道家文化。儒家文化是有为的入世的,或者说是注重建功立业的。儒家认为:"己欲立而立人,己欲达而达人。""唯天下之至诚,为能尽其性。"就是要充分发挥人的才性去进取,闽南文化中的"爱拼才能赢"也许就是儒家文化最形象的表现。所以拼搏的男人大多爱喝酒,泉州谚语"拳头、烧酒、曲"就很巧妙地诠释了闽南文化的这种儒家特征:拼搏、喝酒、听南音。而且喝酒还一定要尽兴,猜拳行令,大呼小叫,不把人灌倒誓不罢休。虽然对这一点我始终不以为然,但处在闽南文化的氛围中却又无可奈何。

幸好闽南文化里还有茶。茶文化是道家文化吗?道家文化是无为的出世的。"道"在庄子那里,是一种高度自由的境界,它是"无为无不为"的,所谓"天地有大美而不言",它不去表现自己而把自己表现出来,是无目的的超功利的。因此庄子认为,审美不是礼乐之娱,声色之乐,而是一种澄明心境弃除杂念的体验和观照,也就是所谓的"心斋"和"坐忘",其实就是一种无所求的审美心境,"夫得是,至美至乐也,得至美而游乎至乐,谓之至人"。倘能如此,你就能进入至美至乐的高度自由的境界,成为高度自由的人。我以为,如果能把喝茶看作是一种无功利的审美或休闲,也许就与道家文化相通了。

一直以来总有一种疲于奔命之感,晚上一躺下就得调好闹钟,担心明早睡过头误了上课时间。回到家看一会儿电视也觉得太奢侈,自责又把做课题的时间浪费了。于是曾在一篇短文中向往休闲,渴望轻松。不再那么庸庸碌碌,不再那么纷纷扰扰。背上行囊,行走四方,吃吃没吃过的东西,看看没看过的风景。甚至梦想着有一天再到马来西亚的热浪岛去,在那一个富有热带风情的美丽小岛上住到厌烦为止。炎热的夏日里,白天去碧蓝的海里潜水,感受柔软的鱼唇吻过手臂时的惬意;傍晚赤脚在沙滩上散步,任海风轻轻地扬起长发和裙裾。懒得走了就到草蓬下的休闲吧坐坐,要一杯咖啡或者椰子汁或者杨桃汁慢慢啜着,看余晖中木槿花在蓬蓬勃勃地盛开,听归鸟的鸣叫还有熟透了的椰子掉在小径上的声音。夜幕降临时去听沙滩音乐会,欣赏马来姑娘火辣辣的民歌或者与马来小伙忧郁的情歌对唱。如果觉得太闹,就躲到小木屋里,静静地看书,一直看到睡去。

但今天,我发现,其实哪儿都不用去,在盛产铁观音好茶的闽南,泡茶难道不就是一种极好的休闲吗？累的时候我们就什么也不做,泡泡茶,叙叙旧,懒懒地品,漫漫地啜,恬静散淡,无欲无求。当一壶茶喝完了时,在喉舌留津齿颊生香的回味中,一身疲惫两肩重负瞬间被卸下了,人一下子变得轻松起来,心情也随之澄明开朗。

　　哦,泡茶时光,实在是我的快乐时光!

燃香岁月

不止一次地想象"红袖添香夜读书"的古典境界。

夜深人静,月冷如水。一方斗室,一架案几,烛火烁烁,琴声悠悠。案前一书生展卷夜读,案边一女子相伴在侧。女子淡妆秀颜,玉指纤纤,薄袖轻捋,素腕微露,或拈一支线香插于香台,或捻一粒香丸置于香炉,相顾一笑中,点燃香头,一缕细细白烟袅袅升腾,瞬间满室光影浮动,暗香盈盈……

想象中,一种销魂的诗意常常猝不及防地酥麻了我柔软的心。

斗转星移,沧海桑田,这样的燃香岁月,这样的古典意绪,似乎已经距离我们太远太远了,令在滚滚红尘中浮沉的现代人可望而不可即,偶尔的回眸,也许都是一种很奢侈的向往。

西方美学家海德格尔说,人是诗意地栖居在大地上的。可是,在现代化的今天,人生的诗意都到哪儿去了?

然而那一天,泉州作家的永春达埔镇汉口村之行,就那么突然地让我感受到了诗意回归的惊喜。这个坐落于青山绿水间的"中国香都",以它独有的香道文化,温暖了我的身心,澄澈了我的灵魂。

那个晌午,我们就这样静静地端坐雅室,在悠扬的琴声中,一边品茶,一边欣赏隔火熏香。看表演者挺胸收腹,屏息静气,缓缓舒展双手,备香炉,加香灰,放香篆模,填粉压模,脱模点香,一股淡淡的檀香顷刻溢出香炉,弥漫了整个空间。那一瞬间,我恍惚回到了古代,那一脉似有似无、扑朔迷离的檀香,似乎让我们的精神,一下子超越了物欲的现实,变得宁静而愉悦。

汉口村的制香工艺源远流长,据说早在宋代就由时任泉州市舶司的蒲寿庚通过海路进口名贵香料,制成香料产品,再由蒲氏后裔带至永春汉口村传播发展起来的,至今已有数百年的历史。之前,我曾经多次从泉州乘车去德化路过汉口村时,看见路两旁的竹架子上密密匝匝地晾着红红绿绿的篾香,我就知道制香是这个村的传统工艺,我甚至想象,佛庙中那一炷炷在佛祖面前袅袅升腾的香火说不定就来自于这个村的工艺。

然而我却是在那一个晌午才真正感受到,燃香,其实绝不仅仅是一种信仰仪式,它更是一种生活方式,一种生活态度。难怪古人在宋代时就对燃香生活有那么多的诗情画意。我在苏东坡的"万卷明窗小字,眼花只有斓斑。一炷香消火冷,半生身老心闲"诗中看到了他燃香静思、安闲随性的处世襟怀;在杨庭秀"诗人自炷古龙涎,但另有香不见烟。素馨欲开茉莉折,底处龙涎和檀栈"诗中读到了"焚香"仪式的动人韵味;在黄庭坚的"香之十益""静中成友,尘里偷闲"的赞叹中感受到他对燃香生活的独特追求;在文徵明"妙境可能先鼻观,俗缘都尽洗心兵。日长自展南华读,转觉逍遥道味生"中体味到那个宋朝才子以"闻香"摆脱俗世俗缘、追求高雅逍遥的生活态度;在朱熹"花气无边熏欲醉,灵芬一点静还通。何须楚客纫秋佩,坐卧经行向此中"的"香界"诗中,我更读到了这个宋代理学家把燃香当作一种精致生活优雅情趣的独特境界。

我常常想,虽然古代文人的生活并不安定,时不时也会碰到天灾人祸,兵荒马乱,但为什么他们呈现给我们的生活态度总是那么从容,那么恬淡、闲适和优雅?也许就在于他们那种生活方式,他们吟诗作赋,他们弹琴插花,他们踏雪赏梅,他们品茶燃香,他们把素朴甚至拮据的生活过得诗意绵绵。于是东晋名将谢玄哪怕戎马倥偬也要佩带香囊,于是宋代的苏东坡和黄庭坚即使被贬照样坚持制香焚香闻香,于是《西厢记》有张生夜读、崔莺莺红袖添香的动人情节。在明代佚名画家的作品《千秋绝艳》的画面中,崔莺莺娉娉婷婷地立在一台案几前,右手捧着香盒,左手拿着一粒小小的香丸,正要投进香炉中。虽然张生和崔莺莺的幽会危机四伏,但我依然能感受到那个红袖添香的意境该有多么美!

也许今人的生活远远优越于古人,但我们似乎总有一种难言的焦虑与浮躁,总感觉少了一种心情,少了一种雅致。现在看来,也许我们缺少的恰恰是古人娴雅的生活方式和从容的生活态度。我们总是被利益驱动着不停奔跑,我们的心总在红尘中翻滚,不得安宁。

什么时候,我们才能淡定下来,寻一方雅室,陪自己心爱的人儿读书写字,为他泡一壶茶,为他燃一炷香,在香雾氤氲中慵懒,在白烟缭绕中陶醉……

哦,燃香岁月,当我读书的时候,不知道有谁能为我燃一炷香?

短发与长发

很多人认为"事业女人"都应该是短发型的,少女和年轻的演艺女子才应该长发飘飘。因为短发精神,短发干练,短发有气质,短发还可以做成各种发型,让你成熟妩媚。所以工作之后,我也就决心将短发进行到底了。

当然,我并不是一直就这么短发齐耳,无飘无逸的。

少女时代,我也曾经长发及腰过,而且又黑又亮,又飘又柔。扎成两条大辫子,一根在胸前,一根在背后,走起路来,辫子前后甩着,跳动着,像春天在柳枝头跳跃的鸟儿。走在街上,我能感觉到投在辫子上的一串串目光。当时有亲人说我长得像李铁梅,有朋友说我长得像吴海燕,甚至有同学说我长得像王芳,虽然长得像别人似乎很没个性,但幸好这些长得像我的人不是京剧名角就是电影明星,看起来都挺顺眼,所以这么说我也挺受用。我想,个中的原因均为我们都拥有粗黑的辫子,一根或两根,长的或短的。因此,我很为我的辫子自豪和骄傲。

当然,有这两根美妙的辫子首先要感谢我的爹妈,是爹妈给了我这么一头天生亮丽又特别茂盛的好头发。当时,为了担心它们使劲疯长不好梳理我还不时剪掉一段,但是"剪刀剪不尽,春风吹又长",没过多久又发长如初了。其次还得益于我自己的精心呵护。当时洗头发都没用洗发水,也没有洗发水。我用的是一种很土的"清洁剂"——茶饼,就是榨过油的茶籽渣滓压成的大饼状的东西。听说那东西能作庄稼的肥料,也能作家畜的饲料,那么对头发这一人体作物肯定也是很有营养价值的,难怪我这一蓬常常用茶饼水滋养过的头发会如此茂盛且油黑发亮。

而且,我洗涤的方法也毫不含糊,甚至可以说是一道精心的工艺,有如今天的茶艺表演。洗发时,先烧开一壶水,然后掰一块茶饼放在脸盆底,再用烧开的水浇在茶饼上;水起码要放到半盆多,不仅要淹没茶饼,还要足够淹没我的长发,再用另一个脸盆倒扣在上面。十分钟左右,掀开上面的脸盆,捞起茶饼,可以看到茶饼表层已经松软稀烂,然后拿一把刷子,用力把这一层松软稀烂的颗粒刷到脸盆中,直至盆中的水变成了深褐色;再盖上几分钟,然后把盆里的水倒在另一个盆中,滤掉留下来的茶饼颗粒,再兑点冷水,就可以用这盆深褐色的茶饼水洗头发了。洗完之后,再用清水冲一遍就 OK 了。用茶饼水洗过的头发不仅乌黑发亮,而且柔软蓬松富有弹性,不用电吹风就能表达出飘逸动感的审美效果。可以说,我这辈子用过无数种洗发水,但没有一种洗发水的效用能抵得上茶饼。事实证明了,绿色产品就是健康,当然了,健康就是美丽。

工作之后嫌扎辫子啰唆,嫌洗长发麻烦,再加上述种种原因,其实潜意识里则是希望改变自己,让自己更快地从青涩少女成长为成熟女人。于是有一天终于忍痛割爱,剪掉了漂亮的辫子,剪短了蓬松的长发。记得剪发的那一天是在一个乡村理发店里,那个头发花白的老理发师捧着我的如瀑长发摇头叹息,多好的头发啊,剪掉多可惜……我知道他是真的被那一头长发感动了,否则理发的哪会去怜惜别人的头发?但是我决心已定,不管他是如何不舍,还是要他痛下杀手。他终于硬下心来,剪刀沿着脖颈咔嚓半圈,随着缕缕青丝飘洒在地,我的心也碎了。这时我才发现,其实我是多么钟爱我的长发和辫子,但此刻为时已晚,一切已无可挽回。然而,不知道是那老理发师怜香惜玉不肯多剪,还是他自感摧残美丽"罪孽深重"两手颤抖,总之那一天他的手艺实在不敢恭维。当我顶着那个马桶盖似的短发回到单位时,几乎所有碰到的同事都张大嘴巴莫名惊诧地瞪着我看,好像发现美女突然现身为魔鬼似的,害得我好几天都不敢出门,恨死了那个美学修养糟糕透顶的老理发师。

幸好我自己的美学修养还可以,经过多次研究比较,找准了理发师,再让他根据我的审美要求洗剪吹梳,偶尔还会烫个发型,染些色彩,终于塑造出了属于自己的气质发型,并让自己的短发造型日益深入人心,赢得不少好评。

就这样把短发进行了很长时间,也已经习惯了短发给我的定型。随着年龄的增长,本以为这辈子与长发再也无缘了,哪料到今年又再一次改变了我的发型。原来,春节时那个我所熟悉的、一个小理发店的理发师(我只信任理发师,不太信任理发店,哪怕那理发店赫赫有名)给我烫了一个很好看的发型,后来虽然长长了我也舍不得剪。就这样越长越长,烫过的大波浪使我的头发充满动感,别人欣赏的目光愈发诱惑着我在波浪中陶醉得不能自拔。后来头发更长了,大波浪也直了,发也不成型了,又碰上母亲生病,也没心思去打理头发,就把长发扎了起来夹在脑后。嘿,有一天发现这模样也不错,起码别人也这么认为,

而且这个炎热的夏天里因为没有头发丝的干扰,脖子还特别清爽。还有呢,省得打理。现在我才发现,其实在打理上,长发比短发简单多了,起码不用常常去洗剪吹,也少用了许多发胶定型水,随便一扎就 OK 了。更重要的是,还可以做个百变女人,愿意扎就扎起来,纹丝不乱精神干练;不愿意扎就让它垂下来,长发飘飘妩媚动人。只要你有心情,有用心,你可以一天一个模样,一种场合一种发型。哦,原来长发居然可以让我的生活这般丰富有趣!

转眼一想,其实只要我用心生活,我就会活得有味道,不管是长发还是短发!说不定哪一天心血来潮,我又会剪掉长发变成短发哦……

休闲的梦想

这个十年似乎过得太快,刚刚还在喜气洋洋地迎接千禧年,刚刚还在豪情满怀地跨进新世纪,怎么十年就飞走了!好像该做的事还没做,就一下子走进了新时代。虽然难免也有"时易失,心徒壮"的感叹,但面对新的十年,总还是有所向往,有所期待,甚至有所梦想。

书是要继续读的,但只读有用和好看的书。

文章也是要继续写的,但不再写浪费纸张也浪费别人时间的东西。

学生也还要教的,这是我的本职。希望我能继续教出有用之才。

然后是给自己减负,把新十年过得轻松一些。没吃过的东西吃一吃,没走过的地方走一走,没看过的风景看个够,没聊的话儿聊个透。疲惫的时候去健健身,爬爬山,打打球;寂寞的时候会会老朋友,泡泡茶,叙叙旧。

总想着有一天再到马来西亚的热浪岛去。那是一个富有热带风情的美丽小岛,海水很蓝很透明,沙滩很细很柔软。邀几个朋友,在岛上的小木屋里住到厌烦为止。不是去开会,也不仅仅是看风景。纯粹是休闲和放松,就像那些举家出行的老外一样。在炎热的夏日,白天去碧蓝的海里潜水,观赏各种美丽的鱼儿在珊瑚和海星间穿梭嬉戏,感受柔软的鱼唇吻过手臂时的惬意。傍晚洗澡后,披着湿漉漉的头发赤脚在沙滩上散步,看橙色的夕阳慢慢地沉入大海,任海风轻轻地扬起长发和裙裾。懒得走了就到草棚下的休闲吧坐坐,要一杯咖啡或者椰子汁或者杨桃汁慢慢啜着,看余晖中木槿花在蓬蓬勃勃地盛开,毛竹、芭蕉、棕榈树还绿得耀眼。听归鸟的鸣叫还有熟透了的椰子"啪"地掉在小径上的声音。愿意再动一动的可以去打打沙滩排球或者游游泳,喜欢静的就在树下的吊床上或沙滩躺椅上躺躺。夜幕降临时沙滩音乐会也开始了,可以静静地坐着,欣赏马来姑娘火辣辣的民歌或者与马来小伙忧郁的情歌对唱,当然也可以加入进去亮亮你的歌喉。如果觉得太闹,就躲到小木屋里,静静地看书,一直看到睡去。

同桌的你

当年校园里在流行一首十分动人的歌曲《同桌的你》:"明天你是否会想起昨天你写的日记,明天你是否还惦记曾经最爱哭的你? 老师们都已想不起猜不出问题的你,我也是偶然翻相片才想起同桌的你。谁娶了多愁善感的你? 谁看了你的日记? 谁把你的长发盘起? 谁给你做的嫁衣? ……"那朴实无华却又充满感情的歌词把一段曾经有过但已失落的同学情意表现得真诚深切而又娓娓动人。那深深的关切,那绵绵的回忆,那隐隐的惆怅,那淡淡的惋惜,再加上老狼如泣如诉的演唱,使我听了感动万分柔肠寸断几乎泪下。啊,我的同桌! 从小学到中学再到大学,我有过那么多的同桌,有哪个同桌会为我写下这么一首美好而又温馨的歌曲? 我又会向哪一位同桌倾诉我的惆怅和惋惜?

浮出我记忆深处的第一个同桌是小学三年级时的一位男生,那是一个头大身小蛮不讲理的男孩。而当时的我则是一个怯生生的女孩,却不幸与"狼"同桌吃尽苦头。那男孩一开学就在桌面上画了三八线,且又大小不一绝不公平。他占据了大半个桌面,只要我的手臂稍稍越过三八线,他就狠狠地摔我的东西。有一天上午上写字课,为了写好毛笔字我不小心越过了三八线,那男孩二话不说抓过我的砚台就摔到了地上。看着那方我父亲珍爱万分的祖传端砚"砰"地一下四分五裂,我先是下懵了,而后禁不住伤心地痛哭失声。后来老师让他赔我五毛钱,但那方砚怎是五毛钱能赔得起的? 即便如此,那男孩也始终没有履行他的承诺。直到有一天他读不下去退了学,我才得到了解放。后来他再也杳无音讯,不知道他现在是否脾气变好胸怀变宽? 谁嫁给这个蛮横的男孩? 但愿不是一个刁蛮泼辣的"河东狮子",否则干起架来准旗鼓相当好戏连台不得安宁。

升上高年级时我已长得高挑挺拔,只能坐在一排桌子的最后一张。这时我的同桌是一个比我更高的男孩,老师提问题时回答不出问题的总是他,但不提问题时话最多的也是他。天知道他的肚子里怎么藏着那么多话,从下课讲到上课又从上课讲到下课。他的喋喋不休使他听不见老师讲的任何知识,学习成绩每况愈下,也严重干扰了我的听课。当时我是一个学习很好备受老师赞赏的乖女孩,为了逗我讲话拉我下水,他不断地对我施以小恩小惠。每当我准备削铅笔时,他早已递来自己的小刀;上图画课我刚要涂颜色,他已把崭新的画笔放在我的面前……哎,说起来他还是一个好男孩,只是太不用功读书了!后来他似乎没有考上中学。不知道他现在在干什么?哪一位姑娘嫁给他那么她的生活一定不会寂寞,但愿他的家里常有欢声和笑语。

上中学时开始同性同桌。我的第一个女同桌是一个年龄和我相仿却比我还高出大半个头的大个子女孩。别看她长得牛高马大,却脾气温和性格开朗。她经常向我讲述许多名人的逸闻趣事,可是她的作文却糟糕透顶。语文老师曾在她的作文本上写下如此评语:"请多读读你同桌的作文,想想人家的写法,尽快提高你的写作水平。"从此他成了我作文的忠实读者,看着篇中老师画的波浪线比比皆是,她总是赞不绝口自叹弗如。不幸她的作文水平依然不见好转,为此我总是深感内疚频频自责。为了切实帮她扭转劣势,有一次我冒险帮她写了开头和结尾,不料很快东窗事发,我第一次受到老师批评,因此她为我难过了好几天。可惜我们的同桌并没有持续多久,初二上学期的时候省体校下来选苗子,她以绝对的体高优势荣进体校排球队。我记得当时她对排球一窍不通,篮球也是偶尔玩玩并不擅长。不知道她现在是否球艺大进风光体坛?不知道她是否家庭幸福婚姻美满?但愿她遇到一位善解人意的好丈夫,但愿她的日子永远快快乐乐无忧无虑。

我也曾有过十分要好的男同学,可惜他并不是我的同桌而是我的后桌。他也是一个学习很好十分聪明的男孩。我们曾一道在宿舍楼的台阶上读过安徒生的《夜莺》。一起在空荡荡的教室里研讨过多边形辅助线的加法,一同为自己的作文能被老师当作范文在班上朗读而暗暗较劲。他给我送过贺卡递过条子,可我总是故作矜持伪装无辜。那时我以为年龄还小来日方长,我们同学的日子还有很久很久。不幸的是未届毕业一场史无前例的风暴便把他裹挟到一个十分遥远的偏僻的山村。终日劳作前途暗淡使他斗志消弭心灰意冷,他早早便娶妻生子营筑爱巢,从此以后音讯全无。不知道他现在过得好不好?不知道他还读不读《夜莺》?但愿他过得比我好,但愿他英俊依然灵气不减一如当年……

啊,往事沧桑,不堪回首;流年似水,浪淘尽多少风流人物,何况吾辈凡夫俗子!然而,真情永在,友谊长存,只要胸中长怀爱心,何惧风雨凋零人生易老!噢,我的同桌,我的学友,你们现在各在何方?你们如今是否安好?什么时候我们还能相会?那时,我一定情真意切地为你们献上一首《同桌的你》……

夜半来客

好多年好多年以前，我就养成了开夜车的习惯，每当夜深人静，把孩子打发上床之后，来访的学生也走了，关闭了电视，我就在台灯下开辟出一方天地，看书、备课、改作业、写文章，这时候效率最高，灵感也偏爱在此刻光顾。熬到夜班十二点、一点，甚至两点，桌子也不收拾，一转身爬到床上，放平四肢，卸去一天的疲劳，拉灭灯便慢慢沉入睡乡，那滋味其妙无穷。

然而有一天，当我悠悠然欲将入梦之时，一位不速之客突然闯进了家门。也不知道那家伙是从哪冒出来的，反正是先听见客厅里一阵喧闹，于是瓶罐倾倒，掷地有声，接着厨房里掀锅揭碗，乒乓作响。本想起身瞧瞧，终抵抗不住睡神诱惑，便放任自由。第二天起床只见客厅厨房一片狼藉，杯瓶横陈，锅歪碗斜，地上满是沾满泥灰的小脚印，那家伙劫掠一番早已扬长而去。

第二晚灯一熄，却听见了卧室窸窣有声，然后书架、衣橱、书桌之间便出现撒欢似的腾挪跳跃，接着一阵阵急促的啃啮之声骤然入耳，啃得我头发发麻，浑身直起鸡皮疙瘩。看来那家伙欺我不在乎他的入侵，越发肆无忌惮长驱直入，居然得寸进尺直奔卧室而来。这下我再也躺不住了，生怕那些宝贝书籍惨遭破坏，强打精神打开大灯，随着光明大放，一切声响却戛然而止。戴上眼镜四处搜寻，也不见他藏身何处，无可奈何关灯续睡。不想还未合眼，跳跃啃啮声又起，打开灯又是一片死寂。如此反复数次，终于忍无可忍，下床抄起一根木棍，使劲地敲打书架、衣橱、书桌和桌上架上堆积如山的书本，终于听见一阵窸窣声掠过，转瞬即逝，看来那家伙正在逃遁。于是我又继续敲打一番。被吵醒的孩子突然惊叫一声，我立住脚顺着她的手指看去，一只硕大的老鼠蜷缩在空气窗的一角，尺把长的细尾巴拖到了门上，两粒贼亮的眼睛不怀好意地盯着我，一副随时准备格斗的架势。我顿时毛骨悚然。我一向害怕老鼠、壁虎、蟑螂之类丑陋东西，洗菜时触到一条软塌塌的菜虫也会惊叫失声。如今面对这只硕大的黑家伙，我怎么也扬不起手中的木棒，就这样底气不足地与它对视了好一会儿，终于败下阵来。等我再抬起眼睛，那家伙已不见踪影。于是又瞎敲打了一阵，直至

筋疲力尽。挨到床上躺时却再也不敢关灯，一闭上眼那两粒不怀好意的小眼珠又赫然在目，令你不寒而栗。就这样也不知是否入眠，起床后只觉得喉咙发干眼皮发涩无精打采，想到今天早上还得站着上四节文学概论，真不知长此以往这身板还能支持多久？

第三天晚上临睡前，我把屋里所有的门窗气孔全部关严堵实，坚决拒绝那家伙的来访，也不让它创造任何入侵的机会。关灯后果然好一会儿没有动静，心里庆幸这下总算可以安然入睡了。没想到好景不长，就在我即将迷糊过去时又听到一阵啃啮声响，好不容易撑开眼皮才听清那声响来自厅门。等我出来看时，那门橡已被啃啮得伤痕累累，地上一堆木屑历历在目。那夜自然又是一番折腾。看来不管你拒绝不拒绝，那家伙已横下心好歹要与你为伴。难道我真的拿它毫无办法了吗？

于是我去请教邻里同事，有人说用笼子，有人说用鼠药，有人说用黏纸，众说纷纭，莫衷一是。忽见楼下的主妇正在晾被单，我上前帮她一把，她却指给我看："瞧，我刚刚补好的被单昨晚又被老鼠咬破了一个大洞！"我一看，果然崭新的被单上已数孔斑驳，我不禁咋舌："哇，老鼠竟然跑到床上来了，说不定啥时连脚趾头也啃了！""那可说不准。""干吗不采取措施整治它？""嘘！"她悄声道，作神秘状，"别提了，这老鼠是报复来的。那一天我在菜橱角落发现一窝老鼠，大老鼠受惊跑了，留下八只小老鼠，我把它们扎到了垃圾袋里扔到了垃圾桶，没想到从此以后，那大老鼠便千方百计地跑来咬我的被物。那老鼠是精啊，只怕你治不了它，反招其祸害！"一番话说得我汗毛直立，尽管我压根儿不信邪，明知这话有一股迷信的味儿，但还是不由得惶惶然忐忑不安。

那天晚上，我除了关好门窗之外，还在厅门底缝用搓衣板堵住，外加一把大椅子紧紧顶着。然而关灯不久就听见笃笃笃三声叩门声，我大声喊道："谁呀？"没有回答。莫不是窃贼在试探？先生值班去了，家里没有男人，万一真是窃贼作祟，我该如何对付？于是屏声息气，静候下文。一会儿又是笃笃笃三声叩门声，我又大喊一声："谁呀？"仍然没有回答。我蹑手蹑脚走至门边，从猫眼往外一瞧，外面空无一人，也无下楼声响，看来不像窃贼。到底会是谁呢？我思忖片刻，突然猛地把门拉开，随着门后的椅子轰然倒地，一条黑影倏地从门边一闪而入，转瞬即逝。原来又是那只大老鼠！偷偷摸摸进不了门，居然堂而皇之地敲门来访，果真成精了不成？

　　数天来的折腾,已折磨得我心力交瘁精神几乎崩溃,哪还有精力开夜车看书作文?硕鼠啊硕鼠,难道我就这样垮在你的手下?我孤立无援地站在黑暗里,对着冥冥之中的老鼠精悲怆地默喊着:"求求你离开我好不好?我又没招你惹你,请你别再来干扰我伤害我,好不好?好不好?好不好啊?!……"似乎是被我的灵魂之声所震慑,那老鼠果然有好一阵子没有动静。但是过不了多久,它又故伎重演。我终于彻底失望,颓然倒在床上。不知是太疲劳了,还是折腾得麻木了,后来我竟然在老鼠的喧嚣声中睡熟了。接下来的几个晚上,我已经造就了"任凭风浪起,稳坐钓鱼船"的博大襟怀,你闹你的,我睡我的,倒也相安无事。我突然惊讶我的适应力竟大大地增强了,看来生活中如果少了老鼠的骚扰,人的适应力或许还强不了呢!

　　然而有一天晚上,我又睡不着了。那天夜里十分安静,本该做个好梦的。可是我却怅怅然若有所失,似乎有什么事儿放不下但又想不出是什么。于是在床上辗转反侧,一夜无眠。痛苦万分地熬到天亮才想起。昨夜怎么没动静?对了,老鼠呢?真的,老鼠怎么没来?

　　又一个白天过去了,今晚,老鼠还来不来呢?

疯妈妈

我的女儿从她上小学的第一天起,就一直是自个走着去上学,虽然有不少家长和老师好心相劝:孩子太小,还是得接送一段时间。可是孩子她爸爸工作太忙,我又掌握不了骑车带人的技巧,况且课时也较多,只好让孩子早早锻炼她的独立能力。幸好小学离我家并不远。然而这条并不远的路曲里拐弯人多车挤,特别是孩子在那道挺陡的石头坡上被飞驰而下的自行车撞伤了两次———一次头上被撞出了一个大包,许多天还历历在目;一次膝盖被磕破了一片,好长时间还血肉模糊———之后,每回孩子去上学我都要牵肠挂肚担惊受怕。想到有的孩子上到了小学五六年级还要父母轮番接送,处在交通要道旁的实小每到放学时节校门口总是车水马龙人满为患,接孩子的车辆几乎占用了一半的马路时,我就觉得对我的小女儿似乎不太公平……

因此,每天早晨,给女儿背上书包,千叮咛万嘱咐地把她送到楼下后,我都要再快跑到阳台上,等待着绕过宿舍楼群的女儿那单薄的小身影在阳台下的龙眼树下出现,然后目送着她沿着龙眼树下的水泥路一直往前走,直到她一蹦三跳地拐过三岔路口,直到那幢小洋楼挡住了我的视线……

每到放学时分,只要我先到家,总要跑到阳台上,巴巴地凝望着龙眼树下那条白色的水泥路,看着成群结队背着书包的小男孩小女孩们一拨一拨熙熙攘攘地走过,等待着我的女儿回来。每当看到娇小的女儿和她的同学手拉手兴致勃勃地谈论着什么趣事出现在龙眼树下的时候,我就跑回屋里估算着她到家的时间。神奇的是,几乎每次她总在我估算的时间内准时叩响我们家五楼的房门,于是我便急急跑去开门,接过她的书包,或者还有雨伞、草帽什么的……

有几次我站在阳台上望啊望,等到过了午了,空荡荡的水泥路上再也见不到孩子们的身影,而我的小女儿却还是没有出现时,我便焦急不安起来,不祥的感觉掠过我的心头,我再也顾不上想别的,心急如焚地跑下楼,跑出楼院的大铁门,沿着那条灰白色的水泥路一直寻到了女儿的学校。常常是在离校门口不远的地方撞见小手里拽着一束草花或者一把石头的女儿和她的一个或两个女同学,优哉游哉地走着侃着,不管大人们的焦急与否。于是我便气不打一处来,冲女儿叫嚷:"你干什么去了?你知道现在几点了?"

女儿一惊,倏地站住脚,怔怔地看着我,可怜巴巴地说:"采野花去了……花儿很好看呢……我以为,以为不很晚呢……"

看着女儿那惊惊惶惶、弱柳扶风的模样,我的心很快就软了下来,心疼地说道:"你让妈妈多担心呀!"

女儿从我的话里听出了味道,小胆子又壮了起来,又恢复了调皮劲儿,两只亮晶晶的大眼睛朝她的同学闪了闪,冲着我嗔道:"疯妈妈!"便咯咯笑着拉着同学的手跑远了,丢下我一个人无可奈何地在后面紧追慢赶……

"疯妈妈!"这就是女儿给我的奖赏。每次我担心她穿太少了受凉、穿太多了流汗,牵挂她不带雨伞挨淋、不带草帽挨晒时,她也总是说我"疯妈妈"。也许在女儿的小心眼中,当妈妈的这是在瞎操心,她以为这些小事她自己也懂,妈妈真是个傻妈妈、疯妈妈。于是我便在心里暗暗感叹道:女儿啊女儿,你还太小啊!也许只有到了你也当妈妈的时候才能明白,天底下的妈妈几乎个个都是"疯妈妈"!

到了女儿上中学的时候,因为中学在我们宿舍楼的西面,站在朝南的阳台上已望不见女儿的身影。于是等到上学的女儿下楼之后,我便急急跑到客厅的北窗,从横着铁栏的窗口朝下看着已经长得高挑挺拔的女儿斜背着一个书包从楼梯口走出来,然而没走几步,便拐过左手的一溜储物房看不见了。尽管如此,尽管没少被孩子她爸笑话过,但我却"陋习难改",总觉得每天这样望上一眼,心就踏实了,否则便悬乎乎的没有着落。

然而有一天,放学回来的女儿突然径直开门进屋,顾不得放下书包便冲到我的房间里,慌里慌张地问道:"妈妈,妈妈,你怎么啦?哪儿不舒服啦?生病了吗?"

我被弄得丈二和尚摸不着头脑,瞪着气喘吁吁的女儿,莫名其妙地说:"没有啊,我这不好好的吗?"

"噢!"女儿似乎松了一大口气,"咚"地丢下书包撒娇似的说:"妈妈,你早上没到窗口看我,对吧?我还以为你生病了呢,一上午听课都不专心。"

哦,我记起来了,早上女儿刚刚下楼,电话铃就响起了,通电话用了很长时间,等我放下电话来到窗口时,女儿早走得不见影子。然而,每回我从窗口往下

看时,女儿总是很潇洒地走自己的路,从没回头瞧上一眼,况且,窗口横着铁栏杆,我的头探不出去,即使她往上瞧也瞧不到我,她是怎么知道我在看她或者不看她呢？我想问她,突然又觉得一切都不必问,母女的心是相通的,女儿是用心在感觉妈妈的存在啊！一股热流涌上我的心头,我的眼睛潮了,忍不住学着女儿的口气嗔道:"疯女儿！……"

潇洒走一回

当我身上插着管子,带着英勇就义的神态随着工友走进那间生死攸关吉凶未卜的手术室的时候,心情突然变得非常坦然、非常宁静、非常洒脱,甚至在我即将跨过那道鬼门关时,还回头很潇洒地对老公微笑了一下,道了声"拜拜",然后那扇弹簧门就刷地毫不留情地关上了,隔断了我和他。

我继续往前走,在一排手术室阴冷的走廊中走进了决定我命运的那一间。手术室里空无一人,"裁判员"还未登场。但我发现手术室十分宽敞明亮,可能是因为四面墙有三面玻璃的缘故。透过左右两面玻璃墙,可以看到紧邻的两间手术室里的情形。迎面则是一扇巨大的玻璃窗,窗外蓝天明媚,阳光灿烂,几片白云在空中悠悠飘浮,很抒情,很诗意。玻璃窗的右下角探出一丛绿叶繁茂的树枝,似乎还可以看见一只小鸟正在树梢蹦跳,看上去,整面玻璃窗就像一幅优美的立体风景画。我突然感到,在这样宽敞明亮优雅安详的屋子里做手术,还是很愉快的呢!

工友问我是躺着等呢还是坐着等,我想,既然已经没有退路了,不如及早上去找找感觉。于是,我脱掉外衣,利索地爬上屋子当中那台高高的手术台,仰面躺了下来。手术台很柔软,头顶悬挂着电影上常见的无影灯——但是真实的我可是第一回看见。我仔细数了数,无影灯的大圆盘里一共有十二盏小灯,像十二只柔和的大眼睛一样俯瞰着我,关注着我,呵护着我,温情脉脉,爱意绵绵。真的,感觉好极了!我奇怪我怎么突然变得这么勇敢,这么无畏,这么视死如归!而仅仅是昨天,我还在恐怖的梦魇中挣扎。当医生拿着手术通知单让家属签字时,我偷偷地看到了我不该看的那些触目惊心的字眼:"……手术时可能出现下列意外:心脏骤停,血压突然升高或者降低,伤到其他器官,出现突然病变,发现其他隐患,大出血,神经受损,昏迷……"天哪,这么多可能出现的意外!"昏迷"——这个可怕的词使我不由自主地浮现出美国著名影片《昏迷》中的镜头:8号手术室里,健康活泼的南希仅仅是做一个流产小手术便导致深度昏迷,成了植物人;在同一间手术室里,开朗乐观的橄榄球运动员吉特鲁也只因为膝

关节受伤的小手术而遭此同样厄运……啊,这种厄运会不会同样降临到我头上?但愿那间手术室千万别是"8号"!然而现在,昨天,不,不仅仅是昨天,整整一个星期在残忍地折磨我的那种恐惧、不安、紧张、痛苦已经全然被甩入地下去了。

　　是的,就在一星期前,学校组织教师体检时检出了我肚子里的一个疙瘩,必须马上手术,是否良性还得等手术后切片化验才能确诊。犹如当头一记闷棍,我顿时被击懵了!同事们几乎都不相信这个消息,他们说我身手矫健脸色红润怎么可能有病?但是不由你信不信,事实就是这么残酷地出现了!那天晚上我彻夜未眠。我想,一个鲜活明朗的女子很快就会变成一个憔悴虚弱的病人了。那时我的样子将会变得非常难看:黄蜡蜡的脸色,病恹恹的神态,瘦骨嶙峋的身子,啊,简直不堪设想。我忽然想起,玛丽莲·梦露害怕衰老变丑在人到中年时就用安眠药结束了自己的生命保持了她在观众心目中的绝美形象;海明威在罹患癌症后担心被疾病击垮开枪打倒自己体现出始终如一的硬汉子风度;三毛也在染疾病后躲不开孤独用一条丝袜断送了自己留下了永恒的神秘和浪漫……也许这些名人的经验值得我仿效。于是我设想到,如果这时候,我用一把安眠药或者别的什么结束了自己的生命的话,我留给人们的会是一具美丽的躯体。我的学生们看到这具躯体时一定非常震惊,非常痛心,他们会说,老师昨天还在给我们上课呢,谈笑风生、妙语连珠,怎么今天就……就……他们说不下去了,其中有些女同学甚至还会哭起来。我的同事们也会觉得很可惜很遗憾,他们会感叹英年早逝人生无常,甚至会愤愤不平于知识分子工作太累待遇太低。我的领导们会感到惊讶感到不安,也许会检讨自己平时对知识分子关心不够爱护不周致使他们积劳成疾英年早逝。还有我的朋友们……而我在他们的印象中,将永远是朝气蓬勃的,年轻快乐的,神采飞扬的,那病恹恹的日子就再也不会出现了!然而,我马上想到,我死了,丈夫怎么办?孩子怎么办?他们会痛不欲生的。没有了我,学生们会再有一个好老师,朋友们也不会太在意少一个好伙伴,领导们甚至会很快遗忘曾经有过的一个好部下。可是人到中年的老公要再找一个好妻子可不容易,孩子们或许更难再碰上一个爱得无私的好妈妈,还有我那年迈的老母亲,要是她听到这个噩耗,会……会怎样呢?啊,我简直不敢再想下去了!看来我还是不能死,对于我这个做妻子做妈妈做女儿的人来说,死了我一个,可没有后来人了。

可是不死就得动手术,除此之外,再也没有第三条道路可走了。既然命运不可逆转,既然这道鬼门关非过不可,哭着过还不如笑着过。岁月不知人间多少的忧伤,何不潇洒走一回?

手术进行得很顺利,而且经过病理切片,那东西是良性的,虚惊一场。经过痛苦的磨难之后,我觉得浑身轻松,身体很快就复原了。原来过鬼门关并不是很可怕,当你微笑着去面对的时候再险恶的风浪也能翻越过去。如今我已过了一次炼狱,潇洒地从鬼门关里跨了出来,今后,我还会再害怕什么呢?

浮士德情结

在高校,称职也许是衡量一个教师内在价值的外在标志。因此,当学校通知我去申报"优秀中青年教师破格晋升高级职称"时,着实激动了一阵子。后来,得知我送评的三篇论文全得到专家教授的充分肯定后,又兴奋了好一阵。谁料乐极生悲,一场大病使我错过了外语考试,痛失良机。当我辗转病榻心有不甘时,虽有不少人为我扼腕叹息,然更多的人则软言相劝:职称和钱财一样,都是身外之物,生不带来死不带去,还是身体要紧,现在什么都不要想,养好身体再说。

想想也是,命都没了,即使被追认个教授也已经不能教无法授了。而有个好身板即使不是教授,站在讲台上照样能洋洋洒洒地一早上教他授他四节课。这样想过之后,也就心安理得地养起病来,管它职称不职称的。

说真的,这些年也确实活得太苦太累,白天上课吼得口干舌燥站得腰酸背疼,四节课上下来人就像散了架似的再也不想动。晚上则几乎夜夜孤灯古书、墨管素笺相伴至深夜。书写出来了,太浅,职称评不上;太深,又缺乏订数,还得自己掏钱包销……哎,当教授真难!难怪有些教师知难勇退,落个优哉游哉,舒心快活;有些教师则下海弄潮,一两年下来竟然当上了大款。想有些同龄人夜夜笙歌,"卡啦"至半夜,"围城"到天明,活得多潇洒多惬意,我是不是活得太乏味太沉重?难怪人家说,教授教授,越教越瘦。现如今许多教授出门还得自己排队买票爬公交车,可人家混个什么小头头出门就有专车接送,还不要写论文写书,不要考外语,甚至不要读多少书就可以赚大把的票子。由此看来,当教授也不怎么样,养好病后是否该换个活法?

可是想归想,偏偏自己又是天生的劳碌命,病还未好利索,就心痒痒地急着上讲台,晚上离了书还真睡不好觉,听说今年高职又将开评,经不起诱惑重新披挂上阵去冲刺,一级一级一关一关地报上去让人家筛选评判,一番折腾之后总算通过了评审,但是当初那种激动那种兴奋早已不复存在。许多人对我说,当个副教授不容易,你已经评上了,往后该轻松些日子了,不要再那么拼命了。想想也是。然而那天接下个课题却又忍不住熬夜苦干,先生劝不住无奈地说,看来你是永无宁日了。我只能抱歉地笑笑,心里却不由得想起久远的浮士德博士:那一天,浮士德博士终于抵挡不住魔鬼靡菲斯特的诱惑,大喊一声:够了,我的知识已经够丰富了!我满足了,该享受了,我不想再追求了!没想到,声音一落,他马上倒地身亡,再也没有起来……

当文化和历史匆匆走过

前不久到市文化局参加一个会议,当主持人把我介绍给坐在我身边的梅先生时,梅先生马上说:"不用介绍了,我们二十年前就认识了。"可不,一弹指就二十年了!然而,现在已是文化政治界名人的梅先生居然还记得那已遥远地过去了的我们相识的日子,不由得使我万分感慨,顿然萌生出想写一点追忆文字的欲望。

那是1970年中国历史的上空曾经笼罩过一片乌云的时代,那时我还是一个十几岁的女孩,跟绝大多数的同龄人一样,不能幸免地被狂潮卷到一个偏僻的山村去插队落户。那一天,新盖的镇礼堂正在举行中小学生乒乓球比赛,我作为特邀裁判来到礼堂。一进门,我就注意到了站在乒乓球桌边看练球的与众不同的梅先生。刚从大学毕业的梅先生似乎是作为支持或调查农村教育革命的工作组来到镇里的。在我的印象中,那时的梅先生很高,高得令人仰目。是因为当时的他很瘦,抑或是当时的我还太小?总而言之,他给我最深的印象是高,似乎在那个乡村里,再也未见过比他更高的人了。然后是他那文质彬彬的气质,架着眼镜,蓄着一边倒的头发,斯文而孤独,一看就知道是个文化人,几乎是与此同时,N先生也注意到了我,也许因为我这个知识青年也是一个与众不同的文化女孩吧。大概是文化与文化的相通与默契,一个大文化人与一个小文化人不自觉地走到一起,互相致意问候交谈,于是认识了,并且谈了很久。那时的直觉告诉我,N先生一定会是个很有直觉的文化人;那时的执著也告诫我,一定要做个有出息的文化人,尽管当时的我已经被剥夺了入学深造的权利。

多少年过去了,第二次见面已是春和景明的1984年。那时市文化局正在召开纪念毛泽东《在延安文艺座谈会上的讲话》发表四十二周年暨市文协成立大会,我和梅先生都作为文学工作者代表参加了这个会议。尽管已经过去了十四个春秋寒暑,尽管梅先生已经不再那么高,头发也理成小平头,尽管我已经没有了女孩的长辫并且已戴上了教师的眼镜,然而几乎是在同时,我们都马上认出了对方,并且不约而同地想起在那个镇礼堂的第一次见面。当许多数年乃至十数年的同窗好友都已被遗忘不复记忆的时候,萍水相逢的梅先生给我留下的印象却依旧那么清晰,恍若才相识在昨天,至今回想起来,促使我们能消除年代久远的陌生感而一下子沟通旧时友情的原因仍然是那种积淀深沉的文化气质。历史的风风雨雨可以改变一个人的容颜、性格甚至心理,却不可以改变一个人积淀深沉的文化气质。有文化的人不一定有文化气质,有文化气质的人却必定是一个文化人,而且相信其追求文化的心一定是始终如一矢志不改。同梅先生的见面至今已过去二十年,当年的直觉有幸已被历史证明,梅先生已今非昔比,成为颇有影响的文化名人之一,在文化界乃至政治界都有一定的地位和威望。他的文化追求已结出了累累硕果,并且已影响了许多人走向文化境界成为文化人。当年执著的文化女孩也以其执著的文化追求改变了自己的命运成为一个真正的文化人。尽管她仍然偏居一隅默默无闻,然而她始终真诚而勤勉,为培养更多的文化人竭尽绵薄。

遗憾的是,当许多人正在朝着新的文化追求迈着大步的时候,却也有许多文化人把文化气质断送了。

我曾听到一个同学愤愤不平地告诉我,某地召开大学同学同窗会,规定到会者得带"长"字号的,"师"字号的一个不请,谢绝参加。因为这个会的宗旨是互通有无,取长补短。"师"字号的有何有可通他无? 有何长可补其短? 看到那带"师"字号的老同学怒火填膺、怨恨满腔的样子,我不禁微笑道:"那是无文化人的会,你是文化人,何必为此耿耿于怀呢?"

我也曾经从市里一家挺有名气的大商店里,买回一袋在我们这种教师家庭算是奢侈品的巧克力,那是因为,我在报上看到一些女演员因减肥拒吃巧克力而异想天开地试图为我那孱弱而苍白的小女儿加肥而作出的壮举。卖巧克力的架着眼镜风度翩翩,令人想到他或许是个文化之士。然而,我在小女儿欣喜和渴望的眼光中打开袋口,却发现棕褐色的巧克力上长满了白毛并涌出一股难闻的异味。当我把那袋完整的巧克力扔到了垃圾箱以后,女儿那惋惜而失望的眼光深深地烙在了我心里,久久不能抹去。我不由得感到深深的悲哀,自己问自己:也许你本来就不该去买这种奢侈品的,难道你没看出那卖者并非文化人吗?

我还亲眼在开元寺里看到这样一个镜头:一群西装革履乌发油亮的游览者,正对着门柱上"此地古称佛国,满街都是圣人"的楹联摇头晃脑横加评判,颇

有饱读诗书、满腹经纶之风范。然而就在他们要跨过门槛的刹那,其中之一居然"啪"地把鼻涕擤在大殿里,并把手上的黏液很自然地抹在楹联的"圣人"之上毫无亵渎之感。我突然看到一群浑身长毛奇丑无比的野人嗷嗷乱叫地窜进肃穆圣洁的净地,不由得毛骨悚然,一阵阵恶心。

我甚至还听说一对都是大学教师的父母让儿子早早离开学校去做生意,并且得意洋洋地在同事面前夸耀:"我们小伍子,文凭最低,赚钱最多。"我于是知道了,"万能"的金钱已经把这一家子的文化全买走了!

哦,当卡拉 OK、露天舞厅、酒吧宾馆的霓虹灯把古城闪烁成现代都市;当镭射音响、架子鼓声、簧管铜号把小街轰鸣成十里洋场,我多么希望,希望在那摩肩接踵、络绎如云的漂亮而摩登的男士和女郎中,一眼就认出我当年的旧识和故友,像认识梅先生一样,即使他(她)们已不再年轻不再纯真也不再贫困,只要文化气质依然!

哦,历史文化名城的儿女怎能丢失那使他们在全国乃至全世界都引以自豪的文化气质?!假如古城的繁荣必须以千秋万代融血化骨积淀如深的文化气质的付出为代价,那这一代价确实太惨重太烧灼人心了!

此刻,我正站在繁华的街市当中,看着文化和历史一起随着汹涌的人流匆匆走过,禁不住伸手一把拉住她的衣角,从心底迸出急促的恳求和呼唤:让庸俗走吧!让市侩走吧!让丑陋走吧!让贪欲走吧!可是你——文化,你不能走!你不能走啊!

关于泉州菜名英译

面线糊译成"很瘦的面条煮成的面汤"（thin-noodle soup），海蛎煎译成"海蛎加淀粉做成的煎饼"（oyster starch pancake），菜头酸译成"吃醋的萝卜"（jealous radish），崇武鱼卷译成"崇武产的鱼肉管子"（chongwu tube of fish meat），石花膏译成"石头布丁"（stone pudding），石鼓白鸭汤译成"石头和白色鸭子煮成的汤"（stone drum white duck soup），春卷译成"春天的书"（spring book），油甘枝译成"年轻人吃的棒棒糖"（younger lolly），肉夹包译成"泉州的汉堡"（Quan Zhou hamburger），牛肉羹译成"浓汤里的嫩牛肉片"（tender beef slice in thick soup），麻糍译成"黏着芝麻的糯米"（gingeli rice paste），深沪鱼丸译成"地瓜鱼丸"（fish ball with sweet potato powder），鸡卷译成"一家亲"（kind family）……

上述种种是最近报上正在征集的部分泉州菜英文名。看到这些菜名英译，我们是不是觉得很好玩，觉得有些啼笑皆非？不仅如此，我甚至觉得很可笑。虽然报上征集到的泉州菜英文名还有其他种种译法，但我认为，不管是哪一种译法，都不如用汉语拼音拼出来准确。

我们都知道，中国饮食其实是一种文化，每一种菜名都包含着丰富的文化内涵，例如"东坡肉"这一道杭州名肴就有一段动人的传说：相传东坡肉为北宋诗人苏东坡所创制，他被贬于黄州时，仿制前人的做法对红烧肉进行改良，在烹煮时加酒再用小火慢煨而成。苏东坡《食猪肉》诗云："……慢着火，少着水，火候足时他自美。"东坡肉色、香、味俱佳，深受人们喜爱。后传至南宋首府杭州，发扬光大，遂成杭州名菜。之所以称"东坡肉"，据传是他第二次回杭州做地方官时发动数万民工整修疏浚西湖，并筑堤建桥畅通湖水，不仅使西湖秀容重现，又蓄水灌田造福民众，深受民众拥戴。民众听说他喜欢吃红烧肉，春节时都不约而同给他送猪肉，苏东坡觉得应该同数万疏浚西湖的民工共享，就叫家人把肉切成方块，用上述方法烧制成香酥味美的红烧肉分送到每家每户。民众感其贤明，把他送来的猪肉叫作"东坡肉"。

闽地名菜"佛跳墙"也有一段有趣的故事。它原是一种"坛子煨菜"，是用

鱼翅、鱼唇、鱼肚、鲍鱼、刺参、干贝、鸡、鸭、羊肘、火腿肉、猪蹄筋、花冬菇、冬笋等各种原料加桂皮、冰糖、绍酒、酱油等调料放入绍兴酒坛中用木炭火烧制而成。因用料讲究，制法独特，味滋香浓，营养丰富而驰名中外。之所以叫"佛跳墙"，则是传说唐代一位不知来历的高僧，光临福建传经布法，常闻邻家菜馆传出此种"坛子煨菜"的异香，诱惑得他食欲难耐，有一日终按捺不住跳过墙去一饱口福，以至破了戒规。故有秀才作诗称："坛启菜香飘四邻，佛闻弃禅跳墙来。"故而"坛子煨菜"便得"佛跳墙"的雅称。

由此可见，每一道名菜背后都有一种独特的文化积淀，我想泉州的面线糊、海蛎煎也是如此。如果不了解这种文化背景，只是按照字面上的意思翻译，如把东坡肉译成"东坡的肉"（Dongpo's meat），把佛跳墙译成"佛跳过墙去"（The Fo jumps the wall）岂不贻笑大方？上述春卷译成"春天的书"（spring book）、菜头酸译成"吃醋的萝卜"（jealous radish）等就已经让人大跌眼镜了。如果按照地方菜制作的原料或方法来翻译，也是不伦不类的，如面线糊译成"很瘦的面条煮成的面汤"（thin-noodle soup），海蛎煎译成"海蛎加淀粉做成的煎饼"（oyster starch pancake）。因为面线糊既不是面汤，也不是面糊，它只是面线煮得糊一些而已。而海蛎煎也不是煎饼，它只是把海蛎、地瓜粉、鸡蛋、大蒜等调和在一起用煎的方法做出来的一道菜。

所以我认为，东西方的文化背景、饮食习惯以及食品的制作手段差异很大，不管怎么翻译，都不可能准确表述其文化内涵和制作方法，反而会让老外听得云里雾里，莫名其妙。要是老外看到"石头布丁"（stone pudding）、"春天的书"（spring book）、"一家亲"（kind family）这样的字眼，说不定还不敢吃下去呢！

因此最好的也是最省心的办法是用汉语拼音直接把菜名拼写出来。如果老外要点菜时，就请服务员用外语介绍一下这道菜的文化背景、制作原料及其制作方法，这样他就明白了。其实我们国人刚吃到东坡肉、佛跳墙、龙凤呈祥等菜时，也不知道是什么菜，为什么叫这个名字，也是等厨师或服务员介绍了才知道的。现在的厨师为了体现自己的创意，菜名更是起得奇奇怪怪的，不介绍甭说外国人，连我们中国人都不知就里。

所以泉州人的当务之急不是翻译泉州菜，而是培训服务员和厨师说外语，起码要懂得介绍泉州菜。

在行走中超越

行走构成了历史,历史在行走中进步,个人如此,政党如此,国家也是如此。虽然在行走中,我们有所得也会有所失,但那些失去,也许正预示着进步、发展和超越。

"苍茫的丛林间,玛雅文化湮没了;漫漫的丝绸古道上,高昌古国消逝了;深蓝的地中海半岛上,爱琴文明沉寂了;西亚的两河流域间,古老的农耕方式消失了……"但是,伴随着这一系列消逝,人类文明发展了,社会进步了,现代化出现了。也许在这种历史的行走中,人类消逝了曾经引以为自豪的某些东西,但是却在消逝中得到了超越和进步,历史就这样不断地行进和发展着。

因此,当我们感叹"落花流水春去也"时,可曾想到我们已经迎来了枝繁叶茂的夏天;当热情似火的夏天也离我们远去,我们已经知道,硕果累累的秋天会带来新的惊喜。当然,随着时间的流逝,或许那些曾经让我们自豪的青春和美貌的一步步逝去常常让我们惆怅甚至痛苦,但在这种逝去中,我们却在不断成长,并渐渐走向睿智和成熟。国家的发展何尝不是如此?当我们从"小农经济"走向现代社会时,也许有许多人曾经为那种"自给自足"的消逝而深感惋惜,但越过了这种消逝中的阵痛后,国家进步了,走向了现代化!

人类的探索是没有止境的,因此文明才会不断地进步和发展。但是,我们每往前迈一步,必然就会有泥沙或流水从我们脚底消逝,然而我们需要这样的行走也需要这样的消逝,在一得一失中问鼎高峰。《西游记》中的唐僧师徒四人,为了西天取经,一直在行走,九九八十一难也未曾阻碍他们前进的步伐,或许他们因此失去了财富,失去了享乐,但他们却在行走中取得了成功,获得了超越,实现了自我价值。

因此,当我们在享受今天的文明和进步时,我们是否记得,那是多少勇敢的行走者,用他们孜孜不倦的探索、行走、跋涉乃至献出青春和生命而赢得的。"读万卷书,行万里路"的李白和杜甫,在几乎走遍祖国山山水水的行程中,成就了他们瑰丽的诗篇,也成就了"诗仙"和"诗圣"的动人形象;徐霞客,当他不断

地用勤奋的脚步丈量人生的道路时,他已经用心灵见证了祖国河山的美丽和生命的价值。还有现代人余纯顺,一位一辈子都在路上的行走者,他走过了风沙肆虐的塔克拉玛干沙漠,越过了冰天雪地中的塔里木河,风餐露宿,无怨无悔,数十年如一日,用坚韧的脚步执著地探寻人类文明的轨迹,最后倒在了行走的路上。也许他的生命消逝了,但他用四十几岁的生命诠释了行走的真谛,在我们面前立起了勇敢者的身躯和精神。同理,当我们在欢呼新时代的到来时,我们可曾想到,有多少仁人志士在艰苦卓绝的奋斗征程中献出了自己的热血乃至生命,正是这些在真理探索中踽踽独行、前仆后继的不朽生命,才换来今天的进步和繁荣!

　　然而,当有的人在不断地行走和追求时,也有人裹足不前,故步自封,因为他们害怕变革,害怕消失,殊不知他们为此失去了更多。清王朝为了巩固小农经济的社会,抵制工业文明的冲击,采取了闭关锁国的政策。清统治者以天朝大国自居,拒绝变革,盲目自大,以为这样才能让清王朝永远强大,却没想到,这种停滞不前严重地阻碍了经济生产的发展和科学技术的进步,让清王朝失去了发展的契机,被远远地甩在工业文明的潮流之后,从而导致了近代中国的被动挨打。再后来,十年浩劫对人才和文化的摧残,不仅把国家发展的脚步拖到了倒退的悬崖边上,而且让人痛心地感受到了征程中我们与他国所拉开的距离!

　　幸而,人民觉醒了,政党进步了,不幸的时代终于消逝了,在消逝中新的改革开放的征程从此生机勃勃地展开了。就这样,在新时代的召唤下,中国人在这条充满希望的路上拼搏进取,跋涉奋进。三十多年过去了,我们的国家终于以国力强盛人民安康的崭新面貌和独特气势崛起于世界的东方!难以想象,没有改革,没有开放,没有不断地转动历史的车轮,不断地进取和前行,国家能发展,能富强,能血脉贲张地屹立于世界民族之林?

　　一步一个脚印地行走,一步一个脚印地收获,就像鲁迅笔下的"过客"那样,即使在行走中衣衫褴褛,满脚血泡;即使前方有鲜花,也有泥沼,但他始终没有停止前进的步伐,行走在消逝中,行走在进步中,也行走在超越中!

师心微吟

从崇福到东海

1982 年初我大学毕业，由省里直接分配到泉州的一所大学任教。

报到的那天飘着霏霏细雨，我骑着从朋友家借来的一辆自行车，沿着泥泞的颠簸不平的学府路磕磕碰碰地来到这个陌生的学校。学校的低矮和简陋超乎我的想象，虽然它就坐落在名闻遐迩的崇福寺附近，但它的四周被一座座工厂的厂房包围着，稍不留神，你可能就会与它擦肩而过，因为你根本就看不到高等学府的气派和壮观。校内的建筑物更加让你沮丧，当时最高的教学楼就是后来我一直在那里上课的五层文科楼。而且，不仅学府路是泥泞的，学校东门外的那条主干道城基路也是泥泞坎坷的，下雨天，不管你穿什么样的鞋子走路，都会被吧嗒出两腿泥浆；晴天时，每逢车来车往，就会扬起一片白沙，滚滚黄尘。更甚的是学校的生活用水，简直就像黄河水，听说是从北渠直接抽上来的。有一次我洗一件白色的纱罗蚊帐，洗完后它居然成了黄色的。当时我的心情失望到极点，对我的家人也颇多抱怨，因为是他们硬让我回家乡任教。现在呢，你只能去面对这个根本不像大学的大学校园。

那时候，住的地方也非常简陋。学校安排我住在跃进楼的底层一间宿舍，四个刚毕业的新教师一间。跃进楼估计是五十年代大跃进时代盖的一栋苏式筒子楼，两排房间对向，我们住的是北向房间，非常阴暗潮湿。刚进校的那一年暑假，跃进楼发生了一次意外的火灾，三楼的中段全被焚毁。听说我们的档案就放在三楼的档案室里，也在火灾中毁于一旦。可惜了，我那四年全优的学业成绩，还有当时为了破格报名参加高考剪贴出来的厚厚一本文学作品集，当时没有复印手段，因此多数文章，现在我已经无从寻觅了。

那一年暑假我回老家度假，开学时回校一看，宿舍一片狼藉。火灾虽然没有烧及我们宿舍，但救火时的大水，却把处在底层的宿舍泡得所有的日用品和书籍全部湿透发霉。最可惜的是我在大学时代留下的许多照片和底片，也全部黏连成了一堆废纸，好像在冷酷地宣告我的金色年华已经离我远去。

后来我们的房间被调到没有被焚毁的跃进楼东楼的三楼，先是两个教师一

间,后来又调成一个人一间,我也终于可以把我的家人接过来一起住了。虽然房间还是十分拥挤,家人来得多了还得打通铺;虽然楼上没有自来水,所有的用水都得到楼下去提;虽然楼上也没有卫生间,所有的废水和小孩的大小便都得端到楼下的厕所去倒;还有,楼上也没有厨房,每到做饭时间,楼道里就响起一片气势磅礴的锅碗瓢盆交响曲。但我已经很知足了,起码楼上比楼下干净、亮堂,起码我的住处比较像个家了。

就这样,我在跃进楼住了整整八年。1990年,当了讲师的我终于有机会分到校门口的一套套房,虽然面积只有五十二平方米,但设施齐全,再也不用过提水上下楼的辛苦生活了。搬进新居的那天晚上,我高兴得睡意全无,一直不敢相信这套房子从此属于我们家了。

这期间,学校也在不断建设和发展着。先是五层的理科楼矗立起来了,楼梯非常宽阔,还有三间宽敞明亮的梯形教室。接着图书馆大楼拔地而起,六层的大楼在周边矮小的建筑群中显得十分壮观,楼下的借阅大厅十分气派,每一层的阅览室都非常宽敞明亮。翼楼还有一间学术报告厅,后来国内外学术界不少著名学者如钱中文教授、李泽厚教授、陈思和教授、黄曼君教授、钱谷融教授、孙绍振教授、林兴宅教授、何镇邦教授、刘登翰教授,以及台湾清华大学人文学院院长曹逢甫教授、韩国江原大学尹寿荣教授等都在这个学术报告厅做过学术报告,让莘莘学子大开眼界。后来,行政楼、实验大楼、食堂大楼、校友楼以及一栋又一栋的学生宿舍楼相继拔地而起,再加上体育场的扩大,篮排球场的开辟,还有校园的绿化和美化,我们的大学虽然还是那么袖珍,但已经很像个高等学府了。

九十年代末,根据高等教育发展的要求,学校在筹备升格,明显感到还不足四百亩面积的校园已经难以适应大学的发展。于是,随着泉州城市的东扩,市政府在东海辟出了一千多亩地建设新校园。短短的几年间,一座全新的高等学府已经傲然矗立在波涛壮阔的东海海滨。

2001年的新学期,当我们文科几个学院率先进驻东海新校区时,校区里还是一片热火朝天的建设场面,工人们切钢筋、卸石头、搅拌水泥的机器声和学生们的琅琅书声组成了一支气势磅礴的发展交响曲,在校园的上空震荡,让师生们热血沸腾。当时进入东海滨城的通港路也还崎岖不平,车来车往,黄尘扑面,从旧校区乘公交车到新校区要四十多分钟。但是现在,新校区内一栋栋具有闽南风格的出砖入石的红色庞大建筑就屹立在你的面前,沿着校园的水泥路慢慢地走进去,荣茂大楼、孙中山纪念堂、文科大楼、体育馆、塑胶体育场、陈祖昌大礼堂、图书馆大楼、理科大楼、俊秀文学院、艺术大楼、A区B区C区的学生宿舍楼依次扑面而来,让人感觉到了高等学府的壮观和气派。沿着校园绕一圈,也许最快二十分钟也走不完,校区不得不跑上了电瓶车,因此在下课时我们经常可以看到,年轻的学生们嘻嘻哈哈地坐在电瓶车上说笑着从一个学院赶往另一个学院上课。进入东海滨城的通港路已经铲平坡度,拓宽成六车道,铺上了水泥。一座雄伟壮观的立交桥如数条巨大的飞龙盘旋在东海滨城上空,曾经有一次,我坐一位同事的车去学校,粗心的驾驶员没有注意看路牌,就沿着立交桥的第一匝道顺势而上,一眨眼工夫就把车开到了森林公园,这才发现走错路了。路通畅了,现在从旧校区到新校区恐怕只要二十多分钟。

十几年来,我又搬了两次家,现在已经住上了一个比较规范的小区的电梯楼,小区的旁边,就是气势壮观的大坪山郑成功公园。许多个清晨,我在小区对面等校车去学校上课,大约十五分钟就到了学校。早晨的校园里到处是学生朝气蓬勃的身影,有的在刺桐树下背诵古文,有的在绿草地上朗读英语,有的在宽敞的操场上踢球跑步,小鸟在枝头清亮地鸣啭,轻柔的海风吹拂得裙裾飘飘扬扬。就在这样美好的情境中,我和我的同事们开始了一天的工作。许多个傍晚,我和家人去郑成功公园散步、爬山、乘凉,广场开阔,天桥拱立;栈道幽幽,石凳凉凉。休闲的人们三五成群,悠悠地散步,淡淡地聊天,或者就这样默默地坐望星空,让习习的山风吹干一天的汗水,让温馨的亲情卸下双肩的疲惫。于是我明白了,这个古老又现代的城市,还是最适合我生活和工作的地方。

家住大坪山下

大坪山是我钟爱的山。

这座位于泉州市区东部、丰泽街尽头的山并不是一座雄伟的山，甚至可以说是一座秀气的山。但在泉州人的心目中，它却是一座充满英雄气的山，人们总是不自觉地眺望它、瞻仰它，甚至亲近它。

大坪山的诱惑力当然不仅仅是那满山郁郁苍苍的常绿灌木和那几棵生命力旺盛的参天古榕，也不仅仅是峭壁悬崖边那一尊曾经湮没已久的观音摩崖雕像及十八罗汉群像，更不仅仅是可以登上山顶鸟瞰新兴泉州城全貌的独特视野，而是，或者说更重要的是，因为山巅上有一座巨大的民族英雄郑成功铜像。与其他地方不同的是，这座铜像的郑成功是骑在高头大马上的，头戴铜盔，身披铠甲，左手扶剑，右手高扬，昂首挺胸，威风凛凛。据说郑成功铜像总高为三十八米，以钢架外包铜皮锻造而成，其中骏马高度就达二十多米，是目前国内最高的铜马雕像。晴天时，郑成功铜像映衬着蓝天白云，在艳阳下熠熠闪亮，非常高大威武，尽显其英雄气概、统帅气度！

仰望这座雄伟的铜像，我们似乎可以穿越历史的烟云，历历在目地看到三百五十多年前郑成功率军抗击荷兰侵略者收复台湾的飒爽英姿和英雄形象。明天启四年（公元 1624 年），那是一个愁云惨淡的年代，荷兰殖民主义者肮脏的铁蹄践踏在台湾的土地上，从此在中国宝岛盘踞达三十八年之久。清初，义愤填膺的郑成功下决心赶走侵略军。顺治十八年（公元 1661 年）三月，郑成功亲率两万五千名兵将，分乘百艘战船，从金门出发，冒着风浪，越过台湾海峡，在澎湖休整几天后，乘海水涨潮时将船队驶进鹿耳门内海，从禾寮港登陆，再从侧背进攻荷兰侵略军屯兵的赤嵌城。接着指挥六十多只战船紧紧围住敌军，一齐发炮击沉侵略军的"褐克托"号战舰。与此同时，又击溃了台湾城的援军，迫使赤嵌敌军缴械投降。并在台湾城周围修筑土台围困企图负隅顽抗的侵略军。八个月之后，下令向台湾城发起强攻，终于击败了荷兰侵略军。康熙元年初，侵略军头目被迫到郑成功大营在投降书上签字。至此，英雄的郑成功终于从荷兰侵略者手里收复了沦陷数十年的我国神圣领土台湾。

不管历史翻过去了多少页，郑成功这位让中国人扬眉吐气的民族英雄已经永远伫立在泉州人的心中，而且历久弥新。作为家乡人，泉州因英雄而骄傲，英雄也成为泉州人的精神力量和审美象征。其实不仅泉州如此，与泉州一水之隔的台湾也是如此。在泉台民间，许多神奇的郑成功英雄故事到处流传，如泉州的《国姓井》《剑杀恶豚》《炮轰鹰鸢》《郑成功凿水井》《执法如山》《国姓鞋》《黑鬼放烦》等传说和台湾的《剑井》以及民众耳熟能详的"剑潭""莺歌石""肉鸢潭"等等传说，这些生动传神的民间故事都以民众对郑成功斩妖除魔、保民安居那充满创造力的独特想象，共同表达了两地民众对这位民族英雄的深切感念和由衷敬仰。

也许正是这份感念，市政府和丰泽区于1999年在大坪山规划建设郑成功文化公园，并于2004年立为市政府和丰泽区年度城建重点项目，当年五月郑成功大型铜像竣工。去年底，郑成功文化公园完美收工。公园以纪念性、教育性为目的，以生态休闲为主要功能，是一座城市生态型休闲文化景观主题公园。整个公园以郑成功骑马雕像为核心景观，西侧的市区入口景观区主要由入口牌坊、广场、假山及停车场组合而成。顺着横跨坪山路的人行天桥走近宽敞的公园广场，映入眼帘的就是一座精雕细刻着泉州传统民间图案的明式牌坊，上面镌刻着"民族英雄"四个遒劲的大字。穿过牌坊，登上高高的花岗岩石阶，就是一段长长的木栈道，沿着栈道进入青砖砌成的有垛口、观察窗等军事设施的仿古城堡，你可以深切体验到当年郑成功抗敌御寇的豪情壮志。然后一路向上攀登，不出二十分钟，就可以登上山顶，亲近并触摸这位民众心目中的民族英雄。

也许也是这份感念，我家搬到了大坪山下的一个小区。许多个清晨或傍晚，我和无数从市区的四面八方云集而来的市民一样，去郑成功公园散步、爬山、乘凉，在锻炼身体的同时与郑成功进行灵魂的对话。尽管郑成功骑马雕像是那么高大雄伟，登上大坪山顶，人站在马下还不及其小腿高，但那种近距离的凝视让我们有一种灵魂上的碰撞和相通，一股民族豪情油然而生，胸怀也随之变得分外宽广和大气，感觉猎猎林风和漫漫山岚全部收纳胸间，任其尽情翻卷吞吐，酣畅淋漓，不亦快哉！

尘世有诗天地雅

在课前课后,我常常读到一些充满激情和灵性的学生诗作,或者在班刊上,或者在系刊上,或者在校刊上,甚至在一些公开发行的省级市级报纸杂志的文学版面上。也充满信心地参与学生诗集出版的策划。但今天,当学校文学社社长黄学良同学把这么一叠厚厚的诗集清样放在我的面前,我还是在吃惊之余感到了一种特殊的欣慰和自豪。

吃惊的是,我们的学生居然写出了这么多的诗歌作品!我粗略一算,进入目录的诗歌作者大概有四十六人,按每人三至五首诗作计算,该诗集约收入一百五十多首诗作,这确实让我始料不及。而且作者中有男生有女生,各个年级都有;诗作中有新诗也有古典诗词,形式十分多样。可以称得上洋洋洒洒蔚为大观,集中展示了大学生诗歌创作的丰硕成果,这正是让我这个当老师的引以自豪和感到欣慰的地方。

翻开诗集,一股青春气息扑面而来,似乎把我也熏陶得年轻和充满诗意了。诗集共分四辑,辑名也起得诗意盎然。第一辑《摆渡红尘》似乎以抒写爱情为主,第二辑《高山流水》吟咏的大多是亲情和友情,第三辑《落英缤纷》抒发了对故土家园和大自然的一腔真情,第四辑《古风天韵》则收入了学生们的古典诗词习作。应该说,诗作所表现的内容是相当丰富的。字里行间,我似乎看到学生们以一颗颗年轻的敏感的诗心,在认真地感受生活,感受美,感受亲情、友情和爱情,并把他们有些孩子气的但绝对是独特的审美体验和人生感悟细腻地诗意地传达出来与我们共享。

例如毕中林的《寂寞疏桐》:"你说你是疏桐下一个独来独往的幽人/那又为何多少个月缺月圆的夜晚/都不见你缥缈恰似孤鸿的身影/从料峭的春寒到如今萧瑟的清秋/难道你的心就始终如沙洲般冷寞//在你每一次惊起又回头的徘徊中/你又怎么会知道/有一棵落寞的梧桐总在默默注视着你/在凄风里在烟雨中//……"这首蕴藉深沉的诗歌通过"疏桐"和"幽人"的独特意象,把一种执著的追求、期盼和等待抒写得委婉动人,层层深入的情感传递和暗示,营构出了一个让人流连与回味的情感空间。他的另两首诗歌《你是一闪月影一缕轻风》《一滴泪》也充分体现出这一情感表现特征,情感传达真挚细腻,有一种婉约之美。

林宝的两首诗歌则在传达亲情和爱情的同时,更多了一份哲思的力量。《烛光里的妈妈》娓娓动人地抒写了女儿对辛勤劳作的母亲的牵挂和守望:"于是/悄悄地翻遍古城堡里悠远的故事/轻轻地读你石刻的眼泪/于是/便想起山谷里驻足的脚印/寻找泥土里温馨的声音/串成夜空中忘了回家的/叮叮的风铃。"在这里,"妈妈"已经超越了个人亲情,演绎成亘古至今的人生支柱。而且诗语精致,形象鲜明,其中所注入的情感十分蕴藉深沉。她的另一首诗《远望三毛》则以自己独特的审美视角,把三毛的孤独和执著写得相当有张力:"……/那爱/从来/只为一个人开放/在沉默中怜惜/在孤独中幸福//"这种独特的思考和抒写使三毛的漂泊感穿透了岁月,让读者重温了那种义无反顾"只为一个人开放"的爱的动人力量,不能不怦然心动。我一直认为,林宝的诗歌语言很精美,她能够用一种简洁的看起来似乎是矛盾或对立的语式或句式把那种独特的感觉传达得很具象很耐人咀嚼,有一种"陌生化"的艺术效果,由此激活了读者的审美意趣,给人带来了新鲜的审美感受。

黄钰的诗歌也让我感受到了这种哲思的力量,而且他的诗歌所表现的生活面更加宽广。从选入本诗集的几首诗中,我们可以看到学生已不仅仅停留在亲情爱情的咏叹上,他们的视野更加开阔,思考的角度也更加敏锐。在《幻影——写给战争和杀戮》一诗中,黄钰通过奇特的想象,夸张的描摹,节奏急促的诗句,以及充满象征意味的揭示,把战争带给人类的灾难演绎得惊心动魄,"这是鬼火/和幽灵的栖身之所/躯体开始腐烂/慢慢/白蚁开始作呕/啃嚼着/直至白骨的暴露",具有一种强烈的批判力量和让人警醒的审美效应。《穴居人》也是一首富有象征意蕴的诗。表面看来抒写的是一个"披着长发"、在"不知名的旷野"中"蜷缩在洞穴中的""孤独"者,其实透过那层扑朔迷离阴森恐怖的气氛渲染,你分明可以感受到作者对那种封闭与逃离的阴暗心理的谴责与鞭笞,颇耐人回味与反思。

让我欣喜的是本诗集还选入了一组学生的古典诗词作品。如张薇《红尘笑》《惊鸿》、刘若天的《逢重阳》、莫志强的《沁园春·逆境争上游》《忆秦娥·泉州古城》等。用古典诗词形式来表现新生活、新时代、新感受,这不仅体现出今人对中华传统文化的继承和革新,也昭示了优秀的传统文学形式的强大生命

力。这是很有意义的一种创作,我本人也一直在尝试进行这种写作。但我一直以为处在充满功利性和竞争性的现代生活中的年轻学子难免那一种焦虑和躁动,自然也就少了一份优雅的古典情怀,少了一种训练技艺积累学养的精神。但在这里我愉快地否认了这种看法。虽然这组诗词并非都是很成熟的作品,其中不乏平仄格律不工整不规范的地方,但我还是欣慰地看到学生们已经能够比较娴熟地运用古典诗词形式来抒写生活、传达亲情、讴歌家园、宣示志向和解构历史的努力。这里我特别要评点张薇这两首试图重新钩沉历史人物的带点新历史主义色彩的诗词《红尘笑》和《惊鸿》。《红尘笑》虽只寥寥数语,但我分明可以读出杨贵妃作为一个小女子在男权话语下的无奈和无助,对历史的大胆解构和运思的新奇给人提供了一种解读历史的新视角。《惊鸿》则仿白居易的《长恨歌》,运用歌行体的形式对唐代历史人物、唐玄宗妃子江采苹(梅妃)的一生进行了重新钩沉和独特诠释,蕴藉地批判了封建君王的荒淫腐朽带给社会和民众的深重苦难。通过作者动情的吟咏和诉说,那个因其"秀骨姗姗婀娜姿,丰神楚楚山水灵"的美丽被迫从"木兰溪下宁海畔悬壶世家"的民间走上了历史舞台,又因"无情君王"的喜新厌旧和社会动乱而走向死亡的苦命女子的悲剧命运被演绎得曲尽其致娓娓动人。诗歌想象丰赡,用典精当,语言优美,音韵和谐,抒情和叙事结合颇为巧妙。由此,一个被历史所淡忘所忽略甚至所曲解的梅妃重新形象鲜明地出现在我们眼前,具有一种独特的艺术力量。

其实,在这本诗集中,像上述那些让我印象深刻的诗歌还很多,可以说,每一首诗歌我都很喜欢,因为都是学子们真情实感的流露和写意。但篇幅所限,不允许我一一评说。感动出诗人,真情见好诗。我在诗集中看到了学生的审美心胸和诗意情怀,也看到了年轻学子们对美好事物的真情和感动。这正是人类所追求的。因此,尽管这本诗集仅仅是学生诗歌习作一次怯生生的集合,甚至有些诗作还很稚拙,思想也不够深厚,但我还是宁愿为他们真情和诗心喝彩。海德格尔说:"人是诗意地栖居在大地上的。"也许消费社会使我们的生活越来越世俗越来越现实,但我们只要拥有了这份真情和诗心,我们的人生就将拥有浪漫和诗意,我们的精神家园也将更加优雅和美好。

尘世有诗天地雅,书生意气写真情。

愿诗歌伴随我们直到永远。

五月的风

编完华侨大学中文系九七级学生的散文作品后，一缕五月的清风徐徐飞进我的书房，悄悄翻阅着我案头的稿件，让我倍感欣悦。

据我所知，我任教的这个班学生来自于全国二十几个省市区，包括香港，澳门和台湾地区，还有马来西亚、菲律宾等东南亚国家。但是我却从他们的散文习作中读出了许多共同的东西，这就是：真诚、独思、爱和责任。

他们还只是大一的学生，因此这些散文习作是那么清新，清新得让人不敢随意略过；又是那么纯真，纯真得令人不忍用力删削。王婷婷的《情系板间房》，困惑的是现代化的新居为何缺失了旧式板间房的那一份温馨；漠尘的《故乡的雨季》，神往的是故乡漫长而又动人的雨季；晓风的《今夜有风》，惆怅的是青梅竹马的好友长大后却不得不分道扬镳的无奈；燕楠的《小院昔情》，忧伤的是小院里的葡萄藤移到别家后的枯萎；邓志平的《往事漫忆》，则为自己努力想要做一个讨人喜欢的人而激动……当年轻的他们刚对人生和社会张开蒙眬的双眼时，敏感的捕捉，热切的关注，就已使他们对生活倾注了浓浓的深情。真情、真心、真意，真诚袒露，毫不做假。我想，也许正是这份真诚，才使他们的散文，一开始便具有一种打动人的力量。

当然，他们不仅仅只是真诚感受生活，他们还努力独特地表达出对人生的某种思考。面对纷繁复杂的社会人生，他们并不是无动于衷，也没有随波逐流，而是皱着眉头，思考着该如何迈进人生激流中，走出自己最正直最稳健的步子。刘德华在《凡人随想》中思忖，为什么凡人拼命追名人，名人却唱"凡人歌"？梁坤在《莲花山》中感叹，为什么当年绿树红花、溪水叮咚的莲花山如今已面目全非？苏墨林的《清明纪事》忧虑的是，为什么岁月的风尘湮没了父亲的坟墓也湮没了应有的悲哀和亲情？成杰思的《停电的晚上》在思考，为什么在电器逐渐普及的乡间，孩子们最希望的反而是停电的晚上？晓风的《今夜有风》甚至不知道当童年的好友都已投入到有着太多诱惑的世界中时，自己还能守住与书本相对的这份寂寞多深多久……也许他们的思考还很稚拙，甚而有点可笑，但他们的

态度是认真的、严肃的,他们决不玩笑人生!我想,也许正是这种思考,使他们的作品有了一种别于大家散文的清新韵致。

给我的另一层感动是,他们散文中表现出来的这种真诚和独思,与他们对生活的热爱和社会责任感是分不开的。正因为他们那样地热爱生活,他们才会用全身心去拥抱生活,感受生活,毫不吝惜地倾注自己的喜怒哀乐,为丑恶而哭,为善美而笑;也正因为他们意识到了年轻一代的责任感,他们才会为家乡走向富裕而高兴,但希望乡亲们"千万不要让电视、电扇、电蚊香抢走原本属于你们的温馨乡情"(成杰思《停电的晚上》);才会为黄蜂被烧走"感到莫名的悲凉和单调",并祝愿人类和其他生物应该"和睦相处,共同为这个多姿多彩的世界增辉着色"(黎华东《烧黄蜂》);才会真诚地渴望"知识的甘泉每天都滋润着我干涸的心田",让我们的"心中总是阳光明媚"(潘雪华《我的雷电之夜》);也才会如此热切地呼唤两岸亲人早日团聚,因为"我们都是一家人"(钟君《我们都是一家人》)……我想,归根结底是爱使他们愿意为社会分担责任;而责任又使他们由衷地希望世界更加美好。

于是,我也由衷地希望,即使将来他们的散文已不再稚拙,不再年轻,但真诚、独思、爱和责任,却应该永远存在。

五月的风依然轻轻地吹拂着,是不是想悄悄告诉我绿树长高花儿开放的信息?

那些年,我当过班主任

在大学教书三十多年,只当过一届班主任。二十世纪八十年代中期的一个班,从入学带到毕业。但我当得很开心,那种亦师亦友的关系至今回忆起来依然很甜蜜。

第一任班长是高分入学的,聪明睿智,善于思考,让同学很是佩服。第二任班长热心仁义,对同学特哥们,很有凝聚力。团支部书记是个帅哥,家境好,但谦虚随和,阳光开朗,很善于组织活动。有这样一些得力的班干部,我这个班主任其实当得很轻松。

那时学风很好,而且经常开展活动,晚会啊,辩论赛啊,郊游啊,相当活跃。郊游的地点、人马、车辆,都是学生自己搞定,但是我都会在出发前唠叨几句。有时没有跟车去,回校后班长或书记就会来报告一声,我们回来了。于是我一颗悬着的心就落地了。

班级很团结,曾被评为先进班级,获过不少奖,最难忘的是班里排的小品《过客》居然拿到了学校小品比赛唯一的一等奖,让同学们喜出望外。鲁迅的《过客》是充满象征意义的作品,由三个很不专业的学生来演,表现的难度可想而知。但他们成功了,台下掌声一片,我都被深深打动了。他们确实太投入了,为了演得逼真,班长去周边农村借服装和道具,破棉袄,大襟衫,旱烟袋,布鞋。演过客的男生还不到十八岁,选举时都没有选票。这么小如何演沧桑的过客呢?事实证明我的担心是多余的,为了这份沧桑,他不惜湿泥巴涂脸,衣衫褴褛,赤脚上台,沉重感已经超越了年龄。还有那个高大帅气的男生,为了演好老人自毁形象,不仅在台上一直弯腰驼背,而且嘴唇上下贴满了灰白的棉絮。写到这里一团伤感忽然袭上心头,因为那个男生毕业后没几年就在一次车祸中去世了。他朝气蓬勃,因为文章写得好已经从中学调到县报道组工作,本来前途无量,可是他的生命却永远定格在二十五岁,如今想起还不胜唏嘘。

毕业前一晚,我那狭窄的房间里挤满了学生。毕业晚宴上的频频敬酒已让我不胜酒力,我微醺地靠在沙发上,任他们自己泡茶自己喝,天南地北依依惜

别,一宿无眠。但是我知道了,有个女生一直在暗恋第一任班长,但好像他并不知道。一个南安的高个男生在追一个也是南安的高个女生,可惜没追上。团书记则喜欢那个在《过客》里担任配音朗诵的美丽女生,但一直不敢说。金童玉女,我觉得很般配,于是让他明天抓紧跟她说,否则就来不及了。第二天一早我忙着送别,不知道他说了没有?但最终是班里一对也没成,让我颇觉遗憾。

这个班的学生毕业后基本上都当了中学老师,那时候县里老师奇缺,现在他们都成了骨干教师。而且竟然有不少学生成了校长或书记,听说有三分之一多。虽然这么多校长是很多老师、社会共同培养和他们自己努力的结果,但是这么集中地出现在我曾经带过的班级里,还是让我感到很自豪。回想我当中文系系主任的那些年,去各县中学联系教育实习,只要走马观花地跑一圈,一天下来有时八个点都能搞定。那么多的学生在当校长,还能不给老师面子?

时光荏苒,他们毕业至今已经二十六年了,不少学生的孩子都上大学了,但师生情谊依旧。前不久定居香港的团书记回泉,班长叫了我和几个同学过来相聚,说起当年同窗时的人和事,一个个依然激情澎湃。恍惚间觉得好像我不是老师,而是同学中的一员,和他们一起度过共同珍藏的大学时代,如今一页页地翻出来重新阅读,那些日子依然那么新鲜,那么动人,那么让人享受。

时间都去哪儿了

时间都去哪儿了？现在几乎全中国都在追问这个问题。

其实年轻的时候并不太重视这个问题，相反的，有时还希望时间快快过去，上大学时，希望快点毕业快点工作快点自食其力；工作时，希望快点成家快点立业快点有个孩子；有孩子后，希望孩子快点长大快点成才自己好快点卸下重担……

然而人到中年之后，眼花了，鬓白了，体宽了，背驼了，才发觉时间已经不知不觉地溜走了，曾经的青春，曾经的靓丽，转眼间已经不知哪儿去了！

八十年代初我大学毕业到泉州任教，那时确实青春靓丽爱运动，校运会时常常是教工组的主力，每次总能奖到一个牙杯两条毛巾在家人面前炫耀一下。那时还常常和其他三个年轻女教师搭档，代表学校参加全地区的女职工接力赛跑，好几次都好像不怎么费劲就赢得第一名，当年的奖品诸如雨伞呀、旅行袋呀至今还躺在家里的储藏柜里，印在上面的"第一名"那三个挺显摆的字样还依稀可见。

然而现在，市里已经不再组织女职工接力赛了，即使组织了，我们也跑不动了。三十多年过去了，我们已经沦为跳广场舞的那一拨人了，校运会也不再通知我们参加了，起先还觉得有些失落，现在已经习惯了把校运会的那三天当作自己的假日了。

那个时候校区面积很小，楼很矮，宿舍也很简陋，学校周边的两条路——学府路和崇福路都是泥泞小路。那个时候温陵路叫作东大路，东大路往东就是一片广阔的菜地，东海片区在我们看来相当遥远而且有些荒凉。

现在东海已经不再遥远，师院早就搬来了，市政府也搬来了。师院新校区占地一千多亩，沿着校园绕一圈，二十分钟也走不完，校区不得不跑上了电瓶车，下课时年轻的学生们嘻嘻哈哈地坐在电瓶车上说笑着从一个学院赶往另一个学院上课。校内一栋栋具有闽南风格的红色庞大建筑拔地而起，鳞次栉比，凸显了高等学府的壮观和气派。

　　我已经成了一个有三十多年教龄的老教师了,跟着学校从崇福到东海,教出了一茬又一茬的学生。早期的学生任教的也自称是老教师了,不任教的有的当了企业家,有的当了领导,还有的当了爷爷和奶奶。现在的学生则风华正茂,傍晚的运动场上,是一个个青春靓丽的身影,是一片挡也挡不住的蓬勃朝气,有如当年的我们。

　　人说"铁打的营盘流水的兵",我们说"铁打的学校流水的学生"。每年六月,一批又一批的学生从学校大门涌出,意气风发地奔向广阔天地;而我们依然日复一日地夹着讲义,在太阳升起的时候匆匆走在芒果树下的校道上,文科楼还是那座文科楼,教室也还是那个教室,只有不经意地回首一瞥,才发现映在粉墙上的影子,曾经挺拔的背,已经有些弯;曾经矫健的步履,也已有些蹒跚……

　　三十多年了,时间都去哪儿了?突然发现,时间并没有走远,当我走在校园里,它就在高高的教学楼上;当我在教室里上课,它就在学生们专注的神情上;当我在小区里散步,它可能就在迎面碰上的当年学生的招呼声中……

　　虽然我的头发已不再乌黑,身材已不再苗条,但我的青春生命已经在一茬又一茬的学生身上延续,我还有什么可追问、可抱怨的呢?

我的 1977

我一直在想,如果没有1977年恢复高考制度,现在我会是怎么样?我在干什么?小广播员、小报道员、小文化干事、小作家、下岗……我不知道。感觉当时我就像茫茫大海里的一叶扁舟,在社会动乱的波峰浪尖上下颠簸,任由西东,根本无法把握自己的命运,而且随时都可能被风浪所吞噬。

但有一个答案是肯定的,那就是我肯定当不成大学教授。

"文革"一开始,我家就遭难了,父母亲成为第一批被打倒的"牛鬼蛇神",关进了"牛棚"。当时我才十三岁,初中还没毕业,懵懵懂懂的根本无法明白两位安分守己的中学老师究竟犯了什么罪要遭此劫难,但是我已经尝够了恐惧和心痛的滋味!心痛和恐惧的我看了大字报才知道一个连年抓高考红旗被打成了"资产阶级权威",一个有过去台湾工作的经历被打成了阶级异己分子,但是仍不明白为什么至亲至爱的亲人一下子成了阶级敌人,由此也愈加恐惧和心痛!当时唯一能弄明白的也许只有一件事,那就是我们几个十几岁的孩子已经成了"狗崽子",再也无法读书了!没有书读的孩子在一次又一次地目睹了父母亲被抄家、挂牌、戴高帽、游街、批斗的恐惧中熬过了一个个在黑暗中颤抖和哭泣的日子。

1969年,当我的父母亲一个被清洗赶回原籍,一个被下放到一个农村中学"复课闹革命"后,我也就不容置疑地随着一大批红卫兵和"狗崽子"去一个十分偏远的山村上山下乡插队落户了。上山下乡的我随身带了四本书,两本英语书,一本英语语法,一本英汉字典;两本数学书,一本三角函数,一本立体几何;都是高中课本。其实我也不清楚看这些书还有没有意义,只是心有不甘。我的父母亲都是大学毕业生,父亲毕业于暨南大学工商管理系,母亲毕业于华南女子文理学院化学系,中学时门门功课都是优秀的我实在不相信两个大学生的女儿这辈子只有初中文化水平!也许有一天会天开云散呢?也许有一天会雨过天晴呢?冥冥中我似乎有这么一种预感。于是在每一天筋疲力尽的劳作之后,就着农舍小屋里微弱的小煤油灯光,读着英语,啃着数学,同时也悄悄地记记日

记,写些东西。在漫长的日出而作日落而息的山村生涯中,看不到前途和未来的茫然和困惑,好几次无缘于推荐上大学的绝望,无处可以倾诉的我只有寄情于文字。但我没有想到,这种无意中的书写,却锻炼了我的写作能力。三年之后,我的写作能力被发现,调到了公社文化站。这时我已经把那四本书全部读完,并开始在一些刊物上发表小说和诗歌。后来又有过几次推荐工农兵上大学的机会,但还是因为家庭背景这一同样的理由,我仍然被拒之门外。

我终于彻底绝望了,也许大学真的不属于我,也许我真的注定永远只是个初中生。我放弃了,放弃了梦寐以求上大学的追求,结婚了。然而这时,四人帮粉碎了! 然后不久,党中央决定恢复高考制度选拔人才,而且老三届的学生、结婚过的学生也可以报考。我在兴奋与激动之余又跌入了冰窖,因为从高考制度被强行中止至今,已过去了十一年。这十一年里,已积压了数百万无缘上大学的学生,光 1966、1967、1968 年的老三届生就有几十万人之多。而 1977 年充其量只招收一二十万人,这不啻千军万马过独木桥,近乎百里挑一啊,我一个没读过高中的初中生,在这样激烈的竞争中,能考得上吗? 况且,我刚刚生了一个女儿,女儿是那么幼小,即使考上了,我去读书,她怎么办? 思前想后,还是决定了,豁出去了,报考去! 机不可失,时不再来,为了我和你的将来,女儿,委屈你了。

没想到高招办还不让报名,原因是我是初中生不属于老三届生,没有报名资格。当时我一下子就愣住了,心儿再一次跌入了冰窖之中! 后来一个好心人告诉我,招生简章上有一条可以争取试试,那就是有特殊才能的人才可以破格报名。我一下子豁然开朗,马上回家翻箱倒柜,把那几年发表的小说、散文、诗歌、剧本剪贴了厚厚一本,然后把这本证明自己有特殊才能的厚本子连同自己的报名表送到了高招办,终于报上了名。

接下来就是复习功课。每天下班后,一边照顾着孩子,一边看书。没有复习材料,也没有复习大纲,在乡村公社,消息也很闭塞,根本不知道要看什么书,只好把看过的旧书再翻出来看。后来已调回一中任教的母亲给我寄来了一本数学复习题,于是我就开始全力以赴做题。当时镇上有一个我妈当年教过的老三届学生也报考了,偶尔会来我家和我一起做题,他是正宗的六六届高中毕业生,完整地读完了中学,数学比我好,我就不时向他请教。当时他看我有不少题目不会做,对我能不能考上大学颇为怀疑。但他对我很好,不仅帮我解答问题,还安慰我说,好好复习,考不上没关系。我要是考上了就把这本汉语词典送给你,你明年再考。说着,他把一本崭新的汉语词典放到我的面前。我停下笔,拿起这本比砖头还厚的词典爱不释手地翻着,心里很高兴,感觉能白得一本词典,考得上考不上似乎已经不太重要。遗憾的是,我的这位好心的"同窗"大哥当年并没有考上,后来又考了一年,听说也没有上。后来他就不考了,做生意去了。不知道他哪里出了差错?我真的为他感到失落,不仅仅因为没能得到他的词典,更惋惜的是他就这样失去了一个施展才华的平台。上大学后我自己买了一本现代汉语词典,也作为对这段经历的一种纪念。当然,这已是后话。

终于要开考了,考场设在县城一中,我爸妈任教的中学。记得那天是1977年12月4日,我早早到了一中,把只有七个多月的孩子寄在我妈家里,就抖擞着精神上了考场。当时必考四科:语文、政治、数学、史地,两天上下午各考一门。最后一天考外语,非报外语专业的可以不考,但我也去考了,成绩只作为参考,不计入总分。我在每天上午一考完就赶紧冲回家给孩子喂奶,然后自己吃饭,哄孩子睡下,又匆匆忙忙上了下午的考场。回想那种两头兼顾奔走于考场与孩子之间的艰辛,现在许多还由父母亲接送上考场的年轻考生们也许永远也无法理解。虽然考得如此辛苦,但感觉考得不错,除了数学,那三科好像没有什么题目能难倒我,很轻松,特别是语文,不仅前面的语基部分我应付自如,后面的作文我也觉得轻车熟路。记得作文是写一篇《大庆见闻》的读后感,我一口气洋洋洒洒写了一千七百多字,连卷子后面都写满了。上了大学后才知道我的成绩很好,四科考了三百二十多分,比七七级的录取分数线二百二十分高出了一百多分。这个成绩听说北大都可以上,但是当时孩子那么小,根本就没有想过要报到省外去,哪怕是北大还是复旦。又特别想当个像我爸妈那样的老师,所以志愿就报了福建师大中文系。听说语文第一名是满分,作文写得特别好,但不知道什么原因七七级居然没有录取,但他1978年就考取了北京一所名牌大学,现在也是颇有影响的教授、博导了。我的语文成绩是九十六分,好像是地区第二名。后来上大学后,接到一位就读厦大法语系七八级的朋友来信,告知我的作文被厦大印成范文给学生读。我一听十分好奇,央求她想办法寄一份给我看看。果然不久她就给我寄了一份油印件,我这才看到了自己在考场上匆忙写就的作文。当时还很惊讶在那么紧张的考试中我居然能那么有条有理有一定深度地写了这么一篇长文。这份油印的高考作文我至今还保存着,它是我当

时拼搏进取的一种独特见证。

考完我就回到了原来的生活轨道中，给公社书记写全社扩干会的报告，给报道组编写农业学大寨的简报，陪公社领导下乡检查冬种计划的落实，组织文艺演出队参加全县的文艺调演，还有照顾孩子……就在我已慢慢将那段意外的高考经历淡忘的时候，临近春节的一天，公社邮电局叫我去拿信件。我一走进邮电局，那位我很熟悉的年轻绿衣使者就挤着眼睛笑嘻嘻地说，嘿，该给你放鞭炮了，咱们公社门前要竖旗杆了！我说，你瞎说什么啊？把信拿来！那位小伙子还故意卖关子逗我，把信高高举起晃来晃去的。但这时我已看见了信封上的录取通知书几个大字，一下子高兴地尖叫了起来。真没想到啊，一个被中止了十一年的高考制度的恢复，一个及时抓住机遇的决定，让我这个辍学十一年的初中生，一个几乎已失去任何希望的年轻妈妈，终于考上大学了！

接下来对任何考取的考生来说也许就剩下一件事，那就是高高兴兴地准备上大学。对我来说却是"乐并痛苦着"，因为我必须给还不到十个月的孩子断奶，并把她送到她父亲的农村老家去安顿。这不仅意味着我要远离年幼的孩子，而且意味着孩子还不满一岁就要开始经受上山下乡的考验。尽管千万分的不舍和难过，我还是硬下心上了大学。1978 年 2 月的一天，当我拿到了 197705 的学号坐在福建师大清华楼宽敞明亮的中文系大教室时，我终于意识到，我已经是一个大学生了，我终于要开始自己苦苦期待了多少年的大学生活了！

天堂里有没有书声琅琅

教师节对我娘家似乎显得特别重要,每年一到这个日子,全家大大小小就兴奋异常,盼着庆祝、盼着聚会、盼着贺卡,当然也盼着那微薄的但却富有象征意义的过节费。

这也难怪,我的父母兄弟姐妹、弟媳妹夫包括我几乎都在从教,全家人教龄加起来有二百多年,名副其实一个教师之家!

当然,这首先归功于我父母的培养和言传身教。我父亲毕业于暨南大学工商管理系,我母亲毕业于华南女子文理学院化学系,他们是新中国成立后的第一批公立教师。数十年如一日辛苦耕耘,默默奉献,已经为国家培养了成千上万个活跃在各条战线上的栋梁之材!

然而,和多灾多难的祖国一样,在那许多个已过去的多事之秋中,这一对忠诚本分的教师夫妇的命运并不顺当。父亲学的是工商管理专业,在经济不发达的解放初期根本派不上用场,只好改行教历史。当时历史不是主科,再加上父亲有去过台湾工作的历史背景,他这辈子就注定不得安宁。工资几十年一贯制老不见长,却经常挨批斗。从反右一直斗到文革,七斗八斗终于把他给斗垮了,刚届花甲之年就匆匆地去见了他所喜爱的李白。

我至今还弄不明白,历史为什么要摧残这个才华横溢,如孺子牛般献身于教育事业的一介书生!说父亲才华横溢实不为过。父亲一手书法遒劲奔放,颜筋柳骨融会其中,让人拍案叫绝。父亲的京胡也拉得悠扬激越,时而如云雀啭鸣,时而似惊涛拍岸,听得人如痴如醉,忍不住要亮一嗓子。听说当年在土改宣传队时还担纲歌剧《白毛女》的伴奏,走乡串巷宣传党的土改政策。父亲对唐诗宋词烂熟于心,小时候我们随便翻出一本诗集拈出一个题目,他马上出口成章,百问不倒,至今我这大学教师都自愧不如。父亲还是一个非常出色的篮球运动员,听说他上大学时是当时高校篮球队的队长,曾率队参加全国联赛,出尽风头。到老年依然雄心不减,逢球赛必看,为球队加油。父亲还下得一手好棋,做得一手好菜,并且车技高超,泳姿潇洒……其实,我也说不清父亲有多能干!然

135

而,父亲在学校里始终是一个灰溜溜的角色,政治运动压得他抬不起头来,他根本没有机会让人见识到他的多才多艺,他的本事只能在家里悄悄地展示给我们几个孩子看。

但是父亲绝对不应该是灰溜溜的角儿。年轻时的父亲不仅才华横溢而且风流倜傥。父亲当年的老同学、老朋友或者看过父亲当年照片的人,都说父亲是一个美男子。即使是母亲,偶尔也不无醋意地说起当年读书不太认真却特别能玩的父亲身边围了不少如花似玉的女孩,有一个还跟他黏糊了好一阵子。父亲的学生回忆起父亲还津津乐道于当年他在讲台上的潇洒形象:把两手的大拇指随意地插在腰间的皮带上,在讲台前优雅地踱步,口中洋洋洒洒,妙语连珠,把个历史教得倒背如流,那一个个扣人心弦、引人入胜的历史故事让学生听得如痴如醉,流连忘返……

就是这么一个才华横溢风流倜傥的父亲,在风华正茂的年月,却被整得灰溜溜的,没有了血气,没有了脾气,也没有了才气,成了一个"老蔫"。到了"文革"时期,他几乎变成了一只惊弓之鸟,一有风吹草动,他就胆战心惊,连话也说不成句。尽管如此,他还是没能熬到开放清明的今天!该受的苦他都受过了,该享的福他却一样也没有享受到!他没看过彩电,没听过 VCD,没用过电冰箱洗衣机消毒柜液化气炉,没住过套房,没见到孙子……人们常常说,苦尽甘来,否极泰来,然而命运却不肯垂青于父亲,不给他一个机会让他在晚年挥洒一下他的聪明才智翩翩风度,还父亲一个真情率性的本来面目,让晚辈景仰!我一直在想,如果父亲能活到现在,他一定非常知足,非常快乐,哪怕他曾有过那么多不堪回首的苦难!

相对父亲,母亲似乎就幸运了一些。她科班出身,所教化学专业又是高考主科,她连年抓高考连年都摘得高考红旗,也就连年受到当时省教育厅长的表扬。再加上她政历清白,因此就减少了许多磨难。即使在解放初期,当新婚燕尔的母亲烫着卷发,穿着府绸旗袍、秀丽白皙、楚楚动人地出现在这所县城中学,让许多人眼前一亮后又给她戴上"资产阶级娇小姐"的"桂冠"时,也没能影响她在师生心目中的地位和威信。每年高考,她的学生报的最多的专业是化学和医学。后来每当学有所成的学生登门造访,母亲如数家珍地向我介绍这个是某某班的学习委员,现在是化工专家;那个是某某班的班长,现在是个著名医生时,我总是纳闷,怎么这些好学生学的全是母亲的专业。母亲却笑而不答,一副满足和陶醉的模样。

母亲任教四十余年,无怨无悔,视教书为自己的生命,心无旁骛。她长年累月扑在课堂上,在实验室里,和学生头抵头地讲习题,手把手地做实验,被许多学生称为"生命中最敬重最亲切的良师"。但母亲无暇做饭,无心买菜,肩不能挑,手不能提,我想当年要是没有父亲,她也许会把生活弄得一团糟。在父亲被扫地出门的那一段苦难的日子,有一次年少的姐姐陪母亲去买菜,买好了菜后母亲拿十元钱让那菜贩子找,结果母亲数来数去都发现少找了两元钱。那年头两元钱并不是个小数目,再加上父亲已经丢了工资,于是母亲就向菜贩子讨,不料菜贩子瞪大眼睛说,我怎么会少你的?我怎么会少你的?你眼睛看清楚一点!母亲说,你怎么不讲道理?你找的钱都在这儿,你自己数数……没想到那贩子竟然气势汹汹地骂了起来,我怎么不讲道理?我怎么不讲道理?你们这些臭老九……唾沫四溅,指手画脚,母亲的脸都吓白了,浑身发抖,在课堂上口若悬河的她,此时却一句话也说不出来,在众目睽睽之下,拉着我姐姐落荒而逃。满肚子化学反应方程式的母亲可能至今也没能想明白,为什么无理的反而变成有理的而且居然还理直气壮地出口伤人!后来母亲去买东西找钱干脆也不数了,直到我那能干的姐姐接替了买菜这一重任,母亲才算松了一口气。

然而母亲绝不是个脆弱的小女人。在父亲遭受磨难的那些日子里,也进过牛棚的她既要为远在老家的父亲担惊受怕,还要关照和培育一群年少的孩子。我想象不出,那一双柔弱的肩膀当时是如何为我们遮风挡雨的。当我们后来一个个从她关爱的眼皮底下走向偏远的广阔天地去插队落户炼红心时,我已能体会得出母亲的那份肝胆俱摧和牵肠挂肚!

最让我领略母亲的坚强的是一位和母亲一起坐过牛棚的老教师告诉过我的一件事。那是在所谓"清队"的那段人心惶惶的白色恐怖的日子里,有一次全校教师被组织到大礼堂去听报告,报告到一半,工宣队突然宣布要揪出一批隐藏得很深的黑帮分子。于是,在一片死一样的寂静中,随着那个工宣队长从牙缝里迸出来的姓名宣叫声落,一个个脸色煞白、两腿发抖的教师被揪上台去,被勒令跪下,甚至被反绑双手。很快就叫到了母亲的名字。奇怪,那位教师说,原来我们以为你母亲会吓得晕过去,没想到她似乎早有准备似的,脸不变色,腿不打抖,一步一步走上台去,腰板依然挺得笔直,好像是要上台去讲课似的。当她走到台上,坦然地面对大家时,那位工宣队长不知怎么回事竟然停了好一会才

往下叫，甚至也忘了让她跪下。母亲就这样一直站着到批斗会结束。后来居然也没再怎么难为她。嘿，那位教师说，你母亲不简单！扛得住！了不起！

其实，母亲的了不起不止于这一点。母亲虽然是学理科的，但她同样多才多艺，她的英文很好，她的化学参考书刊有许多是英文原版的，她还编过汉英简明辞典、英汉化学辞典，只是不愿意花钱去出版；她还弹得一手漂亮的钢琴，当年她曾带着十岁的姐姐去县文化馆学弹琴，为此"文革"中还被人贴上"培养修正主义幼苗"的大字报，然而从她灵动的手指下流淌出来的那曼妙悦耳的世界名曲至今还在我的耳边悠悠回响。我一直在想，才华横溢、风流倜傥的父亲，如果不是因为有个多才多艺、秀丽可人的母亲在等他，也不会毅然决然从众多漂亮女孩的围剿中逃出来，千里迢迢地从海峡彼岸令人眼热的高级白领职位上跨海回家与母亲完婚，并改行和母亲一起当了教师！

虽然在十年浩劫中，被打成臭老九的教师命运坎坷，但是母亲从来也没有后悔过他们当初选择了教师生涯，并且一直鼓励我们姐弟从事教师职业。当初我小妹为了调到妹夫身边而改行离开了教师队伍，她至今仍为这事遗憾不已。后来听说我也要转行时，她忧心忡忡地几次劝我慎重考虑，不久我又回校重执教鞭，她闻讯欣喜万分，甚至写信来表示祝贺。

母亲热爱学生，倾心教坛，一直干到七十多岁才离开她心爱的教学岗位。其实她还是退而不休，经常有教师来找她研讨出卷的技巧，也经常有实验员来咨询某个实验环节。甚至还有年轻的教师带着孩子来找她免费学琴，至于那些至今也已是造诣精深的专家学者登门拜访恩师就更是常事了。

母亲到了耄耋之年，虽瘦弱苍老却依然精神矍铄，思维清晰。子女们都在默默祈祷，希望受尽磨难的母亲能够活过百岁，好好享受政治清明时代的平稳生活。可是天公不作美，2010年3月21日晚上，九十一岁的母亲溘然辞世。

虽然母亲年事已高，晚年身体十分虚弱，作为子女，我们对此已有思想准备。但对她的突然离去，我们还是心痛不已，肝肠寸断。因为那几天，病中的母亲看起来是那么平静，她的眼神是那么柔和慈祥，好像在告诉我们，别担心，我会挺过来的，就像她曾经无数次地挺过苦难一样！

然而母亲太累了，她第一次决定不想再挺下去了！她和父亲分开得太久了，她想到天堂去和父亲会合了！不知道天堂里有没有学校？两个老教师，一个教文，一个授理，相信天堂里一定会有笔灰飞扬，书声琅琅……

永远的思念

又到了一年一度的清明节。尽管那些溘然离去的亲人、长辈、朋友已经长存心中,但每逢这个细雨纷纷的时节,他们的面容还是分外清晰地浮上我的脑海。

最怀念的是我的父母亲。尽管我的父亲已经辞世二十八年,但我至今想起还是十分心疼。就因为父亲在新中国成立前有过去台湾工作的一段经历,在那个极"左"的年代,他不长的生命历程中满是苦难,长期的七斗八斗终于把他给斗垮了,刚届花甲之年就匆匆地去见了他所喜爱的李白。在女儿心目中,帅气的父亲其实是多么的才华横溢,一手书法遒劲奔放,颜筋柳骨融会其中;一支京胡也拉得悠扬激越,动人心扉;他还下得一手好棋,烧得一手好菜。但是当年的政治运动压得他抬不起头来,他根本没有机会让人见识到他的多才多艺,他的本事只能在家里悄悄地展示给孩子们看。尤为痛心的是,该受的苦他都受过了,该享的福他却一样也没有享受到! 我一直在想,如果能熬到开放清明生活安定的今天他该有多么满足!

父亲的苦难当然也是家庭特别是母亲的苦难,同样也经历过许多磨难的母亲顽强地活到了耄耋之年。母亲并非伟人,她只是一个平凡的中学化学老师,然而她却活在了很多人的心里。直至今天,还有许多人在探问母亲的近况,那份关切和崇敬溢于言表。当我告知母亲已于去年春天在厦门驾鹤西去时,他们是那么的惊讶和惋惜,甚至责怪我怎么没有通知他们,以至于错过了尽心的机会。这些人中有政府官员、主任医生、高级教师,还有生意做得风生水起的大老板,但他们的共同点就是都曾经是母亲的学生。也许母亲这辈子最伟大的贡献就是培养教育了无数的学生,但是,在她已经退休这么多年之后,还有这么多的学生惦记着她,牵挂着她,感念着她,这不能不让我分外欣慰和感动,人生如是,夫复何求啊!

今年,我的母亲已经和父亲在天堂里会合一年了。在这个春暖花开的清明节,我想美丽的伊甸园里一定也是一片百花争艳绿草茵茵,两位白发苍苍的老教师正安详地坐在阳光下的摇椅上,微笑地看着天堂里的孩子们在追逐嬉闹……

天涯轻唱

流浪心情

"就在那年冬季的一天,我背着行囊离开家,抱着我的幻想去远方流浪;走在那条异乡的路上,我从来没有放弃过追求理想……"这首由张萌萌创作并演唱的歌曲《流浪的心,流浪的梦》,动人地唱出了一个为了理想而浪迹远方的流浪者的感伤生涯。它让我想起了二十世纪八十年代初在我国传唱一时的印度电影插曲《拉兹之歌》,"到处流浪,到处流浪",印度流浪儿拉兹那茫然、忧伤、感人、曾经让无数人落泪的印度民歌风旋律至今还在我的耳边回响。

流浪,似乎永远是一个充满感伤、充满沧桑的词语,因此古人用了许多苍凉的诗句来吟咏那些浪迹天涯、到处漂泊、有家不能回、故乡归不得的流浪心情,王维的"独在异乡为异客,每逢佳节倍思亲",崔颢的"日暮乡关何处是,烟波江上使人愁",马致远的"夕阳西下,断肠人在天涯",等等,都深沉地传达出了流浪者的痛苦和无奈,早已成为脍炙人口、经久不衰的名句。

也许,流浪确实是一种很无奈的遭际,所以流浪歌曲的基调大多以感伤为主。然而,从某种意义上来看,流浪其实是一种促进社会发展的特殊现象,要是没有人类的流浪和迁徙,哪会有各民族的相互交流和影响?又哪会有社会的发展和进步?两千多年前,居住在晋江两岸的是原始落后的古越族人,后来,因为风暴旱涝、兵荒马乱等天灾人祸而被迫迁徙到这里的中原先民,带来了北方较为先进的生产方式,披荆斩棘,开荒造田,和土著古越族人友好相处,共同发展,渐渐地在这块古老的蛮荒大地上崛起了今天的繁荣。再以后,为了更好地生存发展,闽南人又从晋江出海口过台湾下南洋,甚至沿着海上丝绸之路走向世界各地,让全世界都留下了闽南人开拓进取的动人足迹和拼搏精神。从这个意义上说,没有北方人的流徙南迁就没有今日泉南文明的发展,没有后来闽南人的越海过洋也许世界文明的发展也会少了许多光彩。

印度著名诗人泰戈尔有这样一句豪迈的诗句:"我抛弃了所有的忧伤和疑虑,去追逐那无家的潮水,因为那永恒的异乡人在召唤我,他正沿着这条路走来。"流浪来自于永恒的召唤,生活是一种义无反顾的追寻,泰戈尔老人把自己

旷达的人生态度和大度的胸襟投注于他的流浪人生,这段流浪人生也就充满了豪情与洒脱。

是的,将流浪人生对象化后,便产生了积淀作家气度的文化作品。和泰戈尔的诗一样,余秋雨先生的散文集《文化苦旅》,也是这样一部演绎流浪精神和表达文化心灵的名著。这位学者利用外出讲学参观的机会,在追寻文化的苦旅中艰难地跋涉和流浪,在这种跋涉和流浪中悟出了中华文化的真谛,给读者留下了丰富的启示。他在书中说:"真正走得远了,看得多了,也会产生一些超拔的想法,就像我们在高处看蚂蚁搬家,总能发现它们在择路上的诸多可议论处。"

正因为有这么一些具有流浪精神的学者、作家、艺术家,中国出现大量具有流浪精神的文化现象,也就不奇怪了。女作家张抗抗曾经讲过这样一个故事:有一只漂亮的鹦鹉曾在冬夜的流浪中冻僵在她的窗台上,她出于怜悯把它收留了。从此,这只鹦鹉有了温暖的家,然而,有一天这只鹦鹉却撞开笼子逃走了。那时候冬季还未过去,不管是否会冻死,这只鹦鹉还是逃往自由的天空。于是张抗抗说:"鹦鹉一辈子都在不断地设法逃走,对于自由的冀盼,使它们永远生活在背叛中。"

也许,只有真正懂得流浪精神的人,才能真正理解远走高飞的含义。从某种意义上来说,"流浪者"是一种勇于进取,勇于开拓的人,他们不安于现状,不甘于平庸,于是他们勇敢地走向广阔的天地,去大千世界中寻找自己的希望,寻找人生的坐标。

由此看来,流浪并不凄凉,也不伤感,它促进社会的进步,促进区域和国家之间的相互沟通和交流。流浪,使世界变小了,世界成为一个相互融合、相互影响的地球村;流浪,使视界开阔了,当世界的丰富多彩扑入人们的视野后,人们的心胸也随之变得宽广和丰富。也正因为如此,童卫在《边走边唱》这首歌中才把流浪精神唱得那么潇洒旷达:不用问我来自何方,不用打听我的去向;匆匆的脚步,穿过大街小巷,匆匆的脚步,走进人海茫茫。流浪,流浪,这个打工的少年郎。不管漂泊的脚步在哪里靠港,不管漂泊的脚步在哪里靠港。我也要边走边唱,我也要边走边唱。

我的香港表姐

香港回归前一个春暖花开的日子,应表姐邀请,我踏上了香港这片美丽富饶而又历尽沧桑的土地,到表姐家里去做客。

表姐是七十年代初期到香港定居的。表姐成了香港人完全是历史的安排。六十年代后期发生的那一场浩劫使表姐那当教师的父母成了黑帮分子,被扫地出门,回乡接受批斗和改造。那一年表姐刚刚初中毕业。品学兼优的表姐本来可以一路走进高等学府的,但那一场浩劫使她永远离开了学校,过早地走上了社会。最初她在农村老家做些刻写、缝纫之类的临时工,努力用她稚嫩的肩膀艰难地挑起抚育弟弟们的重担。

和那个时代许多被强行中断学业的优秀学生一样,表姐原指望熬过几年之后重返校园重续大学梦,然而年复一年,阴霾依旧密布,家境依旧窘迫,表姐终于悲哀地发现大学梦已经离她越来越远。也许是为了力挽狂澜于家庭危难之中,当有人为表姐和一个回乡相亲的香港青年牵线搭桥之后,表姐不再犹豫,远嫁香港。

表姐到了香港才发现这片土地并不是满地黄金,表姐夫只是个开公交车的打工仔,和寡母辛苦劳作相依为命。但表姐还是和表姐夫同舟共济,在香港努力开拓自己的生活天地。那时香港的服装业正在起飞,需要大批员工,心灵手巧的表姐很快在服装厂找到了一份工作。两口子日出而作日落而息,勤快节俭,"一心一意打拼往前冲"。

当然,表姐时时惦念着在老家受苦受难的父母和弟弟们。在善良的表姐夫的支持下,表姐时不时寄钱回来接济娘家。当时老家的消费水平很低,物价也不高,她娘家用这些钱,在原来破旧狭小的老屋旁,盖起了一座在当时算是颇有气派的大房子,并为她的两个弟弟成了家立了业。这使得乡人们顿时对表姐刮目相看,欣羡他家姑娘嫁了个有钱的香港客。但是有谁清楚,这一分一毫蘸着表姐两口子多少的汗水!

为了娘家,也为了夫家,表姐确实是非常勤勉地工作着。她的勤勉和能干

也使她得到了提升。当她被擢升为服装厂的车间管理员后,收入也增加了。几年之后他们有了一定积蓄,居然在新界买了一套房子。在香港这个寸土寸金的城市里,对于打工族来说,这是个极不容易做到的事,但是表姐他们终于做到了!这时,表姐的孩子也渐渐长大并相继考上了大学,大女儿在新加坡读商科,二女儿在香港中文大学读医科,小儿子也在新加坡读预科,昂贵的学费使表姐夫妇投入到更加辛苦的劳作中。

祖国改革开放后,国民经济得到了迅速发展。政策的宽松,劳动力的低廉以及充满诱惑力的广阔消费市场,使香港的服装业纷纷转战内地,香港本地的许多服装厂在战略转移中相继关停。表姐不幸在这场变革中成了"下岗女工"。为了寻求出路,在已经发家致富的弟弟们的鼓励下,表姐终于挡不住诱惑,决心回老家办厂。为了筹措资金,表姐夫妇俩卖掉了那套房子,搬到公房去住,然后回到老家招兵买马挂牌开业。这时是 1993 年。

然而,这个以表姐为总经理的、以香港一套昂贵的房子为代价的童装制作公司,在其生产的第一批产品受到服装批发商青睐后不久,就因为服装市场的饱和受到了严重冲击,以致产品大量积压,不得不停产。如此折腾一番,表姐非但分厘未赚还亏空大笔,耗费的大量心血和精力更是无从计算。

回到香港后,表姐再也没有信心重振旗鼓。她用抽回来的剩余资金为表姐夫买了一辆的士,使表姐夫的工作更加灵活,收入也更加有保证。表姐自己则退隐在家,一心一意当好太太。我到香港的那几天,表姐除了陪我参观游览之外,就是趴在缝纫机旁"嗒嗒嗒"地忙个不停。她说,她过些日子要去新加坡看望女儿,得为两边的儿女赶做些衣服,要知道,表姐孩子们的衣服全是她自己做的,孩子上了大学也是如此;还有后天夫妻俩得去参加一个婚宴,也得赶做两件体面点的服装。她拿出一套西装挂在门上让我欣赏,说这是刚刚做好的表姐夫的礼服。我仔细一打量,做得棱是棱角是角的,非常规整地道,内袋上连牌子都缝得十分精致,和商店里摆的名牌西装简直不分上下,不由得啧啧称赞。表姐得意地说,用的是深水埗买来的边角料,做出来价格不到店里卖的十分之一,穿出去也一样好看,对吗?我连连点头。她又说,咱不会挣钱,但会省钱,省出来的钱不等于挣的吗?

说实在的,表姐现在的日子还不算宽裕,甚至可以说负担还是比较重。家里只有一双挣钱的手,要赡养全家六口人,其中三个还是要花大钱的大学生,特别是学医的费用更高,所以表姐还得过一段苦日子。她在老家的弟弟们现在日子都过得比她好,有时还反过来寄钱救济她的孩子们。但是大家都说表姐的后半辈子肯定享福。香港是个重学历的社会,有高等院校毕业文凭或学位的人月薪要比一般的"打工仔"高出三四倍甚至更多,而且还有住房津贴,这在这个高房租、高消费的商业都市里是十分让人眼热的。难怪那一天香港书法家秦先生来表姐家看我,得悉表姐的几个孩子都在读大学,其中一个还是学医的,马上对我说,你表姐以后的日子好过了!

是的,表姐苦了半辈子,也应该过上好日子了。表姐一家都是香港极普通的劳动者,他们和六百多万香港人一道,用勤劳的两手,创造了自己的生活,也创造了香港今天的繁荣。表姐常常羡慕我的学历和工作环境,她说香港的大学教授是待遇最优厚的职业之一,月薪起码在五万港元以上。她最遗憾的是这辈子再也圆不了大学梦。但我以为这恰恰是值得表姐骄傲的,一对没上过大学的普通夫妇,在香港这个金钱至上的社会里却培养了三个学有所成的儿女!

我相信,香港有知识的下一代,能理解父母一辈的艰辛与操劳,用自己的知识和劳动,让自己父母亲的后半辈子过得好一点,活得轻松些,也让香港的明天更加繁荣昌盛。

走进香港人

一、表姐夫不会打领带

香港普通市民的衣着是不太讲究的,在家里就不用说了,即使外出做工、游览、购物,甚至访亲探友,衣着也是十分随便,多以休闲服为主。在香港街头往来络绎、行色匆匆的购物人群中,极少看到西装革履、衣冠笔挺的,著家常便服的倒是十分常见。

说来可笑,那一天表姐夫要去参加一个亲戚的婚礼,在这种隆重的场合毫无疑问是要穿西装打领带的,可是谁也没想到表姐夫不会打领带。那天,他一早起来就在镜子前折腾半天,怎么打也打不好,后来还是从泉州去的表哥十分利落地帮他打好了。看到我们的眼光,表姐夫笑笑说,我们做工的穿着很随便,一年到头难得穿几回西装,领带当然打不好啦。

不过,要是碰上上下班时分,从街道两旁高楼大厦中涌进涌出的人群,衣着倒是相当讲究。女士们穿着各种各样质地讲究的套裙,脚蹬高跟皮鞋,肩上挎着坤包或手上抱着文件夹;先生们则一律西装领带,头发梳得油光,皮鞋擦得锃亮,毫不含糊。每当看到这些人,表姐就会对我说,瞧,他们都是在大公司的写字楼工作的高级职员,大多有文凭,薪金很高。原来这些衣冠楚楚的绅士淑女就是我们通常所说的"白领阶层"。我问表姐是怎么判断的,她说,看到他们的衣着就可以知道他们的职业,我们打工的人穿着一般不这样讲究。

倒是我们泉州人,无论做什么工作,衣着都比较讲究。有一位外地朋友曾对我说:"你们泉州人衣着真漂亮,乍一看去,满街都是时装模特!"可见,泉州人和香港人在衣着观念上还是有差别的。

二、表姐的"杂烩汤"

还在泉州时表哥就常对我说,香港表姐家炒菜不放味精,也不放许多盐,菜淡得吃不下。这一回到了香港,我才有了切身体验。

那一天，表姐把我们一行人接进门，让我们洗一洗，然后端出一大砂锅汤请我们喝。这汤其实就是杂烩汤，汤里有鱼头、马铃薯块、木瓜块、花生、大豆、瘦肉、红枣、枸杞等等，还有一种纤维很粗的青菜。表姐热情地劝我们多喝点，让我们把勺子探深下去把东西捞出来吃，并且说，她不放味精，也不放油，味道是天然的，只放了一点点盐，很有营养的。说实在的，从食品营养学的角度来说，放了这么多东西的这种杂烩汤确实营养很丰盛很全面，而且我在家里口味就很淡，不喜欢吃得太咸，所以这种清淡而时鲜的汤倒挺合我的口味，我一下就喝了三小碗。坐在我旁边的表侄女更绝，居然喝了五小碗，还一直嚷嚷好喝。只有表哥边喝边皱眉，嘴里小声叨叨着：没味没素，七煮八煮……

表姐才不管她弟弟的脸部表情，还一直"教导"他说，吃得太咸太油会影响健康，还是天然食品天然味道有益健康。住在表姐家的这些日子里，表姐炖了好几次这种杂烩汤给我们喝，饭则是一种香喷喷的红米饭，这种红米饭我小时候吃过，如今已很少见了。我想，香港人吃这样的饭菜，除了营养学方面的原因外，还有一个很重要的原因：做起来省时间。香港人工作时间长，生活节奏快，没工夫对三顿饭菜精烹细煮，回到家把所有东西洗净放一锅炖了，既保证了营养又节省了好几道工序。而且，吃菜带喝汤，吃起来也快。相比之下，我们泉州人有时一顿饭煮起来好几个菜好几道汤，边吃边聊，吃了好久，吃完了还剩好些菜，既浪费了时间又浪费了食物。

也许正因为表姐家十分注意饮食健康，所以他们家的人身体都挺好。表姐的婆婆那年已经八十二岁，眼不花，耳不聋，煮饭洗衣做个不停，手脚还十分麻利。伤风感冒从不吃药，喝喝水过几天就好了。

三、笼屋、公房和阳明山庄

香港人的居住条件差别很大。最低级的是笼屋，这是某些业主出租给无家可归的打工仔居住的。笼屋即床位住房，像学生宿舍一样，一间房间里摆了好几架双层床，每个人租住一个床位，一应日杂用品均放在这个床位里。为了保障安全，有的业主还在每个床位外围上铁丝网，铁丝门可以上锁。这种床位住房密不透风，可以想见，在香港酷热的夏天里，住在笼屋中的人会是怎样一种汗流浃背的模样！

还有一种是公房，那是香港当局投资建造后租给香港市民住的。有一定的

经济实力但又买不起昂贵私房的香港市民一般都申请租住这种公房,但是得排队等待安排。香港人越来越多,有的得排队等上好几个年头,甚至遥遥无期。表姐家租住的就是这种公房。

表姐是1987年申请的。当局对她说,如果申请的是港岛九龙的公房,那还得耐心等待;如果是新界沙田一带的,很快就可以得到。那时沙田一带正在开发发展,港岛九龙已经人满为患,所以当局也希望疏散一些人到沙田一带去。急需住房的表姐很快就同意申请沙田的公房,并于第二年得到住房搬了进去。表姐很庆幸当时的决策实在是英明正确。沙田是新区,山清水秀,空气清新,没有什么污染,设施又很现代化。站在表姐家的阳台上往外看,真是风景这边独好,让人心旷神怡。

表姐的住房在一栋二十九层高公寓楼的二十四层,六十平方米左右。一个厅一个阳台,厅里隔出一个厨房,阳台上隔出一个卫生间。表姐家住进来后,又用橱子在厅里隔出一间卧室,给他们夫妇俩用;在阳台上隔出另一间卧室,给老奶奶和孩子们用。由于空间小,除了通向外面楼道的房门外,所有的门全被卸掉换上能推能拉轻便灵活像折扇那样的塑料折叠门。表姐的卧室里面堆满了杂物,一进门就得往床上爬,连个立足之地都没有。老奶奶的卧室里只有一张双层床,原是老奶奶和表姐的女儿们睡的。幸好表姐的女儿们都上大学去了,住校。几天后表哥从表嫂的亲戚家过来住,我正担心没地方,没想到从老奶奶的床下又拉出一张床来,给表侄女睡。尽管空间如此狭窄,表姐却很知足。香港寸土寸金,能有这么一套公房租住,周围生活设施又很方便,还有小学和中学,他们很满意了。

香港还有一种住房形式就是有钱人能买得起的私房。私房又分一般住家用房和别墅两种。我有个大学同学住在阳明山庄,听表姐说,那地方是富人区,许多外交官、大公司老板都住在那儿,戒备森严。房子建在山上,离沙田很远,很不好找。我那大学同学是个富商,刚生了个女儿,正在坐月子,在电话中非常热情地邀请我去她家玩。虽然表姐力劝我不要去,但这是我十几年没见面的老同学,人家又刚生孩子,我理应去看看她。表姐拗不过,只好带我去。倒了好几次车,问了好多人,爬了好久的山,我们才气喘吁吁地找到阳明山庄十七栋楼。山上果然十分现代化,高级酒店、网球场、游泳池、电话亭、花园、草坪……设施一应俱全。

到了我同学家，一进门就看到一个大客厅，约有五六十平方米，十分豪华气派。我同学笑吟吟地走出来请我们入座，说她先生到内地出差去了，否则会开车来接我们，不会让我们找得这么辛苦。说起这儿严格的管理，她说，当然要严格了，一个月光物业管理费就得交八千多元啊！从同学家里出来后，表姐直咋舌。是啊，有一套三四百平方米的豪华私宅，一辆私家车，每月还得交八千多元物业管理费，这确实是香港普通打工人家连想都不敢想的事啊！

四、以学历论工资

说实在的，表姐现在的日子还不算富裕，甚至可以说负担还比较重。由于香港的服装业进军内地，原在服装厂工作的表姐成了"下岗女工"。目前全家只有开的士的表姐夫一双手挣钱，要养全家六口人，其中还有三个是要花大钱的大学生。

表姐的大女儿在新加坡读商科，二女儿在香港中文大学读医科，小儿子也在新加坡读预科。新加坡和香港的大学学费都是比较昂贵的，学医的费用更高。所以表姐还得过一段苦日子。但是大家都说表姐的后半辈子肯定享福。香港是个重文凭重学历的社会，有高等院校毕业文凭或学位的人，月薪要比一般的"打工仔"高出三四倍甚至更多，而且还有住房津贴，这在香港这个高房租、高消费的都市里是十分让人眼热的。

那个时候，香港一般的"打工仔"如洗碗工、清洁工等的月薪是 2000～4000 港元，酒店服务员的月薪是 6500 港元，电脑操作员 9700 港元，航空小姐 9000 港元以上。有高等院校毕业文凭的平均月薪 9700 港元，其中商科学士学位的月薪 1.1 万港元，工程学士学士的 1.5 万港元；大学讲师月薪 3 万港元左右，教授则达 5 万港元以上。难怪那一天香港书法家秦先生来表姐家看望我时，得知表姐的几个孩子都在读大学，其中一个还是学医的，马上对我说：你表姐以后的日子好过啦！

是的，表姐苦了半辈子，也应该过上好日子了。表姐夫妇俩没上过大学，但他们却培养出了三个学有所成的儿女。相信香港有知识的下一代会让自己的父母亲后半辈子过得轻松一些。

五、敬告语与精神文明

在香港时常可以看到一些提请市民注意的敬告语,例如敬告市民们讲究公共卫生啦,遵守交通规则啦,注意施工安全啦,等等。这些和内地的公益广告大同小异。

不同的是,内地公益广告常常用的是命令式的词语,如:"请爱护花木,折一罚十!""施工重地,请勿通行!"香港的敬告语则写得很客气,常常用一些道歉式或感谢式的词语,如:"此地正在施工,交通多有不便,敬请原谅!"这是街道旁基建工地的敬告语;"车厢清洁,有你的一份功劳!"这是地铁车厢的敬告语:"欲下车请按铃,谢谢合作!"这是公交汽车上的敬告语。人们看了这样的敬告语,也会觉得特别温馨,当然会更加乐于去合作的。这种把对人的尊重融入敬告语中的做法,也许值得我们内地的同行借鉴。

香港人遵守交通规则的意识很强。只要一亮起红灯,不管行人或是车辆,统统止步不前。横穿斑马线时,要等对面亮起绿灯,否则人们就会静静地站在街道两旁耐心等待,哪怕路上一辆车都没有。香港街头很少见到摩托车,行人除了乘车就是步行。

香港的交通很复杂,且分为港岛、九龙、新界三个地区,初到香港又不会说粤语的外地人出门时一不小心就会迷路。所以,如果是我自己出去找朋友,表姐总要把她家的地址电话写在纸片上让我带在身上,以防万一。那一天,我到港岛拜访一位朋友,晚宴后已是晚上七点多钟,到处一片霓虹闪烁、五彩斑斓,看得我眼花缭乱,还真找不着回家的路了。朋友帮我叫了一辆出租车,把表姐给我的地址拿给司机,然后对我说:"你放心好了,师傅保证把你安全送到家。"在迷糊中感觉出租车走了很久,终于来到一栋楼前,司机对我说:"到了!"我坐车坐得晕晕乎乎的,根本分辨不出东西南北,到底是到了还是没到,我也说不清楚。那师傅见我似信非信,就把车倒了一小段,指着楼墙上钉着的一块牌子让我看。我这才相信了,连忙下车,并连声道谢。那师傅找给我几块钱,指着计程表让我看。香港的出租车司机严格按计程表收费,不会宰人。看来,香港人真的挺文明。

快乐的油漆工

　　来我家新房子做油漆活的是一群非常年轻的惠安小伙子,估计年龄只有二十出头,为首的叫阿龙。阿龙大概是看出了我的怀疑和担心,嘿嘿一笑说道,别看我们年轻,已有好几年的工作经验,活计马虎不了,放心好了。

　　果然他们工作十分认真,有板有眼,不管是油漆家具还是粉刷墙壁,总是一遍又一遍地打磨,一遍又一遍地上漆,有时得磨上四五遍以上。每逢我到新房子察看,阿龙总要让我摸摸他们油漆过的地方,问我,手感如何? 我一摸,果然细腻光滑,温润柔和,真是好手艺,不由我不颔首赞许。于是阿龙就更加得意,怎么样? 年轻人的活不赖吧? 当然。对他们的敬业和质量,我已经无话可说。其实阿龙们已经在不少雇主家中留下了良好口碑。对这一点,阿龙倒说得很朴实,质量不保证,那不是拆自己的台吗? 以后谁还敢请我们去工作呢?

　　但是让我喜欢上这几个年轻油漆工的还不仅仅是他们的敬业精神,而是他们的快乐心情。说实在话,油漆工的工作环境一点儿也不美好。整天粉尘扑面,漆味呛鼻,身上手上衣服上到处是一道道褐的黄的白的油漆颜料,那张脸几乎永远是京剧里的大花脸,头发上也是白茫茫一片,但他们在这种“脏乱差”的环境里却嘻嘻哈哈,笑声不断,让人颇感困惑,他们怎么会有那么多的开心话?

　　有一天我去新房子,顺便说起现在已是霜降时节,街上随处可见柿子卖。油漆工们马上来了精神,雀跃着说,柿子上市了? 我们也去买几个尝尝鲜! 于是一致推举一个外号叫“小日本”的油漆工去买。“小日本”不负众望,噔噔噔下六楼又上六楼,雷厉风行,一会儿就买回了一兜红柿子,拿到水龙头下冲了冲,油漆工马上就围拢来,你一个我一个,很快就瓜分得一干二净。我对他们开玩笑说,你们很会享受生活啊! 小伙子们嘻嘻哈哈地答,我们不享受谁享受啊! 说得也是,他们懂得拼命工作,也应该懂得享受生活,否则怎么对得起他们二十多岁的大好年华呢?

　　最使我心情受到感染的是油漆工们的歌声。好几个小伙子会唱歌,他们常常一边打磨油漆一边唱歌,把整个工作过程渲染得轻松愉快。其中唱得最好的

当数"小日本"。"小日本"好像什么歌都会唱,从《九月九的酒》到《长江之歌》,从《爱拼才会赢》到《少年壮志不言愁》,有通俗有民族,还有美声,一天到晚歌声不断,嗓音浑厚,声线饱满。那一天,他站在高高的木梯子上打磨天花板,嘴里哼着"好一个中国大舞台",我调侃说,"小日本",你可真多才多艺,唱念做打样样精通啊!他正色道,不是多才多艺,是喜欢唱,唱歌开心嘛!我也急忙正色道,你对生活很乐观啊!他笑了,露出一排整齐的白牙,说,那当然,乐观干活就不累嘛,乐观人就慢点老嘛!

这道理其实我早就懂,但现在从这个貌不起眼的小油漆工嘴里漫不经心地说出来,却使我惊奇和感动。一个月很快就过去了,阿龙带领的油漆工已出色完成任务,转移阵地了,新房子一下子安静下来。然而。不知怎的,我忽然觉得很想念他们,想念他们的笑声,想念他们的歌声,想念他们的快乐……

前不久,五楼正在装修的房子里也进驻了一队四川籍的年轻油漆工。我从阳台上望下去,发现他们也很勤奋,早晨六点多钟就起来灰头土脸地一遍遍打磨家具,晚上则聚在木板狼藉的阳台上,看报下棋打扑克,不时传出来一阵阵开心的笑声。这情景不由得使我心里一动,我问自己,是不是油漆工都这样快乐啊?

街边女裁缝

我认识一个女裁缝。

她来自郊区农村，在离我家不远的巷口摆一台老式缝纫机，并非做衣服——这年头也不会有人请一个街边裁缝做衣服的，只是替人缝裤边、换拉链、补破绽、改肥改瘦改短改长什么的，但居然生意兴隆，业务应接不暇。因此她天天起早贪黑，风雨不辍。

其实，我家附近像这样的补衣摊还有好几处，而且都比她的近，但我碰上需要缝缝补补修修改改的，还是宁愿多走几步拿到她那里做。很多人都说她手艺精巧，价格合理。手艺确实了得，这点我深有体会。我有一件价格不菲的呢子短外套，买了好几年，十分珍爱。遗憾的是袖子是当时流行的蓬蓬袖，现在已经不时髦了。于是这件外套就像鸡肋，穿之无味，弃之可惜。后来我认识了她，就请她把袖子改平。上午拿去，下午她就改好了，改得平平整整，与新买的没什么两样，让我着实领教了一回她的手艺。价格也确实公道。缝两道裤边只需要一两块钱，甚至五毛钱她也接。常常是做完活人们问她多少钱，她总是说，你看着给吧，从不跟人讨价还价。有时我会觉得她付出的辛苦与所得不太相称，就想多给一点。她会拼命推让，说，少赚也是赚，积少成多嘛，总比闲着受穷强。

我愿意到她那儿做还有一个原因是喜欢看她那张灿烂的笑脸。说实在的，她并非美女，一张黝黑的大脸庞，长着许多雀斑，一看就知道是个饱经风霜的乡下女人。但她爱笑。只要我路过她的缝纫摊，不管是否给她活儿，她都会抬起头朝我一笑，问一句，上街啊，或，下班啊，一双大眼睛溢满笑意，一口白牙齿闪闪发亮，满脸灿烂得像早晨的太阳，照得我心里暖洋洋的。熟悉了之后，偶尔也会在带活儿去时坐下来跟她聊会儿天，由此知道她有一个朴素的心愿，那就是赚够了钱后在城里买一处小小的房子，让她两个幼小的孩子能到城里来读书，接受良好的教育，成为一个更有用的人。我就由衷地赞叹她，你的想法真好！我还问她，你丈夫会支持你吧？她笑道，那当然。但她又说，他没有手艺，挣不到多少钱，买了一辆嘉陵载客，白天不敢上路，只能晚上走，唉！她轻轻地叹了

一口气,笑意也消失了。我便不再问下去。

后来我为了深造外出进修了两个多月,回来时已是夏天。打开橱子发现自己胖了不少,去年买的一件式样新潮的沪产短袖衫已经太紧,于是便拿去让她改。走到巷口发现她已不在那儿,坐在缝纫机机前的是一个陌生的女人。我犹犹豫豫,东张西望,疑心自己走错了地方。那女人大概看出了我的疑虑,主动问道,改衣服吗?我还是犹豫,问,怎么是你?她呢?那女人马上明白了,说,她?死了!死了?我大惊失色,一点也不想相信,怎么回事?怎么……那女人一脸无辜地说,你们都不相信我,好像是我要抢她的地盘故意咒她死的,可她确实是死了。怎么死的?说来也真惨,她相中了一处二手房,只要七万块。这些年她已赚了八万多块,就想把房子买下来,粗装一下能赶上孩子九月入学住。可钱都在她丈夫手里捏着呢,她丈夫说,这钱在乡下能盖一座大房子,在城里只能买一处小破屋,而且挣了钱当然应该回老家置业,怎么能把钱扔在别人的地方?她急了,那房主不等人,她不买人家就要卖给别人。于是夫妻俩就吵了起来,后来?后来她就喝了农药……怎么不抢救?救了呀,没救活……

怎么会这样?我失魂落魄地走回家,那张有雀斑的笑脸一直在眼前晃动,怎么也不相信她就这样死了,这么多年来她辛辛苦苦赚够了钱,马上就要实现愿望了,结果,却死了,而且是这么个死法!不值啊,太不值啊!我耳边又响起了那个女人的叹息。可我却在心里喊道,不该,太不该了!其实我并不太清楚我说的是谁不该,我只知道,那两个可怜的孩子的人生命运说不定得改写了……

校园里的小工夫妇

有一天中午我在厦大勤业餐厅吃饭。想到进修太辛苦，不能太亏待了自己，就买了好几个菜——青菜、鱼块、醋肉什么的，反正有荤有素，有饭有汤，坐在一张无人的方桌前慢慢吃着。

但没多久这种"独酌"的宁静就被打破了，有一男一女两个人端着饭菜坐到了我旁边。看那两个人，二三十岁模样，满身泥灰，连头发都是灰蒙蒙的，不像是厦大的学生或老师，可能是校内基建工地上的工人。两个人一左一右坐在方桌的两边，他们只买了一盘高丽菜，米饭倒买了一大碗，也不说话，面对面默默地吃饭。我看到那男人几乎不吃菜，只是大口大口地扒饭，很快就吃了一碗，站起来又去买了一碗饭。女人趁他买饭的当儿把菜盘子往他那边推了一下。男人回来后又把盘子搡到女人面前。两人还是没说话。

我忽然觉得不安起来，那两个人是重体力劳动者，吃那么多饭才买那么一点点菜，而且就这么一点菜也舍不得吃，互相推让着，我就这么一点饭却买了那么多菜，真是太奢侈了。其实我买这么多菜只是骗骗自己的嘴巴，根本吃不完，最后还不是浪费了。与其浪费了还不如……这时一个想法忽然跃上我的脑海，何不请二位一起吃我的菜？但是怎么开口呢？冒冒失失的会不会让人觉得轻薄？会不会伤了人家的自尊？特别是那男人，看起来很酷，板着脸一言不发，只是埋头吃饭。奇怪，我怎么有点怕他呢？想想在大操场上为全校数千名师生作国旗下的演讲，我的声音连颤都不会颤一下，如今面对这个貌不起眼的打工者却觉得底气不足诚惶诚恐。幸好那女人还比较亲切，曾经对我笑了一下。可我如何说呢？我第一次感到请人吃菜也那么难。我一边思忖着，一边小心翼翼地不太敢去夹我面前的菜，我怕把菜糟蹋了就更不好意思请人吃了。

就在这犹犹豫豫之间，那男人已经吃好了饭，把筷子一搁，连和女人打一声招呼都没有，就走出了餐厅。这让我始料不及，我的话还没有说出口呢！我顿时觉得有些失落，但很快就像搬掉压在心底的石头一样松了一口气，马上鼓起勇气对女人说，我的菜吃不完，你帮我吃一点好吗？女人抬起头看了我一会，有

些惊讶,但脸上很快就溢出了笑意,可能是感觉到了我的诚意,点了点头。我大喜过望,连忙把菜一股脑儿拨到她的碗里。她终于开口了,不断谢我。我问,他是你男人?她点点头。我又问,干体力活,吃那么点菜,够吗?她说,能吃饱就行了,省点钱寄回老家去。我不好意思再问下去,只是看着她狼吞虎咽般把那些菜都吃下去,吃得一点都不剩。然后才抬起头来,看到我在看她,有些难为情地对我笑了一下,我突然发觉她长得很清秀,笑起来很动人。那男人好福气,娶了这么一个漂亮的女人。忽然又一想,要是我早点说出来,那男人会不会也像他的女人那样喜欢吃我的菜呢?

　　不知道为什么,这想法留在我心里很久……

盲人的歌

有一个盲人常常唱歌给我听。

他是一个中年推拿师。人长得蛮英俊,戴着一副黑眼镜,我看不见他残缺的眼睛。

认识他是因为我的腰肌劳损。许是常常伏案写作的缘故,那一年我的腰肌劳损疼得厉害,看了很多医生都不管用,有朋友介绍我去找他推拿治疗。他很用心,推拿很有力度,穴位也按得很准。推了几次,果然腰就轻松了许多。因此在一次治疗时,我由衷地向他表示感谢,夸他医术高明,治疗很见成效,为我解除了痛苦。他非常高兴,话匣子一下打开了,滔滔不绝地和我聊天。他告诉我他是二十六岁时因为一次工伤事故才失明的,失明后不久老婆就跑掉了。当时他很痛苦,连死的心都有了。后来一个盲人师傅收留了他,教他学推拿,他才能自食其力。因此他很感谢他的师傅。我安慰他说,现在你的医术那么好,很多人都来找你治病,都成权威医生了。而且,在二十六岁之前起码你还看得见事物,知道天是蓝的,云是白的,不像小林(另一个推拿师),他是先天失明,什么都没看到,什么颜色都不知道。你错了,他正色道,正因为我知道这世界是有颜色的,后来陷入黑暗之中我才特别痛苦,因为我再也没法感受那些美妙的颜色了。小林不一样,他从来也没有看到颜色,自然也就没有颜色失落的痛苦了。我无言,心里突然感到很难受,不能不承认他的话是对的。

后来不知道为什么聊到了唱歌,他突然说,我会唱好多支歌,你愿意听吗?我不假思索地说,好啊,唱吧,我听听。他就轻声唱了起来,从《九月九的酒》到《爱江山更爱美人》,从《心太软》到《九百九十九朵玫瑰》,唱了很久。我静静地听着,那浑厚、深沉、有点忧伤的歌声轻轻地在我的耳边流淌,慢慢地淌进了我的心底。很快地,歌声就把我的心儿浸润得很软很软。

不知什么时候,歌声停了。唱完了?我像从梦中醒来,问。唱完了,他说。接着他又说,谢谢你。为什么?我很诧异,你唱歌给我听,还要谢谢我?是的,他说,从来没有人这么耐心地听我唱歌,你是头一个。为什么?你唱得很好啊!

但是没有人知道，没有人听我唱歌，也没有人让我唱歌。不知道为什么，听到这里，我的心里竟涌上了一种难言的酸楚。我知道，他说的是事实，确实没有人会让他唱歌的，人们到这里只是让他推拿治病，因为他是盲人。可是，盲人常年生活在黑暗的世界中，他的心里是多么孤单和寂寞。他是多么渴望与人交流，多么渴望表达自己，多么渴望像正常人一样放声歌唱，与人分享他的快乐和激情！

后来我说，我喜欢听你的歌，以后我来治疗时你别忘了给我唱歌啊。不过，我可占了便宜了，接受你的治疗还听你的歌。但是，说这句玩笑话的时候，我的眼睛里竟渗出了热热的潮湿。

为自己歌唱

常常在我下楼去上课的时候，楼下就响起一阵雄浑的歌声。歌声十分苍劲悦耳，在清晨的院子里飞扬，给匆匆去上班的人们带来了清新和快乐。下楼时我也总会遇到那位歌手——一个四十开外、身材瘦小的清洁工，他常常是一边扫院子或是推垃圾车，一边唱歌，旁若无人，悠然自得。所唱的歌曲也总是与时俱进，先是《爱江山更爱美人》，然后是《那一夜》，最近是《我和你》《北京欢迎你》，但他最经常唱的一支歌是《老婆老婆我爱你》。听说他的老婆是他快到四十岁才娶到的，他非常爱他的老婆，但他的老婆远在贵州老家，守着几个小孩和几亩薄田，一年难得几回团聚，于是想她时他就唱歌，唱着唱着就欲罢不能了。

说真的，第一次看到唱歌的人是这位貌不起眼的清洁工时，我确实有点惊奇。但很快，他那自娱自乐的潇洒和旷达就吸引了我。因此有时候，当我经过他身旁对他笑笑表示我的欣赏时，他似乎受到了鼓励，歌声更加嘹亮了。不知怎的，有一种感动瞬间溢满了我的心胸。

其实，我已经不止一次聆听过这些打工兄弟姐妹的歌声。有一阵我腰肌劳损去找盲人推拿师治疗，于是有幸听到了他有些忧伤的歌声。唱完了他居然感谢我，让我十分诧异。但后来我明白了，仅仅因为我很认真很耐心地听他唱歌，仅仅因为他像正常人一样的歌唱有了回应，仅仅因为有人愿意与他分享快乐和激情！

我在装修房子时还听到了一群年轻油漆工的歌声。他们在粉尘飞扬、漆味呛人的环境里工作，却一个个兴高采烈，笑声不断，不时有歌声飘出窗外。其中一个光头小伙子特别能唱，有通俗，有民族，还有美声，一天到晚歌声不断，嗓音浑厚，声线饱满。我调侃他的多才多艺，他说，不是多才多艺，是喜欢唱，唱歌开心嘛！霎时我懂得了，不管你干活有多累，有多苦，你得学会为自己歌唱，这样活着就会很开心。

我还认识一个女保姆。来自郊区农村，三十七八岁年纪，在邻居家带孩子、做饭、打扫卫生什么的。邻居家的窗口挨着我家的窗口，我常常在备课时听到

她的歌声。不过声音很小,并不打扰我,而且她的歌儿都是哼的,哼的好像都是同一支曲子,似乎是"如果幸福你就拍拍手"那支儿童歌曲,而且常常走调,但她乐此不疲,百唱不厌。唱歌并没有影响她的工作,嘴里哼着,手里做着,眼也不抬,有时那"刷刷刷"的洗涮声好像在为她伴奏。于是我感觉一团快乐从她的身上漫延到我家里,熏染得我浑身也热气腾腾的。

童卫曾经在《边走边唱》这首歌中唱道:"不用问我来自何方,不用打听我的去向;匆匆的脚步穿过大街小巷,匆匆的脚步走进人海茫茫。流浪,流浪,这个打工的少年郎,不管漂泊的脚步在哪里靠港,我也要边走边唱……"是的,不管我的打工兄弟姐妹们是清洁工,是油漆工,是盲人按摩师,还是女保姆,不管人生的路上有多难,他们都在打工的路上边走边唱,为打工歌唱,为生活歌唱,为自己歌唱,在带给自己快乐的同时也带给别人快乐。

多好啊,为自己歌唱!也许这就是一种生存智慧。不管人生的路上有多难,让我们都为自己歌唱吧!

羞涩的拜年

初四早上去市政府参加团拜会。

天气刚刚放晴，阳光特别明媚，政府大院的地上铺满了梧桐树叶。微风习习，落叶不时扬起又落下，在春阳的照射下仿佛金褐色的小精灵在翻飞跳舞。政府还没有人上班，院子里静悄悄的，轻快的脚步踩在落叶上声音特别清脆，我的心里盛满了节假的轻松向院子深处走去。

突然，前面传来了"刷刷刷"的扫地声，我抬头一看，一个中年清洁女工正在打扫落叶，她腰圆膀粗，抢起扫把左右开弓，像关公耍大刀，干脆利落，劲道十足，由远及近，很快就在我的面前开辟出了一条明净的道路。我走到了她跟前，她停住了扫把，等我过去。但不知为什么，我没有马上过去，驻足了几秒钟，心里涌动着一股激情，很想对她说，新年好，辛苦了！但她没有看我那溢满热情的眼睛，只看着我的脚，神态有些急切，我想她是希望我早点走过去，好让她继续工作。我终于急匆匆地擦身而过，那句热情洋溢的祝福语竟然没有说出口。为什么连问候一下清洁工都这么难呢？也许因为素不相识唯恐遭遇尴尬，也许因为没有交流担心自作多情，但也许我问候了之后她会抬起头来回报我一个微笑，说不定还会回我一句新年好，然而什么事都没有发生。我转过头，看着她渐扫渐远的背影，突然感到十分后悔。

我继续往院子深处走去，但心情不再轻快，我在想，每一个人，相识的或不相识的，在互致问候的时候不再有那么多的顾虑，我们的日子一定会过得很开心。

高山琴音

在自然中微笑的安琪儿

城市在不断扩张,高楼大厦总在不知不觉间如雨后春笋般地疯蹿出来,然而,现代都市人却发现生命的空间越来越狭小。人们在水泥丛林的夹缝中左冲右突,灵魂越来越累,心儿越来越老,可是,能安顿灵魂的绿色家园似乎越来越远,能抚平心灵皱纹的自然之风也总是那么遥不可及。

是的,当国人因过度开发而越来越远离大自然时,当自然灾害频发让人忧心忡忡倍感无奈时,我就不由得想,我们能否再读一读冰心? 冰心的作品里有风的清新,有草的柔美,有大海的壮阔,有田园的恬淡,她让我们回到自然的本真,她让我们拥有纯洁的童心,她以一种呵护自然生命的审美观照,让人类返璞归真,诗意地栖居。

于是在那些充溢着自然气息的作品中,我看到一位温婉美丽的女子,精致的云鬓衬着一张白皙的小脸,一条紫罗兰的披肩搭在淡蓝色的旗袍上,在如水的月光下款款地走过深深的雪、细软的沙、浓绿的树荫、蜿蜒的海滨……突然,她在一座巍峨的冰山前驻足,我能感受到她胸中正升腾起一种圣洁而又美丽的庄严,似乎面对的是一个女神:"抬头望,前面矗立着一座玲珑照耀的冰山,峰尖上庄严地站着一位女神。"(《冰神》)然后,她又翩翩然走向草地,蹲下身子,轻轻地抚摸着那小小的弱弱的野草,眼里满是爱怜:"弱小的草啊! /骄傲些罢/只有你普遍的装点了世界。"(《繁星》)随即,她悄然折回海边,面对辽阔的大海轻轻地倾诉自己的生命期许和渴望:"造物者——/倘若在永久的生命中/只容有一次极乐的应许/我要至诚地求着:/'我在母亲的怀里,母亲在小舟里/小舟在月明的大海里。'"(《春水》)然后,我看到病中的冰心,慵懒地倚着窗台,脸色苍白,但神情依然那么安详圣洁,面对自己脆弱的生命,吟咏的却是自然生命的勃勃生机:"温暖的阳光,穿过苇帘,照在淡黄色的壁上。浓密的树影,在微风中徐徐动摇。窗外不时的有好鸟飞鸣。这时世上一切,都已抛弃隔绝,一室便是宇宙,花影树声,都含妙理。"(《闲情》)于是,她柔柔地起身,把散发着幽幽香气的牡丹、水仙、梅花置于床头,感觉这些花儿便是她浓睡中"看守我的安琪儿"。

更打动我的是，这位美丽的女子在自然面前始终是温柔的、谦卑的，她把自然放在与人类同等的高度，晨光中带露的花儿，风雨中无言的树，夜幕下闪光的星辰……都是她亲密的朋友和亲人，她和它们对话："只有早晨的深谷中，可以和自然对话。计划定了，岩石点头，草花欢笑。"（《山中杂感》）也可以和它们约会："倾斜的土道，缓缓的走了下去——下了几天的大雨。溪水已涨抵桥板下了。再下去，沙上软得很，拣块石头坐下，伸手轻轻地拍着海水……儿时的朋友呵，又和你相见了！"（《往事（一）》）还可以充满爱心地呵护它们："小弟弟呵！／我灵魂中三颗光明喜乐的星。／温柔的，／无可言说的，／灵魂深处的孩子呵！"（《繁星》）我似乎可以触摸到，在冰心柔软的心灵中，满满的都是她对自然万物的钟爱，她多么希望和它们和谐相处，互相倾诉和交流啊！

就这样，温婉的冰心从大自然中，慢慢地走进了我的梦中，走进了我的心里，让我那颗在浮躁的世态中日益焦虑不安的心，就这样在如此美好而温馨的自然气息中，不知不觉地舒缓、净化，获得一片安宁与平和。

我一直认为，美丽的文学祖母冰心"有了爱就有了一切"的博爱情怀，不仅表现在她对母爱的颂扬，对童真的向往，更表现在她对大自然的无比钟爱和呵护。她在《繁星》中说："我们都是自然的婴儿／卧在宇宙的摇篮里。"在冰心的哲学里，人就是自然的孩子，宇宙自然就是生命的摇篮，它那丰美的阳光雨露风花雪月，让人的肉体生长，让人的心灵滋润，也让人的精神安详。

因此她对母爱的最动人的赞美，是与对自然的赞美融合在一起的："母亲呵！你是荷叶，我是红莲。心中的雨点来了，除了你，谁是我在无遮拦天空下的荫蔽？"（《往事（一）》）在这里，生命与生命之间产生了共鸣和融通。她对童真的向往，也是与对自然的向往相交融的，在她的笔下，大海是一个绮丽的童话世界，里面居住着一个美丽而尊贵的女神："她住在灯塔的岛上，海霞是她的扇旗；海鸟是她的侍从；夜里她曳着白衣蓝裳，头上插着新月的梳子，胸前挂着明星的璎珞；翩翩地飞行于海波之上……"（《往事（一）》）在童真的视野中，淳朴的自然如童话般美好，让人与之相和相谐，因为"除了宇宙，最可爱的只有孩子"（《可爱的》）。

在冰心眼中，大自然是美丽的，也是充满生命力的，山水花草与人一样，都是有情感、有灵魂、有生命的主体，让人尊重和敬畏，更让人亲近和呵护。她的作品，就这样以一种平等的情感态度，为我们展开了一幅幅生机盎然、清新秀丽、人与自然和谐共生的甜美画面,让人感动和神往。我相信,她诗文中所营造的一个个宁静恬淡、清雅秀美的意境,已经净化了无数人的心灵,陶冶了无数人的生命。

冰心的一生都在不断追求和完善她的"爱的哲学",她说:"爱在右,同情在左,走在生命路的两旁,随时播种,随时开花,将这一径长途,点缀得香花弥漫,使穿梭拂叶的行人,踏着荆棘,不觉得痛苦,有泪可落,也不是悲凉。"(《寄小读者》)她生长在一个充满温暖、书香洋溢的家庭里,从小就受到传统文化的熏陶。十岁就跟着舅父学习《论语》《唐诗》等传统文化经典,十一岁时就看完了《说部丛书》,对中国传统文化中"天人合一"、物我相通的自然本位观有深刻的理解和把握。

二十三岁时她获得了到美国留学的机会,接触了许多不同的西方美学,由此反观东方美学,她被印度诗人泰戈尔的美学思想深深吸引了。她曾经翻译过泰戈尔的诗集《吉檀迦利》《园丁集》等,在翻译过程中,她已深受感染,她曾说《繁星》《春水》的创作是受了《吉檀迦利》《飞鸟集》的影响。泰戈尔热爱大自然,提倡"梵我合一",认为"梵"即自然,是可以赋予任何一种形式的生命,树、花、草、人,都是和谐统一的整体。在诗中,泰戈尔用充满哲理的语言赞美自然美,追求人与自然的和谐。这种和谐的自然观在年轻的冰心内心引起了极大的震撼,她在《遥寄印度诗人泰戈尔》中写道:"你的极端信仰——你的'宇宙和个人的灵中间有一大调和'的信仰;你的存蓄'天然的美感',发挥'天然的美感'的诗词;都渗入我的脑海中,和我原来的'不可言说'的思想,一缕缕的合成琴弦,奏出缥缈神奇无调无声的音乐。"正是泰戈尔的影响,使年轻的冰心感受到了人与自然之间那种微妙的生命交融:"早起朝日未出,已满山满谷地响起了它们轻美的歌声。在朦胧的晓风之中,倚枕倾听,使人心魂俱静。"(《山中杂记》)

这种生命交融使冰心对自然生命更有了一种独特的感悟。冰心的一生有一段时间是和病痛联系在一起的,病中的冰心时常感觉生命的短暂和稍纵即逝,"残花缀在繁枝上/鸟儿飞去了/撒得落红满地——/生命也是这般的一瞥么?"(《繁星》)花开花落如此短暂,人的生命也是如此吧? 生命这样脆弱,难道不值得我们愈加珍惜和怜爱吗? 冰心时常发出这样的疑问。生命的无常让她倍感无奈,但是她又是如此热爱生命,这也愈发激起她对自然生命的敬畏和钟爱。由爱自己的生命推延至爱所有的自然生命,这种不以血统为条件的爱是对

生命的一种惺惺相惜，一种博大的悲悯情怀。因此在她的作品中，到处是自然生命在蓬蓬勃勃地生长和开放，到处都是女作家对自然生命温柔至极的垂怜和呵护："玫瑰花的浓红／在我眼前照耀／伸手摘将下来，／她却萎谢在我的襟上。／我的心低低的安慰我说：／'你隔绝了她和自然的连结，／这浓红便归尘土；／青年人！／留意你枯燥的灵魂。'"（《春水》）甚至，她还感受到了自然对她的感恩："我的心开始颤动了——／当我默默的敞着楼窗，／对着大海，／自然无声的谢我说：'我承认我们是被爱的了。'"（《春水》）人和自然就这样进入了相知相谐的美好境界。

当今是一个后工业经济疾速发展的时代，现代机械用其疯狂的运转在满足现代人日益膨胀的物欲需求的同时也付出了自然生态惨遭摧残的严重代价，环境污染、生态破坏、空气浑浊、水源干涸，甚至人的心田也是一片干涸，除了物质欲望别无他物，一系列生态危象接踵而至，让人触目惊心，幡然警醒。这时，我们才发现冰心那些充满自然生态美的动人文字有多么巨大的精神力量！

冰心的文字让人宁静和恬淡。不管你是如何烦躁不安，她那些清新恬静的文字总会让人平静和安详："五月绝早过苏州。两夜失眠，烦困已极，而窗外风景，浸入我倦乏的心中，使我悠然如醉。江水伸入田垄，远远几架水车，一簇一簇的茅亭农舍。树围水绕，自成一村。水漾清波，树枝低压。当几个农妇挑着担儿，荷着锄儿，从那边走过之时，真不知是诗是画！"（《春水》）山清水秀，树围水绕，这是一幅多么静美舒畅与世无争的乡村生态风景！这样动人的生态文字似乎在昭示我们，在生命的道路上，别走得太急，太快，让我们不时停下脚步，留意一下路边的"水漾清波"，看看田垄上的"水车茅亭"，也许我们的心胸会变得纯净，也许我们的灵魂会变得轻松，再怎么沉重的烦困和倦乏都会随风而逝。就如她在《春水》中所说的："自然的微笑里／融化了人类的怨嗔。"大自然的壮阔使人心胸开朗，大自然的静穆给人和谐安详，在大自然中，人才能获得心灵的自由和解放。也许这些道理谁都知道，但是能把自然生态诠释得这么彻底，这么纯净，这么优雅，我认为唯有冰心。当这些散溢着自然芳香和生态美的文字像一条清澈的溪流缓缓地流进我们几近干涸的内心时，我们同样会感到神清气爽，身心通泰！

冰心的文字也让人懂得尊重自然。面对自然，她是审美的，欣赏的，尊重的，她反对人类对自然的恶意干扰。她在《繁星》中恳求："花儿低低的对看花的人说:/'少顾念我罢/我的朋友！/让我自己安静着/开放着,你们的爱/是我的烦扰。'"冰心视自然万物为朋友,认为人类不应该以"爱"为借口去干扰自然本身的生长规律,她用浅显的语言讲述了抽象的哲理:爱自然并不是要将它占为己有,而是应依照它的规律,让它随性自由地成长。冰心对自然所表现出的这种纯洁的尊重让我们醒悟,人与自然是平等的主体,应该和谐相处,人才能在地球上"诗意地栖居"。

我相信,面对日益严峻的生态危机和精神困境,当我们今天重读冰心这些尊重自然、呵护自然的美好文字,再次领悟冰心追求人与自然和谐相处的终极关怀时,一定会感觉到我们内心某种美好的东西在悄然复苏,也一定会慢慢明晰在社会的发展中我们的责任应该是什么。

哦,永远的冰心,在自然中微笑的安琪儿！

在编辑部工作的日子里

　　好多年好多年以前。那一年我刚二十岁出头,虽然已从知青点调到公社报道组工作,并且已在省级文学刊物上发了几篇小说和散文,但遥想前程茫茫,心中仍一片虚空。然而这时,我突然接到一纸通知,要我到省级文学刊物编辑部协助工作。我顿时觉得压抑的时空中有一缕阳光射进了心田,胸中一片灿烂。

　　那时这个编辑部设在省总工会大楼的四楼,和我一起被借到编辑部的还有各地来的几位年轻人。我们一来到编辑部,便在郭风、何为等几位老作家老编辑的指导下,兴致勃勃地开始了工作。我负责看小说,用现在的话说是一审。那时文学刊物少,来稿特多,我的案头稿件总是堆积如山,每天我就埋头在这山窝里,筛选出好稿,并对不能用的稿子认认真真地写出修改意见或退稿意见,交给办公室去邮寄。于是我常常能收到一些作者来信,真诚地对编辑的意见表达自己的认可和感谢,有的还会猜想写退稿信的是不是一个经验老到的编辑。这时我便忍不住发笑,心里充满了感动,油然而生出一种事业的成就感。

　　那时我们就住在编辑部的办公室里,我单独住一大间,除了一张小床,一张办公桌,别无他物,空间富裕得不得了。吃饭是在隔壁省劳改局的食堂里。我记得当时那些编辑老师们都回家吃饭,只有徐老师和我们一班年轻人在食堂吃。没过多久,我们就发现徐老师总是拎着一个布袋上食堂,到了餐桌前他就从布袋里掏出了一堆大大小小的袋子,里面装着碗、盘、调羹和筷子,一件件都那么干净爽利,吃完饭后他又一件件地洗擦干净重新装回袋子,餐餐如此,坚持不懈。后来不知谁说他的钢笔也套着套子,于是我们这班年轻人都戏称他为"套中人",他也不生气。然而,徐老师的认真和严谨却让我们佩服得不得了。他是编评论的,每天我们都看见他端坐案前埋头编改,稿纸上拉满了红色的线条,有时一坐一上午,专注得让人感动。有时,他还会请几个业余作者来编辑部改稿,对他(她)们循循善诱苦口婆心,那"望稿成龙"的热心和耐心绝不亚于一个老母亲。"四人帮"粉碎后,我常在报刊上看到他写的评论,见地独特逻辑严谨,让人十分佩服。

也许因为年轻的缘故,当时我们一看见有人来编辑部改稿就很高兴,似乎编辑部一下就热闹起来了。我记得有一个星期天,我们几位年轻编辑和两位作者相约到西湖去玩,租了两艘小船在湖面上悠悠地划着。当时在我们船上负责划船的是一位厦大学生作者,他划着划着就讲到了云南昆明大观楼清乾隆年间寒士孙髯翁撰写的长达一百八十字的天下第一长联,然后他就抑扬顿挫地朗诵起来:"五百里滇池,奔来眼底。披襟岸帻,喜茫茫空阔无边。……"听得我们如痴如醉,梦想着什么时候能到昆明大观楼一睹长联风采。这长联后来就被我抄在了本子上,默记于心,久久难忘。二十多年后,当我真的站在了大观楼长联前流连忘返的时候,脑子里便不由自主地想起了当年西湖泛舟的情景,想起了那几位已不再年轻的文学朋友,还有那位已去世多年的厦大学生,这时一团伤感便不由自主地涌上心头。

五月间,编辑部在霞浦举办一个创作学习班,我们几个年轻编辑都参加了。印象中,这次学习班似乎是历次学习班人数最多的,大约有五十多人,把一个小小的霞浦招待所都塞满了,大多是男同胞,女生只有我和漳州来的一位女作者。指导老师的阵容也十分强大,郭风、何为、苗风蒲、张贤华、季秉义、张是廉……编辑部里的老作家、老编辑们几乎都来了。跟郭风在一起十分快乐。许是年纪大的缘故,郭老有个习惯,晚上八点就得睡觉,第二天早晨四点就起床看稿写作。可是这班年轻作者们偏偏喜欢晚上到郭老屋里聊天,兴之所至常常就忘了时间。而郭老七点五十分就开始打哈欠,年轻人们却往往视而不见,照聊不误。郭老也不动声色,静静地缩在床的一角听着。等到年轻人们发觉时间太晚了得告辞时,才发现郭老不知什么时候已经睡着了。这时,不知谁轻轻地嘀咕了一句:"郭老师睡着了,我们赶快走吧!"没想到郭老却在床头含糊地答道:"没关系,你们聊吧。"大伙儿一惊,定睛一看,郭老眼也没睁,睡得正香,完全是一种下意识的反应。大家不觉有些内疚,一个个悄悄地退了出来。至今想起来,我们那时对老人家真是有些残酷。郭老还非常乐于助人,而且助得你以为被助也是很伟大的。那时霞浦招待所的房间里没有卫生间,洗澡得到楼下的澡堂里去,还得自己端热水。然而每个人只发一个白脸盆,根本不够用。于是我就去向郭老借脸盆,郭老非常热情,一个劲地说:"拿去吧,拿去吧!"每次用完洗干净还给郭老并向他道谢时,郭老总是喜笑颜开地说:"我借给你的是脏脸盆,你还给我的是干净的,这样我合算啊,所以我应该感谢你啊!"说得我开心极了,没想到借

东西还能得到赞扬和感谢。郭风老师就这样带给我们许多快乐。

何为老师平时不苟言笑，衣冠楚楚，很有绅士风度。我在很小的时候就读过他写的著名散文《第二次考试》，对他敬佩极了。记得第一次见到他是在1973年的长乐创作学习班上，而且我就是分给何老师指导的。刚刚踏上文学创作道路就得到名师指点，这真的给我带来了做梦也想不到的惊喜。但当时看到何老师挺严肃的，甚至有些威严，不免有些害怕。担心自己表现不好会受批评，担心失去老师的信任。然而有一天，何老师突然踱进了我们女生宿舍，笑眯眯的，问我们在忙什么。我们一看是何老师，心中不免一惊，当即正襟危坐。当时我们宿舍住着五个女作者，其中一位我们戏称为胖子的女作者性格特别开朗，体育很好，身体很壮，脸色整天都是红彤彤的，透着青春活力。何老师转头看见她，随口幽了一默："你的脸色这么红，像个苹果，让人真想摸一摸。"宿舍里顿时爆发出一阵哄然大笑，威严的何老师瞬间变成了一个慈祥、风趣、幽默的老父亲。这一句话，一下把我们和何老师的距离拉近了。从此以后，我们几个女孩子一碰上何老师，就忍不住和他开玩笑，他总是乐呵呵的，很高兴。但是何老师看稿编稿绝对是认真严谨的。在长乐时我的小说稿就是在他的要求下，一遍又一遍地修改，我现在已经忘了修改多少遍才得以发出来。但在这种反复的修改中，我切切实实地了解了创作技巧，掌握了创作规律，提高了创作水平。这次在霞浦，我再一次感受到了他的严格，每改过一遍他都要认真地看，定稿后，他还要认真地编，有时为了一个词他都要推敲许久。每当我看到何为老师为了我的稿子在那里苦思冥想，心中便充满了深深的感动，想到如果他用这些时间去创作，说不定已写出好几篇文章！今天，当我偶尔听到有些作者在埋怨编辑把稿子改得乱七八糟违背了他的原意，或者编辑有眼无珠看不出他的精华时，我便为他们不能理解编辑们的辛勤劳动而感慨万分，脑子里也不由自主地显现出郭风、何为等老一辈编辑们伏案编稿、孜孜不倦的平凡而又动人的身影。其实，有哪一部作品没有浸润着编辑们的心血和汗水？从某种意义上来说，每一部成功的作品都是编辑和作家们共同创造的。

担任助理编辑的日子很快就过去了。我后来考上了大学，毕业后到高校教书。如今也过去了二十多年。二十多年风云变幻，潮起潮落，其间经历了多少人与事？也许有许多已被岁月的潮水冲淡了。然而，在编辑部工作的那一段快乐的日子，在走上文学生涯最初的那一段时光，却时时在我的心中萦绕，久久难以忘怀。

千古一缕南蛮魂

他看起来那么年青,他写的书却这么迷人,这真使我意想不到。

此刻,我的案头正摆着他的长篇新作《南蛮魂》,情节并不复杂:曾被康熙帝赐封为"五少芳贤"的泉州南音艺人及其后代为了发扬光大南音古乐,历尽艰辛,前仆后继,终于使南音轰动京城,扬名海外。但是,作者那独特奇妙的艺术构思和敏锐细腻的艺术感觉却令人刮目相看。无论是"五少芳贤"惊天泣鬼的传奇生涯还是近代艺人撼心断肠的悲欢离合;无论是撩魂摄魄、优雅清丽的南音古乐,还是昌盛古朴、美不胜收的温陵风情;以及那绮丽的文笔,梦幻般的描述,都使我着迷入神。在这本并不太厚的书中,我感受到了我们世代栖居的这块土地上浓郁似酒的乡情,捕捉到了忍辱负重却柔情似水、优游不断的蛮人之魂,还看到了作者喷薄而出、势不可当的一腔才气。

然而,最吸引我的是作者采用的那种鲜见的结构方式和独特的叙述角度。开篇之后,作品便采用第一人称和第三人称交错变换的叙述方式,开始了情节的铺展。在历史传奇和现实生活之间不断交替变幻、互相交融的缝隙中,作者穿梭般地往返于叙事者和当事人之间,似乎已把两个世界的界限也弄模糊了,留给我一个巨大的思维空间,这空间浓缩了清康熙年间至今几百年的漫长历史和几代南音艺人的坎坷命运,使我们在体验现实时感受到了历史的延伸和深邃,而在反顾历史时又感受到了现实的严峻和凝重。我不只捕捉到作者所要揭示的蛮人之魂是那样的坚忍不拔永恒长久,而且还领略到了一种空灵而沉蕴的美感。这种美感使我不禁为作者独特的艺术追求而叫好,他运用复调叙述和多线结构的现代格式去表现传统的题材和古老的艺术,却水乳交融得这样得心应手。

撼动我心的还有作品中那贯穿始终的象征色彩和哲学韵味。翻开作品,不管是在历史的叙说还是现实的描绘中,总是不时地出现傲然屹立在笋江与晋江交汇处的石笋。无疑,这是作者所要标举的蛮人之魂的象征,但这个象征的贯穿始终,却体现了作者的苦心孤诣。作者试图告诉人们,这缕蛮人之魂无所不

在、永不衰竭,只要有它在,不管人生的道路多么坎坷曲折,总会有人坚定地走下去;不管传统艺术被现代艺术冲击得多么衰微,总会有被拯救被复兴的一天!当然,这种内涵的浑厚还得力于作者深沉的哲学思考。这种思考使这部类似说书式古典小说的现代作品,具有一种宽广的张力。不可否认,作者的哲学思考有时显得十分困惑,但困惑并不颓唐,因为那一缕蛮人之魂同样深深地植入了作者的意念。

最后,我不能不提到作者对音乐的描写。这些描写确实异乎寻常。文学史上,曾有不少作家用优美的文学语言来描写动人的音乐旋律,给后人留下了千古绝唱。今天,我又看到了一位用文字写音乐的能手。他把南音的韵味、节拍、唱腔、旋律、音域乃至意境描绘得这样栩栩如生、惟妙惟肖、空灵剔透而又极富形象感,简直令人难以置信这是文字。这样强烈的艺术效果首先得力于作者那敏锐细腻的艺术感觉和奇特的想象力。其次在于作者把握文学语言的自如和娴熟。小说中描写音乐的文字占了极大篇幅,光南音四大名曲便各自极尽渲染铺陈之能事,语言华丽,文笔酣畅,或拟物,或寓景,或描情,或写意,阒阒历历在耳,曲曲扣人心弦,把难以直陈的音乐深层境界表现得淋漓尽致、感人肺腑,确实异乎寻常。

对于这部小说,我已经说得很多了。可是似乎还未能充分表达我对它的喜爱之情。当然,它并不十分完美,微疵犹存,例如传奇色彩过浓,难免冲淡了现实生活的严峻感和浑厚感,语言也未免过于华丽了一些。但是,我仍然认为它是表现乡土题材的不可多得的好作品,相信它一定会拥有许许多多的读者。

有文有歌好人生

在春暖花开、刺桐飘香的日子里,由台湾著名女作家组成的"文友合唱团"一行十四人来泉州参观旅游。尽管她们来去匆匆,在泉州滞留的时间只有五个小时,在这有限的时间里只匆匆浏览了开元寺、老君岩和灵山圣墓这泉州三大宗教(佛教、道教、伊斯兰教)的代表性建筑,却给我留下了十分深刻的印象。

"文友合唱团"成立于二十世纪八十年代初期,是由一群著名的台湾女作家组成的。合唱团团长、著名女作家邱七七女士在她编撰的一本书《回忆常在歌声里——抗战胜利五十周年献礼》中写道:"十几年前,我们几个热爱文学、喜欢唱歌、午龄又相若的女子,因志同道合组成专唱抗战歌曲的'文友合唱团',我们有一份自认不能让抗战歌曲失声失传的责任,每年七月七号抗战纪念日,台北市新公园露天音乐台上,都有我们的歌声。一同走过抗战的人听了,乘着歌、载着乡愁,飞回青春年少,重温昔情旧梦;战后出生的年轻一代听了,从民族音乐中体会国家遭受侵略而生的大恨大怒、大勇与大爱;我们在'唱'里得到快乐,也受到支持我们唱下去的共鸣与回响,所以我们唱得很有劲。"从这段话里,我们不难体察到"文友合唱团"建团的初衷和台湾女作家的心声。"文友合唱团"多次来大陆参观演出,在北京音乐舞台上演出时曾轰动一时,获得了大陆听众的强烈共鸣,深深地沟通了海峡两岸人民的爱国之情。

团长邱七七女士满头银发,但发型得体,慈眉善眼,很有风度。她是湖北兴山人,年青时代就读于南京金陵女子文理学院国文系。曾任台湾妇女写作协会理事长。著作有《火腿绳子》《这一代》《邱七七自选集》《君仲容传》《留住春天》《无限好啊!》等。她曾约请三十一位一同走过抗战岁月的作家,以一首抗战歌曲为感情脉络线,各写一篇纪念抗战的散文,编成《回忆常在歌声里》一书,以此纪念抗战胜利五十周年。在接过她赠给我的这本书时,我只觉得沉甸甸的,让每个人都理解抗战精神,"使抗战精神成为永难磨灭的一页历史",她做了一件多么有意义的工作啊!

在餐桌上,她问我,你们这代人大概不会唱抗战歌曲吧?我说,会啊,我会

唱的,像《毕业歌》《铁蹄下的歌女》《太行山上》,还有《大刀向鬼子们的头上砍去》等等,我都会唱。"噢,你也会这些歌曲?"她一听就兴奋起来,觉得和大陆的中青年一代有了共同语言,于是整个就餐期间,她一直兴致勃勃地向我介绍"文友合唱团"的组成和演唱过程以及台湾女作家们为弘扬抗战精神所付出的努力。

午餐结束后,坐在邻桌的鲍晓晖女士走过来热情地送给我一本她亲笔签名的散文集《深情回眸》。鲍晓晖女士本名张竞英,辽宁铁岭人,是一个丰腴漂亮而又气质极佳的女作家。她是台北"中国作家协会"理事、台北妇女写作协会理事、台北文艺协会监事。已著有散文集《异乡乡情》《永恒的友情》《故乡水》,短篇小说《爱到深处无怨尤》《寂寞沙洲冷》,小品文《人间爱晚情》《女人的知心话》等书。曾获台湾的各种文学奖。可见,鲍女士已是一个著述颇丰、深有影响的女作家。这本《深情回眸》是她的第六本散文集。我一接过来就爱不释手地翻了起来,回家后又抱着先睹为快的心情读了其中的许多篇章,很快就被深深吸引了。鲍女士的散文往往取材于往时经历身边琐事,在不经意中透露出自己的独特情怀和人生感受,让人读了之后若有所思再三玩味。如《发情》一文,从女作家回北京探亲时九十高龄的母亲留给她一束年轻时的头发写起,巧妙地串联出父母亲当年的感情纠葛,抒发了"相知相惜的婚姻"需要的是"心有灵犀一点通"的感慨,文章最后以作家在父母坟前的默祷作结:"妈妈,不要和爹爹冷战了,否则在这深山的世界里,你们不是更寂寞了吗?"真让人有余音袅袅的感觉。鲍女士的文笔自然流畅,娓娓动人,毫无做作之感。我觉得,这似乎是台湾许多女性散文的共同优点,我自己就特别喜欢读这样的散文。

令我十分开心的是,我还得到另两本印刷精美、装帧别致的书,一本是钟丽珠的散文集《人生有歌》,一本是匡若霞的短篇小说集《暖阳》。钟丽珠笔名丹荔,广东燕岭人。曾任报社记者、刊物编辑和专栏作家。出版了散文集《厨房外的天地》《幸福的时光》《拙妇》等书。钟丽珠的散文写得温婉细腻,情透纸背,正如书后简介所描述的:"作者温厚而感性,她将满怀的情感,发为扣人心弦的作品。书中对亲情、故园的挚爱眷恋,对音乐的专注执著,透过温馨自然的文笔,谱出一篇篇动人的歌。"最令人叫绝的是刊在书首一篇钟丽珠丈夫林伊祝先生在结婚四十周年的戏笔:《她,才是我太太——代序》。在这篇代序中,林伊祝先生用那种幽默调侃的语调,绘声绘色地追述了一件件两人共同生活中钟丽珠所闹出的令人啼笑皆非的趣事,把一个"憨厚、温婉、粗心、糊涂、鲁莽,再加上忘性重"的作家太太的形象刻画得栩栩如生,令人捧腹,确是生花妙笔,瞧一开头那段话便不同凡响,吸引你非读下去不可:"假如你说你认得我太太,却又说你不曾见到她三天闹一次笑话,五天摆一次乌龙,那么,我可以肯定地告诉你,你准是认错人啦。——她,绝对不是我太太。"然而,从这些诙谐文字的字里行间,我们不难感受到丈夫对妻子的浓浓爱意和深深的呵护之情。伉俪间相识相携到"嬉笑怒骂皆成文章"的境界,这世间的确不多,我读了真是又感动又羡慕。

匡若霞笔名霞,湖南岳阳人,是世界女记者与作家协会会员,已拥有数十年的写作生涯,出版过短篇小说集《不是终站》、散文集《青叶集》。《暖阳》是她的第二部短篇小说集。匡若霞的小说表现的大多是家庭生活母子亲情,如《幼幼曲》《天堂鸟》等。女作家通过一个个洋溢着亲情的小故事,展示了这个母亲"老吾老以及人之老,幼吾幼以及人之幼"的博大胸襟和美好情操,文笔细腻委婉,语言质朴清新。从这里我们不难看出匡女士的美学追求。也许因为匡女士本身就是一位母亲,而且我一直执著地认为,她必定也是一位充满爱心的母亲!

但是,从上面提到的几部书中,我也看到了这群台湾女作家共同的局限性,这就是她们的作品在选材上似乎狭窄了一些,那种风云变幻、沸腾激荡的社会生活很少得到充分的反映,人性的复杂和丰富也缺少有力的揭示和展露。这就使得她们的作品,就像一个个小工艺品,精巧有余,深刻不足;可以观赏,却无法给人以震撼。这可能也是她们和大陆许多女作家的区别所在。我想,其中原因,可能与她们本身的生活圈子有关。当然,台湾也有写得很深刻的女作家,不过,她们不属于这一作家群,因此也就不在我的话题所及之内了。

不过,"文友合唱团"的这些女作家们应该是意识到了她们生活的局限性,因此她们以满腔的热情,投入到"文友合唱团"的工作中去,投入到弘扬抗战精神、激发爱国热情的洪流中去。在这种充满信心的投入中,开阔了眼界,丰富了人生和创作,也使她们的文学创作多了一份与众不同的情感魅力。

"文友合唱团"里还有一个特别的家庭,这就是李中和教授伉俪及女儿。李中和教授是一个作曲家,担纲"文友合唱团"的作曲。他已从事音乐工作五十多年,作有管弦乐伴奏的大型歌剧六部、各种类型的歌曲一千多首,以及一些器乐曲和音乐理论著作。代表作有《李中和歌曲集》、CD 两盘《白云故乡》《星月交辉》等。他曾任台湾艺专教授和文化大学教授,是台湾文艺协会理事长和音乐

协会理事长。李教授瘦高个子，已年过八旬，但腰板笔直，步履矫健，谈吐思路非常清晰，要是不说，我还真看不出他的高龄。他不但对音乐造诣精湛，对哲学文化也有深邃的钻研，特别对中国佛教哲学和道教哲学见解独到。他赠给我一盒他作曲的佛曲卡带，从这盒卡带上，我可以看出李教授把佛教哲学和音乐巧妙结合在一起的独特用心和成果。李教授的夫人萧沪春教授是"文友合唱团"的领唱，热情活跃，充满活力。这个音乐之家对泉州的人文景观兴趣浓厚，李教授带了一架小型录影机，李海云小姐则挎着一架照相机，每到一处，他们一家子就很积极地寻找角度，录影照相，忙得不亦乐乎。李教授说，他要多录些海峡彼岸的美丽风光和人文景观，带回去给其他家人看，让他们一起分享在大陆旅游的快乐。

"文友合唱团"的女作家们大多已过花甲之年，但她们一个个气度不凡，穿着十分鲜艳，心态非常年轻，热爱生活，兴趣风景，为大陆丰富多彩的地域文化所着迷，对音乐和歌唱更是十分专注和投入。坐在旅游车上，一路歌声不断，唱抗战歌曲，唱大陆名歌，也唱台湾小调。只要有一个人起调，其他人马上兴致勃勃地跟着唱起来，不用音响，不用伴奏，也不用麦克风，歌声却那么苍劲有力，热烈动人，一点儿也看不出这群世纪老人的沧桑和忧患。偶尔萧教授还会站起来，面向大家大刀阔斧地指挥几下，使得歌声更加气势磅礴。

就这样，沉浸在她们的歌声中，我浑身也充满了生机和活力。我一直在想，人生有文有歌，有一群快乐的老伙伴，还有什么比这更潇洒的呢？

温婉优雅的智慧女性

朵拉长发飘飘,身材苗条,喜欢穿绣花的民族服装,给人的感觉温婉而优雅,有一种由内而外的亲切感。

认识朵拉是在本世纪初在福州举行的一次菲华文学研讨会上。那次我刚在会上做了"菲华文学中的闽南情结"的学术报告,会后她对我说,她挺同意我对闽南文化特征的概括,以后在她的写作中也打算引用我的观点,因为她也是闽南人。我一听顿时有一种"他乡遇故知"的惊喜和亲切。由此我知道她是我的泉州老乡,泉州惠安人。后来我在她的一本书的后记《和自己说话》中再一次看到她对祖籍地的强调:"祖父自中国福建惠安南移,父亲亦在中国出生,我应该算是第二代或者第三代呢?没有考究。"接着,她还在写到家庭背景对她走上文学道路的影响时提到了已旅居马来西亚的家族对以"南音"和武侠小说为代表的中国传统文化的挚爱:"家里叔叔姑姑都喜爱阅读,虽然他们看的大多是华文杂志,在那个很难找到华文书的年代,他们订阅、购买娱乐杂志和武侠小说。午后时间,南音悠悠在厅里回旋,祖父坐在厅外的亭子间,在阳光下眯着眼睛,卷着纸张薄薄字体小小、没有标点符号的'××演义'。如果没有记错,其中一本叫《七侠五义》,后来才知道那是以宣纸印刷的书籍。……对文学产生兴趣,更多是源自家庭背景。"虽然她没有深入考究自己的家世,但是她作为一个海外华人对故国家园和家乡文化的刻骨铭心却让我深受感动,也为家乡出了这么一个多才多艺的才女而自豪。

说朵拉多才多艺实不为过。她小说写得好,微型小说集《脱色爱情》在轻灵淡定、充满张力的叙事中解剖爱情,传达出她对真爱的反思和觉醒的女性意识。中篇小说集《森林火焰》则在曲径通幽、起伏跌宕的叙事中撕裂温情,让读者在这种独特的审美中感受到作家对人性弱点深藏不露却锋利无比的批判力量。她的散文和随笔也非常耐读,充满了韵味和哲思,散文集《和春天有约》中几乎每一篇散文都能让我们感受到生活的情趣和作家的爱心,同时也不难把握到作家睿智的思想火花。在写作中,朵拉确实是充满智慧的,她懂得如何独特地传

达自己的情感把握,也熟谙如何机巧地打造自己的艺术宫殿,可以说,她是东南亚华文文学中最有艺术造诣的作家之一,因此她的创作在海内外华文文学界和学术界也是相当有影响的。

但不仅仅是写作,她还有很多才艺,画画、书法、茶艺、园艺、唱歌等等,尤其擅长水墨画,她自己在一次接受百花园杂志社记者的访谈中说道:"文学创作为最爱,平日亦钟情于水墨画创作,2007年在国内外数个联展外,年底并应邀到印尼棉兰主办个人水墨花鸟画个展,主题为《花言花语》。"一手写作,一手画画,真是才情横溢,让人钦佩。除此之外,我还见识了她的文娱才能。2006年底在文莱举行的第六届世界华文微型小说研讨会结束的那天晚上,举行了一场由澳华作家心水先生主持的联欢晚会,晚会节目都是由与会的各国华文作家和研究者即兴表演的,当时朵拉用马来语演唱了一支马来西亚爱情民歌,她的演唱声情并茂,富有韵味,一下子就打动了在场的观众,被认为是当天晚会上最精彩最有特色的节目之一。

海外华文写作中有建树的女作家不少,每一场海外华文文学研讨会,打扮入时、穿着艳美的女作家总是一道亮丽的风景线。她们活泼而生动,常常会调动大会的气氛。但每到这时,朵拉总是特别温婉平静。记忆中,我参加过的一些东南亚华文文学研讨会,几乎都有研究者在研究朵拉的作品。但我看到的都是她静静地坐在台下认真地听着发言,微笑着,不当主持人也不上台发言,谦和而质朴,从容而淡定。

在和朵拉的交往中,我慢慢读懂了她从容淡定背后的两个内因,那就是随缘和执著。随缘,可以说是朵拉的一种生活态度,她在创作谈里说:"性喜随缘,一切不强求,过于刻意,怕出现丑陋的姿态和面目,连自己也不敢照镜子。"她开始写作也是一种随缘,兴之所至就写了:"一开始写作,完全不抱企图心。……从没立志当作家……最主要的应是兴趣。""阅读时间日长,自以为懂很多,有很多话要说,找不到听众,于是写成文字,在文章里滔滔不绝,而且一发不可收拾。"写作的状态也是一种随缘:"写作是在家的每日功课。每天创作的时间占大部分。自早上开始,下午小段时间休息后继续,黄昏运动,晚上上网和阅读。绘画则是一个星期至少一次。生活很有规律,并非如他人幻想的身为艺术家,过日子是随兴随喜随意,等待灵感出现才创作,或者是半夜才起来画画和写文章等等。"因为随缘,因为不刻意,所以她写得率性,写得快乐,看不到爬格子的艰难和沉重。执著,则是朵拉的一种精神追求,她说:"兴趣的身边永远有两员大将,一叫恒心一叫毅力。"她认为,"艺术创作者终其一生,始终不停地在书写的,是心底里的追求和缺憾。书写成为一种追寻和完成的手段。""面对自己的追求,作家必须具有一种不妥协的精神和灵魂。"我想,没有这种执著的精神,也许就没有她今天的文学成就。她还说:"有个画家说过'一幅画,是画者的渴望与灵魂',对于作家亦如是。每一篇文学作品,其实也都是作者的渴望与灵魂。"由此我知道,她执著追求的,正是希冀用自己心灵的文字和智慧的书写,来打造女性世界的生命亮度,来呼唤女性的独立人格和精神自由。

这就是朵拉,一个温婉优雅、富有才情、随缘而执著、从容而淡定的智慧女性。

印象古远清

一直不肯相信古远清先生已经七十岁了，他看起来是那么健壮和硬朗，而且思维清晰，性格爽朗，我以为至多是一个中年学者，虽然他早已硕果累累，声名远播。

记不清认识古先生有多久了，似乎已经好久好久了，因为他看起来是那么熟悉和亲切，几乎在每一届世界华文文学国际学术研讨会上或者与海外华文文学研究有关的会议上都能见到他。而且几乎每次见到他常常都能得到他馈赠的大作，那真是大作啊，每一本都沉甸甸的厚重，如《台湾当代文学理论批评史》(65 万字)、《中国大陆当代文学理论批评史》(上下册，68 万字)、《香港当代新诗史》(22 万字)等等。据有幸参观过古先生有 24 架书之多的大书房的王艳芳小妹探知，古先生自二十世纪九十年代初开始台港澳及海外华文文学研究以来，至今已出版专著 45 种，计 1273 万字之多，其中大多是如此厚重的大作，如《香港当代文学批评史》(48 万字)、《台港澳文坛风景线》(上下册，60 万字)、《海外来风》(30 万字)、《当今台湾文学风貌》(25 万字)、《古远清自选集》(65 万字)、《世纪末台湾文学地图》(17 万字)、《台湾当代新诗史》(40 万字)以及去年刚出版的《海峡两岸文学关系史》(41 万字)，每一本字数都达数十万之巨，在海内外产生了相当重要的影响。原以为我已经得到不少古先生的馈赠，不能再贪心了。如今一打开他的书单心不免又蠢蠢欲动，那么多心仪的好书，很多我还没有，多希望古先生再赠我一二啊！

早知道古先生学问好，著作等身，但现在写这些印象记的文字时我依然感到十分震撼。不知道古先生是从何处迸出如此惊人的智慧和精力，在短短二十年间就取得让世人瞩目的累累硕果，让多少研究者自叹弗如！

真正与古先生有比较深入的联系，记得是从本世纪初在上海由复旦大学中文系主办的"第十二届世界华文文学国际学术研讨会"上开始。那天与会者都坐在上海名人苑一个大会堂里，正准备聆听大会学术报告。古先生正好坐在我前面，我看到他在看一叠报纸，我问是什么报纸，能否借我看看，因为报告尚未开始。他说是他与余秋雨先生论争的报道,并把报纸全塞给我看。我看了以后有些疑惑,觉得不管谁对谁错,这种论争都有些劳心伤神。但看到古先生一副乐在其中的模样,通过交谈,才感到古先生不仅精力过人,思维独异,而且有一种"真理不辩不明"的执著和冲劲。也许这种执著和冲劲,正是古先生心态年轻、学问精进的原因所在。

古先生的学术演讲也富有感染力,虽然我只听过他一次演讲。那是前不久,我们有幸邀请到莅临泉州石狮参加"蔡丽双杯'图书缘'全国散文大赛颁奖典礼"的古先生顺道来泉州师范学院,为师生作一场题为《台湾的当下政治与文化》的学术讲座,我感受到了年轻学子们对古先生讲座的欢迎和响应的热烈,台下笑声夹着掌声,一阵又一阵。这不仅仅因为他讲座的内容切合了海峡西岸的高校学生对台湾文化的独特关注,更因为古先生首先以一段他作为嘉宾参加中央电视台有关"台湾高校设立台文系"话题的访谈录作为开头的别出心裁的演讲艺术,还因为古先生在演讲过程中对台湾文化慷慨激昂激情四溢的精彩点评和阐释。这次演讲,不仅开阔了年轻学子们的视野,而且让人受到了一次富有个性的"古式"激情的独特感染,就连我这个聆听过无数次学术报告的教授也深受吸引而不忍离开。

我想,也许这种富有激情的投入和耕耘也是古先生对他所研究的台港澳及海外华文文学这一领域能够拥有源源不尽的学术活力的奥妙所在。

在这么富有激情和活力的古先生面前,你能相信他已经是七十岁的老人吗?不,我宁肯相信他的学术青春还方兴未艾,他的学术生命正蓬蓬勃勃!

书法家林荣钱

　　林荣钱先生是我初中的数学老师,其女儿是我的同班同学;而我母亲又是我们班的化学老师,这就使我和先生一家有一种特殊的缘分。故而,本世纪初先生的第一本书法集出版时,我曾不揣浅陋欣然应约作序予以弘扬。没想到短短几年过去,先生的第二本书法作品集又即将推出,先生书法创作的勤奋和丰收让作为学生的我感到既欣喜又感动。

　　从长辈的角度来说,我是先生看着成长的;然而从晚辈的角度说,我又是看着先生的书法艺术不断地丰富圆熟直至臻入佳境而成长的。先生自幼习书,至今已七十余年。七十余年来,先生从未停止过书法艺术追求的脚步,从小学时追随语文老师蔡启祥学书开始,先生对书法艺术投入了几乎全部的心血和激情,他对赵、颜、柳、欧等书体都深有钻研,由此博采众长,融会贯通,出神入化,自成一格。行书劲秀圆润,清雅爽利;草书气贯势连,酣畅潇洒。条幅挥洒汪洋恣肆,似涧泉奔流,一泻而下;横幅布局错落有致,如山景变幻,浑然天成。先生书法作品集所收录的数十幅书法精品中,不管行、楷、草、隶,每一幅都给我们带来丰富而隽永的审美享受。

　　到了晚年,先生更是在书艺上千锤百炼,精益求精,并且多次应邀出国参加书画艺术交流活动,在交流中取长补短,使书艺精进,正如先生诗中所道:"世界艺人格外亲,志同道合写丹心;取长补短学先进,书墨淋漓气韵新。"1994年他应邀为缅甸当地华侨兴建的观音寺题写全寺庙联,其雄健洒脱的书法艺术轰动了整个缅甸侨界。进入耄耋之年,先生仍每天挥毫不止,杰作频出,如今其书法已炉火纯青,达到了物我两忘的自由境界。特别是先生在演绎草书时,常常兴之所至,展纸泼墨,笔走龙蛇,酣畅淋漓,其坦荡奔放的胸怀在书中展露无遗,让人心动神驰,大快朵颐。在这些作品中,我们看到的已不仅仅是书法,而是书家的胸襟气度和人格精神。

　　在先生八十余年的人生跋涉中,虽然曾经历尽磨难,但始终乐观向上,无怨无悔,心胸旷达,笑对凡尘。他在一首诗中写道:"浮沉大海总平安,海浪惊涛若等闲。两袖清风心自慰,只留墨迹在人间。"这可以说是先生人格的真实写照。先生从教四十余年,对学生关怀备至,为培养人才尽心尽力,我因此有幸深得先生恩泽,每每感念于心,没齿难忘。退休后,先生不仅一如既往地为乡村教育事业和老年大学奔忙,而且还积极引资甚至捐资为家乡建校兴学,支持公益事业。他居室所挂"知足常乐,能忍为安;宁人负我,我勿负人""为人应有利今世,处事须无愧我心"等条幅格言,更进一步诠释了先生知足常乐、乐于奉献的人格精神。书如其人,人品自在书品之中,由此我们不难解读出先生书法艺术大气洒脱的魅力所在。

四分之三世纪过去,先生已誉满海内外,其书法作品被勒入碑林,收入馆藏,并在国内国际书展书赛中屡屡得奖。如今,先生的书法新作又将问世,作为学生和晚辈,我由衷地为先生的突出成就而高兴,也向先生表示我最深切的敬仰和诚挚的祝贺,恭祝先生健康长寿,翰墨永香!

忆昭环

昭环先生去世已经多年,可我依然不愿相信他已离我们、离文学远去,因为他才六十出头啊!六十出头,对现代人来说,并不是一个太年老的数字,我曾经在电视上看到一些讣告,告示的对象好多都活到了九十多岁甚至一百多岁。为什么本应如日中天的昭环偏偏这么早就走了呢?

昭环是得抑郁症去世的。那年二月间我到惠安蒋吴农村他的老家去看他的时候,他已经意识混沌认不得人了,他家人说,他已经不懂得吃也不懂得睡了。看着他在病榻上辗转反侧痛苦万分的样子,我的心里一阵悲凉,实在不忍细看。我一直在想,这么一个优秀的作家,这么一个执著的文人,他的头脑应该是聪慧的,他的思想应该是丰富的,他怎么能以这种形式告别人世呢?是什么东西把他变成这般模样呢?

认识昭环先生已有二十余年。记得那是二十世纪八十年代初期的一个暑假,晋江地区正在交际处召开一个文学创作会议,在这次会上,我第一次见到了陆昭环。那时我还是一个大学生,读到了陆昭环的一篇短篇小说《琵琶与玫瑰》。在那个许多小说作品还残留着八股味的年代中,这篇文笔优美如溪水般清新流畅的小说一下子吸引了我,也因此对小说作者有了一种向往。就在这种向往中我见到了陆昭环。他瘦高个,清癯的脸上架着一副眼镜,一看就知道他不是风流倜傥率性张扬的那一类作家。相反地,他沉静低调,有一种书卷味,一副儒雅斯文的文人模样。原来就是他把浩劫年代中的爱情叙写得如此柔和有味细腻动人。

后来我就常常关注陆昭环的小说创作,也与他有了多次联系和交往。我读到了他二十世纪八十年代中期在《福建文学》上发表的中篇小说《双镯》,他对惠安女命运的独特把握和深刻揭示,他别具匠心的艺术构思,鲜活的人物形象,充满乡土气息的语言传达以及老到的笔调、精彩的叙事,都让我惊叹不已。这篇小说很快就被《小说选刊》转载,并且被一家电影公司看中,让昭环到北京去改编成电影剧本,准备拍成电影。可惜不知何故电影没有拍成。后来我又读到了他在《当代》和《海峡》上发表的惠安女系列小说《胭脂碧》《孽债》等等,一篇比一篇火。这些小说已经改变了《琵琶与玫瑰》时期的柔美风格,把笔触伸向了作家生于斯长于斯的那一片海岬陆地,审美眼光也变得睿智而犀利。他独特地审视了曾经在那片古老土地上苦苦挣扎的惠安女的悲剧命运,深刻地揭示了千年积淀的封建陋习对人性的可怕啃噬和蚕食。风格走向苍劲冷峻,但字里行间则充满了作家对惠安女的人文关怀精神。

陆昭环曾在《双镯》后记中写道:"我的这两部中篇小说(指《双镯》和《胭脂碧》)所描写的婚嫁陋习,虽然不能代表惠安女,却在心理层次上,反映了包括惠安女子在内的整个中国妇女的传统心态与改革开放、人性解放的矛盾和撞击。在封建传统如此顽厚深沉的这块古老的土地上,这始终是作家必须关注的题材。……早婚、童婚、长住娘家这些只是惠安东部那偏僻的海边独有的传统习惯,但她们的婚嫁陋习却集中反映了中国妇女的普遍悲哀。她们一直承受了外在的和内在的双重压抑。这种压抑的结果就是自我幽闭和禁锢。"

也正因为此,二十世纪九十年代初期,我在一篇陆昭环小说的评论中写道:"也许陆昭环并无意于揭示某个人物形象的悲剧意义,他仅仅是真实地极富闽南味地在《胭脂碧》和《孽债》中刻画了一个在不幸婚姻的重压下窃情偷欢的惠安女阿香的不幸形象。然而,作品所透露出来的那层浓重的悲剧氛围,作家那独具匠心的艺术思考和艺术表现,却客观地显示了阿香这一形象震撼人心的独特而深刻的悲剧意义。这就是,被当代意识所唤醒的一代惠安女,经过一番痛苦的挣扎和不顾一切的追求之后,仍逃脱不了被千年积淀的封建传统陋俗所吞没的不幸命运。作品告诫读者,为了避免这一普遍的悲哀,在这片古老而偏僻的土地上,人的现代化是多么的必要和迫切!……正是在这一哲学认识上,陆昭环以他对现实生活的独特思考和对人生的批判精神以及独具匠心的艺术表现,在《胭脂碧》和《孽债》中通过阿香的悲剧命运展示一代妇女普遍悲哀的同时,深沉地传达出对避免这一悲剧命运的人的现代化的热切而真诚的呼唤。也许这就是这两部作品提供给我们的深层价值所在。"

我一直认为,陆昭环是我省小说作家中写乡土题材写得最出色也最有力度的一个,因为他把笔伸向了人性深处。陆昭环也是在我省这片曾经被人认定只能生长优秀的散文和诗歌生长不出优秀小说的土地上为数不多的富有才情的已经在全国产生广泛影响的优秀小说家之一。因此在 1990 年 4 月,当昭环先

生希望我为他的惠安女系列小说作评的时候,我马上应允了。令我感动的是,他不请大家写评论,而让我这个当时还比较年轻也没有多大影响的小评论家作评。而且,他来信的口气十分谦和:"我不会替批评家定调子,最多是寄出前(初稿)让我看看,或许可以略加些内容。我可以帮你直接寄给《海峡》主编林正让(如果你认为有必要)。如何评论,我不太懂,评出来后,我绝不介意。一个作家要是介意评论家的话,那只会自讨苦吃。再说一次:你万勿勉强从事。"这种尊重和信任,使我感受到了一个作家的真诚和胸怀。实际上,当我把写好的评论稿拿给他看时他连一个字也没有增删就同意了我的观点,而且还认为我揭示出了他没有想到的意义和价值,这使他有一种被再创造的欣喜感觉。因此,当我的评论在几个报刊上以醒目的位置发表后,他十分高兴地来信表示了谢意。

昭环先生后来又创作了几部长篇历史小说,出版了一套日记体文集《寻梦·红叶》。翻阅着他馈赠的三本沉甸甸的《寻梦·红叶》,我在里面看到了一个真实坦诚直言不讳的陆昭环。在如今太多虚伪狡诈的现实中,这种不加矫饰的真诚袒露是多么困难,诚如王仁杰先生在《昭环魂归何处》一文中那掷地有声的感叹:"几十年持之以恒,一日不漏地记录下一个文人书生真实的生活与感受,没有'避席畏谈',已属不易。而又能完整地保存下来,并且不加删节地公之于众,又何等难能可贵!"实际上,昭环先生的坦诚在其创作原则中也可见一斑,他曾经非常严谨地审视自己,检点自己在 1984 年前后的创作得失,他在《双镯》后记中说:"除了表现人性的压抑外,我当时不敢也不能向读者敞开自己的心扉。我写的那些类似伤痕文学、干预生活的小说,仍可以看到许多言不由衷的地方。1984 年以后……我不再煞费苦心隐藏自己,掩饰生活,在思想艺术上有了新的追求。"他接着还说:"我决不写虚无缥缈的东西,决不写我不相信的东西。我和我的一代人,我和我的荣辱备至的惠安女,血肉相连。"我想,正是本着这种真诚的创作态度,才有了他真实的情感把握和充满主体性的心灵书写。当然,也因了他这种"不合时宜"的真实,他受到了不少误解,这使得他后来的日子过得并不开心。

对朋友的真诚也是昭环先生的一种人生态度。二十世纪九十年代初期,不幸入狱的女作家唐敏随监狱文工团来泉州演出,泉州许多作家都去看她。我去看望时发现她其实挺自由,狱方并没有怎么限制她的行动,我便邀请她第二天来家里吃饭,并请昭环先生作陪,昭环二话没说就答应了,而且很高兴。次日十点左右,唐敏请了假骑着一辆自行车就到了我家。不久,已调到华大编校报的昭环也匆匆赶来。文友相逢,十分欢欣。虽然那一顿"家宴"十分简陋,但大家边吃边聊,似乎特别有滋有味。我已经忘了那天聊的是什么,但文友间畅所欲言、融洽无间的场面至今仍记忆犹新。

唉,不管我怎么追忆,想到的都是一个真诚的陆昭环。真诚本该多么美好,真诚本该长盛不衰,可是真诚的陆昭环却如此匆忙地离我们远去,令我们不胜唏嘘!

不知天堂里是否真诚依旧?

缅怀几个老作家

清明是个追思的日子,清明也是个伤感的日子。更使我伤感的是,在这个特殊的日子里,我一下子就想起了好几个可亲可敬的老作家。

首先就想起了蔡其矫、郭风和何为。这三位在中国当代文学史上熠熠闪光的老作家,也是引领我进入文学殿堂的恩师。他们已分别于2007年、去年和今年先后驾鹤西去,让我觉得分外痛惜。

初识蔡老是在1980年春节期间的一次市文联的联谊会上,那时我还是一个大学女生,抄了好几本泰戈尔和蔡其矫的诗,看到蔡老就像粉丝见到明星,和几个年轻人拿着诗歌抄本就让他签名。他来者不拒,不仅签名,还题诗。记得他给我题的是:"不为真实写诗很容易,光荣的花瓣并不就是真理。"这句诗后来一直成为我创作的座右铭。毕业后,我去他紫帽的家拜访过数次,多次参加有关他的文学活动。他也请我跳过舞,吃过番薯稀饭,给我拍过照。在我的感觉中,蔡其矫老师温厚率性,有一种童真的可爱。因为熟悉,我写了一篇研究他诗歌的长文,在2004年的研讨会上宣讲。没想到仅仅过了两年多,他却因脑瘤溘然辞世,让人扼腕痛惜!

拜在郭风门下是在二十世纪七十年代中期。当时我以一个助理编辑的身份来到福建文学编辑部,面对郭风这样一个赫赫有名的老作家,我有一种高山仰止的感觉。没想到他是那么亲切宽厚,整天笑呵呵的,对年轻人特别关心,一点也没有架子。跟郭风老师在一起十分快乐。有一次在霞浦办创作班,郭老喜欢早睡早起,可是那班年轻作者偏偏喜欢到他宿舍聊天。郭老也不动声色,你聊你的,我睡我的。郭老还非常谦虚。1994年在石狮开郭风创作研讨会,两天的研讨他一直静静地坐在下面听,还做笔记,从不轻易离会。他已是一个老作家啊,还这么认真,我真的非常感动。更感动的是,晚年的郭老居然学会了上网。好像是2006年春节,他还给我发来一张贺卡,是一张他的照片,上面写道:新年快乐! 当时我激动得差点掉了泪。

何为老师是手把手教我改小说的,而且要求非常严格,我的心中充满了深深的感动。由此我也明白了，为什么何为的散文篇篇都精致如艺术品，正是因为他这种严肃严谨的创作态度和对作品精益求精的艺术追求。这一点，在2004年召开的"何为先生创作70周年作品研讨会"上是所有专家学者的共识。但当时看到何老师挺严肃的，不免有些害怕。然而有一天，当我看到何老师轻松率性地和一个女作者开玩笑，顿时感觉到了他的真实和亲近，原来看起来那么威严的何老师其实也是一个慈祥、风趣、幽默、老父亲一样的长者。

我还想起了泉州几位先后去世的作家。昭环先生已去世多年，可我依然不愿相信他已离去，因为他才六十出头！印象中，陆昭环沉静低调，有一种书卷味，而且十分真诚。因为真诚，他独特地审视了家乡惠安女的悲剧命运，字里行间充满了对惠安女的人文关怀精神。因此我一直认为，陆昭环是我省小说作家中写乡土题材写得最出色也最有力度的一个，因为他把笔伸向了人性深处。也因为真诚，陆昭环出版了一套日记体文集，从中我看到了他真实的情感把握和充满主体性的心灵书写。真诚本该多么美好，真诚本该长盛不衰，可是真诚的陆昭环却如此匆忙地离我们远去，令我们不胜嘘唏！

让我惋惜的还有方航仙和陈国华，他们同样也才六十出头，甚至离去得十分突然，让人猝不及防。黎明大学的方航仙教授不仅是一个诗人，还是一个优秀的诗评家，他曾经给许多年轻诗人写过评论，见解精辟独到。特别是，我们曾一起推动了"晋江诗群"的产生和发展。我想，我们泉州的诗人们，是不应该忘记他的。陈国华是近年来泉州文学界十分活跃的一个作家，写得勤，出手快，而且小说、散文、诗歌、散文诗、报告文学都能写。特别是散文诗，情感细腻，文笔优美，充满了诗情画意。在他的散文诗中，我似乎看到了第二青春的勃发。当大家都在期待他的更精彩时，却传来他在上海遽然辞世的噩耗，让人痛心不已！

这些老作家虽然已经先后辞世，但他们的音容笑貌，却总在我的脑海中闪现，历历如昨。他们在我生命的天空中留下的许多色彩和光芒，让我的人生变得温暖和丰富。

星光永远闪亮

弹指间,《星光》出刊一百期了!

《星光》是一个县市级的文学刊物,但却办得风生水起,亮点迭出。它像一颗虽微小但却明亮的星星,闪烁在文学的天空,也闪烁在晋江以及非晋江的许多作者和读者的精神家园。

三十多年前,散文和诗歌创作在省内外已经颇有影响的老作家李灿煌、曾阅等在晋江文化馆创办了当时在县市级还较少见的晋江县文学刊物《星光》,刊登了许多晋江及非晋江作者的作品,培养了一批又一批年轻作家,在当时颇为引人注目。之后经过黄良、刘志峰、郑丽玲、林文滩等人的接力耕耘,继承发展,其影响也越来越大。打开厚厚的一本《星光》,我们不仅读到了许多陌生的年轻作者的作品,也看到了不少耳熟能详的著名作家的名字赫然其中。在这片温馨的文学田园中,不仅走出了难以计数的市级作家、省级作家,还走出了诸如李灿煌、刘志峰、黄良、颜长江、安安、吴谨程等中国作家协会会员。

更值得关注的是,《星光》还走出了一个在全国都颇有影响的诗歌群体——晋江诗群。"晋江诗群"的队伍非常壮观,我曾在一篇研究"晋江诗群"的文章《在独特的美学追求中演绎人生真谛》中指出:"晋江是一片有着悠久深厚的诗歌传统的土地。光就现代来说,从1941年就以《乡土》《哀葬》两诗分别获'鲁迅诗歌奖'第一名和第二名的蔡其矫,到五六十年代就开始写诗并取得突出成就的李灿煌、曾阅等人,到今天这蔚为大观的一大批中青年诗人,诸如伍棠、黄良、楼兰、颜长江、安安、吴谨程、郑梦彪、张励志、倪森森、施勇猛、柯芬莹、林文滩、洪安和、卢智健、范龙泉、蔡和协、洪松茂、王荣挺、张金、丁苏州、王平和等等,晋江的诗歌创作半个世纪来几乎就没有断过。这么漫长的新诗创作历程,使老中青三代诗人们在潜移默化中互相传承、学习、切磋、磨砺、促进,从而造就了一种注重现实情感、讲究艺术创造、寄托深远、清新自然的晋江诗风。""晋江真是一片神奇的土地。在这片土地上,波澜壮阔地涌动着经济发展热潮的同时,居然也令人不可思议地涌动着诗歌创作的热潮。在老一辈诗人蔡其矫、李灿煌、曾阅等的带领下,一大批诗作累累、诗名远播的中青年诗人脱颖而出。已出版个人诗集二十余部,诗歌合集十余部,并且有十余篇作品获得全国及省级诗歌奖。在一个县级市出现这么令人瞩目的诗歌创作的繁荣景象,在市场经济风起云涌的今天,不能不说是一个奇迹。"如今,"晋江诗群"中的大部分诗人都已经在《诗刊》《文艺报》《诗潮》《星星月刊》《诗歌月刊》《扬子江诗歌》等全国富有影响力的诗歌刊物上发表过作品,更多的诗人出版了诗集并获奖,《文艺报》还组织过专版进行了推介,其中大部分诗人都加入了福建省作家协会,有一些诗人还加入了中国作家协会,"晋江诗群"也因此成为一个整体实力在海内外都具有影响的地方诗歌群体。毋庸置疑的是,这些诗人大部分是从《星光》中走出来的。

晋江文学界还借助《星光》这一文学平台举办了多次很有影响的文学活动。我印象最深的几次活动有:2004 年和晋江市政府、福建省作家协会和泉州师范学院联合举办了蔡其矫诗歌研讨会,研讨会隆重而富有成效,全国许多著名的诗人和评论家如邵燕祥、牛汉、谢冕、舒婷、吴思敬、孙绍振、刘登翰、张陵、陈仲义、谢春池等到场进行了认真的发言和研讨。可以说,这次研讨会意义重大,它是对在时间上跨越几乎整整一个世纪、在文学思潮上跨越浪漫与现代的诗歌老人蔡其矫的一次全方位的总结与弘扬,它让读者重新认识到蔡其矫无人可以取代的文学价值和审美意义,并进一步反思中国的现代诗歌史。研讨会过后,《文艺报》《诗探索》《香港文学》以及晋江文化馆都相继出版了研讨会论文集或"蔡其矫评论专辑"。三年后,九十高龄的蔡其矫不幸辞世,因此这一次会议也成为一次具有抢救性意义的珍贵的历史性纪录。

另一次富有影响的全国性的文学活动是 2006 年晋江文学界与中国诗歌研究会、《诗刊》社、福建省作家协会、泉州市作家协会联合在晋江举办的"春天送你一首诗"中国诗歌节和全国十佳青年女诗人评选活动,并在晋江市进行了隆重的颁奖典礼和诗歌创作座谈会。这次活动真的是影响深远,不仅全国十佳青年女诗人悉数到场领奖,而且《诗刊》社的领导叶延滨、林莽和海内外许多著名的诗人都光临了这次活动,《文艺报》《诗刊》以及省市电台、电视台和报纸都大力报道了活动盛况。

除此之外,晋江文学界和《星光》还举办了旅菲晋江籍诗人陈明玉、王勇、小说家林泥水的作品研讨会以及晋江文学座谈会,设立了《星光》文学奖,并多次

举办文学采风以及诗摄影展览等丰富多彩的文学活动。这些活动不仅增强了晋江文学界的凝聚力,推出了优秀作品,提升了晋江文学的层次,而且加强了晋江作家与海内外作家的交流,从而也扩大了晋江作家的影响。

多年前,我曾在一篇《星光》优秀作品奖应征作品评审意见中写道:

本次《星光》优秀作品奖的参评作品总体水平不错,不少作品有相当分量。形式多样,诗、散文、散文诗、小说、报告文学各种体裁都有,比较充分地体现出晋江文学创作的实力和气势,也可以看出《星光》文学杂志在团结、扶持文学作者,推动、发展地方文学创作事业上所作出的积极贡献和较突出的办刊水平。

相比较之下,在参评作品中,诗歌作品的总体水平略高一筹,这和晋江诗群一直以来就以其令人瞩目的创作实绩称雄一方的发展态势是一致的。其中不少作品都达到了相当水准。如王荣挺的《海丝(外二首)》,诗语精妙,情感蕴藉,题材新颖,富有韵味地传达出海丝文化的历史积淀和现代意义。吴谨程的《日出井冈》则以他澎湃的激情,隽永的抒写,把革命题材演绎得大气磅礴,生动感人。范龙泉的《思念到老》细腻、真诚而又充满象征意味地表达出自己的独特思考和执著追求。安安的《新世纪畅想曲》则坚持他一贯追求的意象诗道路,运用许多新奇蕴藉的意象,抒发自己对新世纪的满怀热情……大多诗作都颇具内涵和艺术魅力。

散文相对弱一些,但颜长江的《灵山源水一布衣》却写得别有韵味。作者以娓娓动人的笔触,深沉地叙写了北宋泉南的不仕文人林知的高风亮节和人文情怀,借历史人物浇心中块垒,题材厚重,立意隽永,体现出作者对历史题材的巧妙把握和独特阐发。

本次参评作品中的小说创作水平令我颇感意外,我真的没想到晋江的小说创作有这等实力。李相华的《黑白桐》、蔡长久的《晚晴》、刘锦莹的《我是你们的大姐姐》等都有相当分量,题材富有生活气息,人物形象鲜明,情节曲折动人,各有一种独特的艺术力量。尤其是李相华的《黑白桐》,运用其独特的视角,颇具深入地观照了那个荒诞年代的荒诞生活。细节丰富,文笔老到,故事的叙述跌宕起伏,引人入胜,其中刘瞎子、"我"、贺主任等几个人物形象相当鲜明,令人难忘。这不仅体现出作者讲故事的能力,而且也体现出作者在题材把握上的那种独具的批判力量。

当然,此次参评作品的质量还不太整齐,散文的精品不多,少有振聋发聩的力作。一些小说在艺术构思上还不太讲究,文笔也比较稚嫩。而且参评作品的数量还不够丰富,尤其是新人新作较少。但我相信,通过这一次评奖,一定能进一步推动、促进晋江文学创作的繁荣和发展。

三十多年来,我也在《星光》杂志上发表了不少作品,特别是文学评论。因此可以说,我也以一个亲历者的身份见证了《星光》一百期的发展、进步和坚守。在今天这样一个万众喧声的经济消费时代,作为一个县市级纯文学刊物的《星光》能有这份长久的坚持和执著,是多么难能可贵。我相信,有这么多热爱文学的晋江人和非晋江人的共同扶持,《星光》一定会带给我们更多的惊喜。

星光永远闪亮!

山寨记忆

赤足走在田埂上

赤足走在田埂上的日子似乎已过去了好久好久，然而当年那种全身心的投入，那种历史性的悲壮却时时在我的梦中萦绕。

下乡的时候我还不到十七岁，那本来应该是读书的年龄。十七岁的我和十五岁的妹妹在母亲的泪眼蒙眬和弟弟的满脸迷茫中，别无选择地踏上了去厚安插队落户的生涯。

厚安是全公社最偏远的山村。公社知青办的老叶带着我们，乘渡船过西溪，顺着一条弯弯曲曲的山路不停地往前走。当时我只觉得心里空落落的，不知前方等待我们的是什么，不知这条山路何时才能走到尽头。就这样走啊走啊，盘着一座座荒凉的山，越过一条条凄清的涧，朝着那云雾山中走去。约摸两个多小时后，爬上了一道长长的坡，最后我们气喘吁吁地穿过一个乱石垒成且石缝中长满山草的山门，老叶说，这是山寨，厚安寨到了。这么说，厚安原来是一个山寨。站在山寨上放眼一望，错错落落散布在丛山之中的村舍尽收眼底。好一点的房子墙上抹着灰，次一点的则裸着红土，屋顶是清一色的黑瓦，有的还袅袅地飘着青烟，望过去颇似陶渊明诗中的田园风光。站在寨顶上的我，此刻突然涌起一种"落草寨中，占山为王"的绿林好汉般的感觉。

在大队干部的安排下，我们落户在第四生产队一户农民的家中，住在他家的一间当地称为"角间"的房子里。角间开着两道门，一道门通向外面的屋巷，一道门通向主人的天井。黑泥压实的地上，一头摆着一张简易的木板床，一头垒着一个土灶。门旁边还搁着一张主人送来的旧饭桌。这桌子估计已用了好几代人，裂了好几条缝的桌面已被磨得油黑发亮。但不管怎么说，这些家具对两个下乡知青来说已经足够了。就这样，我们像两个刚娶上山来的新娘，在乡亲们里三层外三层的围观下，不知所措地在这间既简陋又丰富、既古朴又新鲜的土房子里安下了家。

第二天我们就下田了。第四生产队的田都分布在离住处很远的山中，有时耕一块田得翻一座山。开头我们穿着塑料凉鞋下田，过溪涧时我从一块涧石跳

往另一块涧石时,硬塑料鞋底和石头相碰根本收不住脚,只听"扑通"一声,我脚底一滑,重重地摔在溪涧里,肩上的锄头差点没把脑袋劈道大口子。当人们把我从溪水里拉上来时,我已全身湿透,摔伤了的脚痛得眼泪都快掉下来,只得快快地转身寻路回去换衣服。以后的日子,我再也没有穿鞋了,像农民那样赤着脚板下田。然而几天下来,嫩生生的脚板被满山遍野的沙砾石角磨得破皮出血,晚上洗脚时疼得吸着鼻子好半天回不过气来。更要命的是每天出工,那些农村女孩们都盯着我们的脚看,问我们的脚上为什么会有那么多白道道,我们一再解释那是穿鞋的缘故,被鞋套住的部位晒不到阳光就白了,他们还是一副不相信的样子老看老问,于是我们都巴不得太阳快快把脚板晒黑,以避免这种好奇的"拷问"的尴尬。

然而最让人尴尬的事还在后头。第二年春耕时,农民早就把田埂上的杂草锄得干干净净,再用烂泥把田埂抹得光滑如冰,拍打得棱是棱角是角。农民这种绣花一样地绣着农田的技巧使我赞叹不已,但是这种平展展滑溜溜的作品却使我们这些毫无"阅读"经验的城市女孩备吃苦头。插秧难度高,农民说我们干不了,只让我们挑秧送秧。三九倒春寒,我们一群女孩子挑着两畚箕秧苗,沿着那一条条光滑的田埂送到田头。我羡慕地看着走在前面的一个个农村女孩十个趾头像钉子一样扎在田埂上,一步一个脚印,健步如飞,而我却怎么也学不会这种"钉功"。赤着冻得通红的脚,挑着沉甸甸的秧担走在田埂上,一步一滑如履薄冰,还得时时保持担子的平衡。可是无论我如何小心翼翼,还是免不了时常"哧溜"一声重重摔在水田里烂泥上的不幸。挑一天秧下来,我已摔得像个泥猴。摔痛了不说,还惹来阵阵哄笑,当时我真是又累又冻狼狈不堪。然而我咬着牙,还是挺过来了。后来我学会了插秧,而且插得颇为规范,赢得了农民的认可,也就不用再受那种挑秧翻筋斗的罪了。

如今,赤脚走在田埂上的日子已经远去了,然而这一段日子却锻炼了整整一代人!虽然我们都不希望赤足走在田埂上的艰难岁月重新出现,但不管怎么说,有过这一独特体验的老三届的确是很坚强的一代。

山寨文宣队

厚安山寨的寨顶是一块四分之一操场大小的红土平地。走进寨门,左手边一排简陋的房子是大队部和供销社。正面是一所小学。小学其实是一座有天井的农厝,农厝的正房偏房厢房改为教室,右边的角间是三个小学教师的宿舍。紧挨小学的是一座颇像样的新建筑物。走进去一看,里面其实空空如也,面积约有一百平方米,显得十分宽敞。右手那一头砌了一个平台。原来这是刚盖不久的山寨"会堂"兼"戏院"。台上开会或演戏,农民就站在台下听或者看。家住近一点的人,可以从家里搬凳子来坐。刚进山寨,当我好奇地欣赏着这座山寨"戏院"时,怎么也不会想到,我在山寨生活的几年时间,竟和这座建筑物有着千丝万缕的联系。

山寨山高水远,农民的文化生活十分贫乏,可是精力旺盛的青年农民又非常渴望拥有自己的娱乐活动以排遣山寨生活的寂寞和单调。当时风行一时的忠字舞就曾经使这儿的农民狂热了一阵子,据说这座山寨戏院就是大跳忠字舞的产物。当我们盘着长辫,和农民一起上山下田,努力让凛冽的山风和粗糙的泥土磨砺我们娇嫩白皙的皮肤,以求脱胎换骨从一个细皮嫩肉的小知识分子演变成一个粗糙黝黑的农人时,农民们却发现了我们能歌善舞的潜质,频频找来,嚷着要成立个"毛泽东思想文艺宣传队",让村民们在年节时有台戏看看。

山中无老虎,猴子称大王。在农民们的鼓励下,我斗胆出头,居然有模有样地拉起了一支二十多人的队伍,就在那座山寨"戏院"里自编自导并参演了一台又一台节目,把村民们看得喜笑颜开,群情激荡。后来有个公社干部下乡来看了之后赞不绝口,把我们的文宣队推荐到公社参加调演。没想到这一来竟引起了轰动,山寨文宣队顿时名声大噪。于是寨子周围几个大队慕名而来,连连邀请我们去演出。我们也就应邀前往,一个村子接一个村子地巡回演出了一圈,所到之处,村民们扶老携幼,呼朋引伴竞相观看,那种热情至今想起来仍让人怦然心动。然而每天晚上摸黑上路翻山越岭去演出的那份艰辛和劳累也确实让人不忍回想。

巡回演出常常是在春节前后，为此我下乡三年三个春节均没有回家过年。想起母亲年年独对饭桌苦盼女儿回归时，我总是内疚万分。

记得有次文宣队应邀到公社另一个非常偏僻的山区大队焦坑演出，得翻过一座大山，再下到山那边的洼子里。因为担心路太远耽误演出，我们早早吃过晚饭化好妆就出发。去的时候天色还不暗，但那条山路的险峻已足够让你触目惊心：一条两只脚板宽的羊肠小道蜿蜒而上，一边是陡峭的山壁，一边是深不见底的渊谷，队员们只能一个紧随一个排队往上爬。好不容易爬上山顶，更让人惊心动魄的还在后头。人们常说，上山容易下山难。下山的路还是那样的羊肠小道，两边还是那样陡峭的山壁和渊谷，因此我们只能小心翼翼地一步一步往下挪。更要命的是回返的行程。演出回来时已是半夜，冷风飕飕地刮，队员们一个个缩着脖子急急地往回走。天黑如漆，我的眼睛有点近视，下乡时又不愿戴眼镜，山路一片模糊，根本看不清楚，唯一的办法就是紧跟提马灯的队员后面走，让那一束灯光照亮我脚下的羊肠小道，一面还得关照身后的小队员。当时要是一不小心一脚踩空，掉到深渊里连一声回响也不会有，那可就彻底"光荣"了。

尽管有这份惊险，尽管有这份艰辛，尽管排练演出从没要过任何报酬，最多是演出后每人吃一碗当地准备的咸稀饭，但我们还是乐此不疲，干劲十足。至今想起来我还是说不清当年怎么会那么执著，那么投入，也许因为那时我们年轻热情，也许因为那时我们急于改造自己，也许因为那时我们确实已经和农民的思想感情融为一体，能做一些他们喜欢的事情我们也觉得很高兴。

任教红儿班

二十世纪七十年代,我所插队的公社一夜之间成了教育革命的典型,厚安大队自然也毫不例外地掀起了教育革命的热潮。

首先是发动全村的男女老少进入夜校识字扫盲,我们几个知青也就成了当然的夜校教师,教些"东方红,太阳升"之类的最简单的字词。

那时山寨还没有电灯,每当入夜之后,我站在寨顶上,看着四面八方的青年农民们手提着用墨水瓶自制的小煤油灯到小学校上课。在漆黑的夜幕下,那一点一点的小煤油灯火像一颗颗星星排着队跳跃着从山上山下游到山寨顶,那景色真是美极了。后来厚安也成了教育革命的典型,有电影厂到山寨来拍纪录片。拍到夜里上学的场面时,导演要求把小煤油灯统统换成松明火。不知怎的,拍摄时我总觉得还不如提小煤油灯的景色漂亮。也许松明火太亮了,手执松明火的场面我怎么看都觉得和哪一部影片中农民暴动的镜头极其相似!

青少年发动起来后,接着是发动学龄前儿童上学。因为我在第四生产队落户,所以有一天四队长对我说,大队决定在四队办个红儿班(即现在的幼儿班),由我负责任教,然后推广到全大队。当时我想也不想就答应了他。

红儿班办在四队长家的大厅里。第二天一早,我就和四队长把他家堆满稻草地瓜藤的土厅打扫干净,然后放上几块凳子,农民们就牵的牵,抱的抱,陆陆续续地把他们的孩子送来了。一些农民把孩子放下后还对我说,办红儿班好啊,有你看着孩子,我们下田干活也放心了!不一会儿就送来了三十多个孩子,大的八九岁,小的一两岁,甚至还有几个抱在大孩子手里的还在吃奶的婴儿。好家伙,我这个红儿班几乎囊括了从现在的托儿所到幼儿园大班所有年龄段的孩子!

但不管怎么说,来了三十多个孩子,这个班可称得上人强马壮了。为了对付这种参差不齐的程度,教学时我只好因材施教,分门别类,有所倾斜。先是把大孩子组织起来,让那些小孩坐在旁边看。然后教大孩子们唱歌跳舞做游戏。没想到那些孩子热情很高,劲头也足,学得很认真很投入也很有成效。没过几

天，有七八个女孩子已经能变着队形跳出一两个完整的舞蹈，有的舞姿还十分优美，要是在今天，说不定还会被包装成有轰动效应的明星。有几个男孩也能背出一首首唐诗宋词。后来省里的教育革命参观团来山寨检查参观，欣赏了红儿班孩子们的表演后也不由得击掌叫好。

当然，谁也可以想象得出教这么大一群年龄不一的孩子时的艰辛。为了排出几个像样的舞蹈来应付参观，我得一遍遍地唱歌，一遍遍地示范，一遍遍手把手地教。有时哪个孩子不耐烦了，生气了，不学了，我还得小心翼翼地哄他，说尽好话，要不然会影响到其他人也学不成。教到最后，我的嗓子都哑了。更要命的是有几个男孩子常常趁女孩子在排舞蹈时捣乱，常常是不知怎么回事两个男孩子就打起架来，还没等我来得及把他们拉开，其中一个已把另一个重重地摔在地上，于是那倒地的一个便撕开喉咙大声哭叫起来，边哭边骂，震耳欲聋。我只好停下排练，去扶他起来，为他擦眼泪，扑灰尘，哄他，安慰他。还没等哭声止息下来，一个手抱小弟弟的女孩便叫了起来，拉了拉了拉了！于是我便急急忙忙地过来帮她处理，有时弄得双手全沾上了屎尿，洗了好久那味道还在。一抬头，却见一个两岁小孩自个歪歪扭扭地朝厅沿走去，顿时吓得我冷汗直冒，慌不择词，只是一个劲地喊，停下来停下来停下来！别走了别走了别走了！但是来不及了！那孩子已经"义无反顾"地跨出去，随即"嗵"的一声掉到半米深的天井里，一声撕心裂肺般的哭嚎声惊得我也随之滚下去，抱起他时两手一直在发抖，却发现他额头已经破了一块皮，鲜血直流。于是慌慌张张地交代了几句，抱着孩子就磕磕碰碰地往村卫生所跑，等到赤脚医生上完药再抱回来时两腿已经酥软得几乎走不动路。

傍晚下工后，家长来领孩子。那孩子的家长接过偎在我怀里熟睡了的孩子，看到他头上起了个包，破了皮，涂了药，虽没说什么只问了问原因，我却从他难看的脸色中读出了深深的责备，似乎在抱怨我怎么这么不负责任。我还能说什么呢？只有不停地道歉和自责！

后来，教育革命的风潮过去了，我被调到小学去当民办教师，教小学五年级数学兼教戴帽初中班的物理，红儿班也就停办了。但这一段独特的人生体验至今仍让我不时玩味，因为它丰富了我的人生，起码我可以颇为自豪地宣称，从幼儿园到小学到中学到大学，哪一阶段我都教过！这么丰富的教学经历可不是每个教师都有机会获得的啊！

织扇风波

我到厚安插队的第二年夏天气候突然变得酷热。

本来厚安这地方山高水冷,日照时间并不太长。夏天除了午前午后的那一段时间外,早晚还是比较阴凉的。而最炎热的那一段时间人们又在田间劳作,虽然挥汗如雨却无暇打扇,最多摘下斗笠扇扇风而已。所以厚安人似乎很少用扇子,当然扇子也很少。

然而那一年夏天酷热,扇子便变得很重要,对我们这些从城市里来的女孩子来说尤其如此,尽管当时城里也没有今天已相当普及的电风扇、空调之类,但各种各样的扇子还是有的。为了打发炎热的夜晚,我便开始用麦秸草编扇子,并教乡亲们编。当乡亲们乐此不疲,并越来越发现扇子可以驱赶炎热又可以扑打蚊子等诸多优点时,我却觉得用麦秸草编扇子太费工夫。因为干这活儿首先得从一大捆麦秸草中挑选出细嫩白净的中心秸秆,泡软,然后先织成一长条宽宽的辫子,再把这条"辫子"一圈圈地缝成一面扇子,最后钉上把柄。虽然不复杂,但颇麻烦而且这种草扇也不好看。

我发现厚安的山竹很多,于是我对乡亲们说,只要有人可以破出细细的篾条,我就可以用篾条织出更加结实也更加好看的扇子。于是几个小伙子马上自告奋勇砍来一大抱竹子,并用竹刀破出许多细细的篾条,干这活,青年农民挺在行的。于是,每天傍晚下工后我便坐在门口的大石板上织扇子,用篾皮做经,用篾心做纬,织成各种各样的图案,有簸箕花、罗汉纹、十字星等等。虽然没有颜料,但绿色的篾皮和白色的篾心交织在一起,花纹清晰可见,却又显得十分秀逸雅致。乡亲们把图案拿去后剪成桃形、卵形、芭蕉形什么的,再缝上一圈花布镶边,再钉上略加雕刻的竹柄,一把精致的篾扇就成了。

干这一行我完全是无师自通,乡亲们都夸我心灵手巧。对这一点我也颇自以为是。记得很久以前我上幼儿园时,我的手工作品就常常受到老师夸奖,并被拿到全园小朋友面前展览,还得到多次奖励。好多年好多年之后的今天,我还为自己阴差阳错地读了大学文科而不能去读动手能力要求更强的大学工科

而不时遗憾。说实在的,织篾扇和编草扇不一样,这是需要讲究一些技巧或者说艺术性的,因此不是每个人都能织得好的,于是乡亲们都把得到扇子的愿望寄托在我的身上。我发现,这时候扇子对他们来说已经不仅仅是扇扇风打打蚊子,而是成了一件艺术品,不少乡亲们拿去后摇两下就拿起来看看,也许这就是当时山寨农民最好的艺术享受了。有些人拿了扇子后还舍不得用,别人要借也不肯,怕被拿走后就再也不还了。

然而这么一来我就惨了。乡亲们对扇子趋之若鹜,等着要扇子的人成倍成倍地增长,订货的话儿塞满了我的两耳。于是我一下工连做饭也顾不上就得赶着织扇,从日西斜一直织到天黑,然后挪到屋里点上小煤油灯再汗流浃背地接着织,一直织到夜深。第二天起床有时赶早还得织一会儿,我这人心太软,看到乡亲们这么喜欢我的"艺术品",我就热情高涨,心甘情愿地为大伙儿效劳。然而尽管我夜以继日地拼命干,一把扇子接一把扇子地从我的手中出笼,还是供不应求。

那时我已被调到红儿班任教,而教育革命的高潮刚刚过去。为了挤出时间织扇,有时我就把篾条带到红儿班上,在看管孩子们的间隙织上一阵。然而这一来不幸也接踵而至。要是这时候某个孩子的家长进来看到了,要是这时候那孩子又不小心摔倒了碰破了皮,而这位家长又没有得到我织的扇子,于是责备我的议论也就出现了。不管是不是这原因,反正我已听到了这种议论。本来,我晚上得去厚安寨教夜校,可是有几天为了赶织扇子,我顾不上去夜校只好请人代课。于是,另一种不满的议论又出现了。再者,我的一双手又不是机器,再怎么苦干也生产不了多少扇子,于是得到扇子的人欢天喜地,得不到扇子的人风言风语也飞起来了。听到这些议论我伤心欲绝,这完全违背了我当初为乡亲们服务的美好初衷。数日来,我不顾疲劳辛辛苦苦地织扇,被汗水泡着,被蚊子叮着;手上被篾条割出了横七竖八的口子,伤痕累累,有些篾刺还深入到皮肤里面去,拔都拔不出来,一碰就疼。织了数十把扇子被乡亲们一抢而光,自己连一把也没留下。结果,结果却是这样,这真是我始料不及的。想到这些,我的眼泪就出来了。那一天晚上,我把自己关在屋里,悲不可抑地痛哭了一场,任房东阿婆怎样叫门也不开。第二天,我就把织了一半的扇子和篾条塞到灶膛里烧了,洗净双手,再也不干了。

于是,该上工时上工,该教夜校时教夜校,日子又和往常一样一天接一天地过下去。议论也消失了。我突然发现,无扇的日子多平静啊!

山村宵夜

厚安农民的业余生活确实很单调。那时山寨里没有电视机,没有图书,电影也难得放几回。农民们下工之后吃了晚饭,洗洗脚就上床睡大觉,还省了点灯的油钱。几乎可以说,那时的山寨农民简直就没有业余生活。

我们插队到了山寨之后,办起了夜校,拉起了文宣队,总算使农民的业余生活丰富了一些。为此,农民很喜欢我们,对我们十分热情。

在没有演出或不上夜校的日子里,吃过晚饭洗过脚的一些青壮年农民们会不约而同地挤到我们住的那间角屋里聊天侃大山,海阔天空,天花乱坠,一直侃到夜深。至今我早已忘记他们聊的是什么,但他们那种兴致勃勃、神采飞扬的模样我却记忆犹新,历历如昨。

山村的冬夜奇寒,农民们坐在椅子上聊天嫌冷,不知谁先动手把我们床上的棉被一翻一抖,于是一些农民便争先恐后地挤到床上用棉被捂着脚继续聊。那时我们接受贫下中农再教育的意识特强,明知道他们的裤脚上有泥巴、有粪迹,他们的脚也没有洗干净,两只脚丫子黑乎乎的。但毛主席的话总在耳边回响,最干净的还是工人农民,尽管他们的手是黑的,脚上有牛屎,还是比我们这些小资产阶级知识分子干净。于是也就任由他们去折腾了。

有时一些青年妇女还带着小娃娃来聊天。他们抱着小娃娃也是毫不犹豫地上了床。听到入迷处竟忘了给小人儿把屎。一直到有人感觉到一股热热的暖流熨着了他的大腿或双脚时,才大叫一声,孩子撒尿了!于是便是一阵忙乱,所有人都撤下床,让我拿着一块抹布擦了又擦,直到擦干净了,大伙儿又挤上去捂着。最要命的是有时那小人儿居然把大便拉在床上。常常是不知不觉间闻到了一股浓烈的臭味儿,大家便敏感到那孩子有问题了。于是,先把被子拉开,大家小心翼翼地挪下床,生怕沾到那臭东西。一片骂声中,那妇女不好意思地连连道歉,解下围裙擦呀擦呀,弄完了就抱着身上也沾着大便的娃儿急急回家,可那股臭味却留在了屋里久久不散。我怕她擦不干净,又拿着抹布席里席外擦了好几遍,连席缝间都抠进去了。可尽管如此,晚上睡觉时身子还是不敢挨那

地方,唯恐身子也给弄臭了。看来,思想改造还是个长期而艰巨的任务。

有时,聊完天夜已深了,熬到最后的几个人都不由得感到肚子饿了,于是便开始策划煮点心(现在叫宵夜)吃,比较一致的意见是焖咸干饭。一说煮点心,本来昏昏欲睡的几个人马上来了精神,大家开始在我屋里翻东西,有人很快在我们的吊篮里翻到了一块咸肉,于是一片欢呼。有人到自留地里去拔菜,有时是几株盖菜,有时是一棵高丽,有时是一把葱蒜。有人则自告奋勇当厨师,淘米、洗菜、切肉、下锅……而我总是烧火的干活。我在前文说过,我们的灶也在屋里,所以煮个点心非常方便,用不着去惊动别人。不一会儿,香喷喷的饭香就升腾起来了,再过一会儿,饭就熟了。"厨师"掀开锅,把饭搅拌松动,浇上一点我们家刚榨的茶籽油,大家便迫不及待地涌到灶边,你一碗我一碗添上就吃。有时从菜地里弄到花菜,"厨师"还会在另一个锅里给大伙儿煮上一锅花菜汤。香喷喷的咸肉茶油干饭配上花菜汤,这种宵夜的味道别提多美妙了!至今我都没觉得哪一种食物能比得上那味道的。那时候没有喝酒的习惯,或者说根本就没钱买酒,这样也好,省了多少是非。大家只是津津有味地吃饭。然后,汤足饭饱,大伙儿十分惬意地打着饱嗝,拍打着肚子,作鸟兽散。

当然,第二天,一起煮点心的几个人都不会忘了用手帕团一把米带二毛钱来还给我们。后来,队里的一些年轻人,还有几个队干部,觉得夜里聊完天煮些点心吃简直是一种享受,而且在我家煮又不用受父母或老婆的管制,吃了也痛快,便隔三岔五地来我家煮点心吃。有时碰上寨子里有人杀猪,有人便会去买上一块油油的大肥肉,等着夜里煮肉饭,第二天再三一三十一地分摊肉钱。那一年,我这个不太会种菜的插队女孩偏偏得到老天爷厚爱,自留地的花菜长得特别好,比谁地里的花菜都长得好。于是,那一棵棵肥硕乳白的花菜也大多成了大伙儿夜里的点心菜料。

就这样过了一段时间,人们发现,长期这样可不行,会把家底吃穷的,因此才来得稀少了。不过,那几个年头,山寨的粮食收成不错,一些农民的口粮不仅够吃还略有富余,再加上没有别的消费,所以隔那么一段时间,来我们家煮点心的还是不乏其人。这个时候,煮点心已经不仅仅是一种填饱肚子的需要,而成了一种农民间快乐聚会的审美形式,参与者人人动手,齐心协力,边做边聊,边吃边侃,嘻嘻哈哈,开开心心。也许正是这种轻松愉快的氛围,用现在的话说是吃文化,才是长期过着日出而作、日落而息的单调乏味生活的山村农民们乐此不疲的原因所在。

后尾门被抠了

那一天我们下工后回到小屋,妹妹忽然发现她放在屋里的钱包不见了。

那是她心爱的钱包。包里虽然只有三四块钱,但对当时像我们这样的知青来说,也并不是一个小数目。那时候我们全家人的经济来源只靠母亲一个人的工资,虽然当时被打成"资产阶级反动权威"的母亲工资还比较高,但她得抚养两个年幼的弟妹,还得负担已被"扫地出门"的父亲最基本的生活费。所以每个月只能挤给我们每人五块钱的费用。穷人的孩子早当家,当时我们十分体谅家里的难处,常常让母亲不用给我们寄钱,反正在山里柴、米、油、菜都不用钱,还有什么需要消费的? 因此,那三四块钱还是妹妹积攒了一段时间才攒下来的。

更让妹妹珍爱的是那个钱包。那是用紫色的塑料丝精心编织而成的,再缝上拉链。我已经忘了是谁送给她的,但在当时,那确实是一件十分精美的礼物。

我和妹妹几乎挖地三尺,把整个小屋兜底搜了个遍,还是不见踪影。绝望的妹妹终于忍不住伤心的泪水,失声痛哭。围观的邻居越来越多,我则一筹莫展。邻居们的劝慰非但止不住她的泪水反而使她越想越伤心,越哭声越响。边哭她边抽抽噎噎地说:"哪个没良心的贼,如果你要钱,你就把钱拿走好了……你得把钱包给我留下呀! ……"

我心想那根本不可能。哪个贼会这样做呢? 他宁可把钱包扔掉,销赃灭迹。但妹妹才十五岁,她毕竟还是个孩子,她实在太舍不得这一精美的东西。在那个噩梦般的年代,她能得到的好东西实在是太有限了!

那一天晚上妹妹就这样一直哭到睡过去。

第二天一早,一件意外的事发生了!

我起来做饭,打开通往屋巷的边门要出去挑水(上文说过,我们住的那间角间有两道门),忽然发现门槛底下有个东西,定睛一看,是个钱包,一点不错,正是我妹妹的那个紫色钱包。拾起来一看,钱包里已空空如也,钱拿走了!

尽管如此,我还是欣喜若狂地推醒脸上还沾着泪渍的妹妹。妹妹接过钱包后也是高兴得惊叫一声蹦了起来。高兴之后,我们都觉得困惑,钱包怎么会忽

然出现在地上？昨天我们已仔仔细细地找过了，地上根本不可能有钱包。然而再仔细一看，发现门槛底下有个洞，这个洞原来是留着把垃圾扫出去的，当时钱包就在这个洞旁，看来，钱包是被人从洞外塞进来的。而塞钱包的人昨晚是听见过妹妹的那一番哭诉的，所以还是个有良心的贼。也就是说，这个偷钱的贼，就在昨晚围观的邻居们中间！这么一分析，我们忽然觉得毛骨悚然，我们的邻居有人会偷东西！到底是谁呢？我们实在难以想象，但从那时开始，我们一下子觉得四周都不安全起来。

钱财是身外之物，既然钱包已回到妹妹手中，我们也就不再追究，这事也就慢慢地被人们淡忘了。然而不久，又发生了一件事。

那几天，一些邻居们看我们的眼光怪怪的，我百思不得其解，但又不知道该如何问起。后来，一位和我们家隔了两座房子的阿婆忽然对我们说了几句莫名其妙的话："后尾门被人抠了，知道吗？以后出去一定得锁好门，傻闺女！"

后尾门被人抠了？什么意思？年少的我们越想越恐怖，脑海里不由自主地出现了一个神秘的古堡，里面发生了一系列莫名其妙的悬案，阴森森的，让人心惊胆战，觉得危机四伏。

就这样惶惶不安地过去了好几个日子，一天，那位老阿婆的童养媳阿菊来玩。这个十八岁的村姑和我们姐妹俩玩得很好，于是我便试探地问她，到底发生了什么事？为什么说我们后尾门被抠了？阿菊瞪大了眼睛，说，你不知道？你家的东西被人偷了！

什么？你是说钱包？

不仅仅是钱包，还有别的，你没发现？

别的？我没发现屋里有什么东西丢了呀！

被人抠了还不知道！哎呀，你们城里人真傻！

到底被谁偷了？偷了什么？哎呀，你快告诉我！

阿菊终于摊牌了。她左右环顾一番，关上通往天井的门，压低声音，神秘兮兮地说，你没发现米缸的米少了？天哪，你家的米被人偷了呀！你知道是谁偷了吗？她用嘴努了努关上的那扇门，就是她呀！就是她呀！

我被弄得丈二和尚摸不到头脑，谁呀？到底是谁呀？

于是，阿菊给我描述了这样一个场面：

有一天下工之后，阿菊来我们家玩，碰巧我们姐妹俩也串门去了，但是通往天井的门没有关。她不知道,径直往屋里走,却在要跨过门槛的时候差点和一个人撞了个满怀。她定睛一看,发现是房东大妈,头上顶着个篮子,慌慌张张地往外走,嘴里不知嘟囔了一句什么。聪明的阿菊疑窦顿生,她多了个心眼,悄悄踮起脚尖瞅了下篮子,发现了大半篮子的米,这下她明白了!回家后,她把这件事告诉了她婆婆,据她婆婆说,这样的事肯定不止一次。后来,很多人都知道了这件事。就只剩下我们姐妹俩被蒙在鼓里。

这时,我突然想起了丢失的钱包为什么会从通往屋巷的门洞被塞进来,原来也是为了欲盖弥彰!

阿菊临走时说,你千万不要说是我告诉你的!乡里乡亲的,你就装作不知道!以后出去一定得把门关好,千万千万记住!

我不断地点头,脑子却一片模糊。面对这突如其来的事故,我真的不知该怎么办!

我知道房东大妈家里很穷,除了这一座破破烂烂的房子,家徒四壁,一无所有。她早年守寡,没有生育。砍柴时摔坏了一只脚,落下了残疾,不能下地干活。后来抱养了一个儿子。她儿子倒很聪明活跃开朗,当过生产队的副队长,常跟我们开玩笑。娶了一个从镇里逃婚出来的漂亮老婆。生了两个儿子,抱养了一个童养媳,现在他老婆又隆着个大肚子即将分娩。家里就靠这男人一双手干活,非劳力人口多,孩子没有油水,又特能吃,所以家里口粮总是不够吃。……

那时候,房东大妈的孙子大的七岁,小的四岁,童养媳六岁。那个四岁的小男孩长得特别可爱,虎头虎脑的,眼睛很大,亮晶晶的,很像她妈妈。我们姐妹都很喜欢他。有了好菜好饭,如焖了干饭,或煎了一条咸带鱼——这在当时是最高档的菜肴了,就会唤他过来吃。后来那小家伙养成了习惯,只要一到吃饭时间,就会准时端个小碗过来,不管菜好菜坏,他知道我们都会"分他一杯羹"。

写到这里我的心情突然很沉重,因为这个名叫"阿宗"的小男孩现在已经不在人世了!那是好多年以后,我们已经离开了山寨,调到公社工作。有一天偶然听到从山寨到公社来办事的一个人说起,你当年很疼爱的那个小阿宗已经死了!我一听大惊失色,为什么?为什么?他轻描淡写地说,放学回来后就失踪了,他家里人到处找,后来在茅坑里捞起了他的小尸体。估计是在茅坑边玩摔下去淹死的。死时只有九岁。

　　我对那个可爱的小男孩一直无法释怀,也想象得出房东一家的悲痛心情。于是就回了一趟山寨,去看望房东一家。悲伤欲绝的房东大妈一见我就一把鼻涕一把泪地哭起来,边哭边诉,枉你们这么疼爱小宗子,他真是无福消受呀!……他死得好惨呀!……我可怜的孙儿……哭得我的心都碎了,陪着流了好多泪水。而且,我发现房东大妈一下子苍老下来,白发如草,迎风飘零,让人心痛不已。

　　当然,这已是后话。

　　当时,当我们知道了房东大妈偷了我们的东西后,不知怎的,我们对她一点也恨不起来。我想象不出她萌生贼胆时的心情如何,但我可以肯定的是,她一定是为了那几张嗷嗷待哺的小嘴而铤而走险的!

　　现在,我终于明白了,贫穷真的是一切罪恶的根源啊!

　　不知道你现在的日子好起来了没有? 我的房东大妈!

阿菊的婚事

阿菊是邻居阿婆抱养的童养媳,原来是打算给邻居大哥做老婆的。没想到农校毕业的邻居大哥居然不喜欢她,自己找了个姑娘结婚生子。不过,这样一来,阿菊倒落个无拘无束,好不逍遥自在!

女大十八变。听说孩提时像个丑小鸭似的阿菊长到十八岁时已出落得像朵花一样,而且聪明伶俐,活泼开朗,人人都喜欢她。因此我就一直颇感困惑,这样可爱的一个人儿,为什么邻居大哥偏偏不喜欢她?想来想去,最后结论是,因为阿菊是个童养媳!

我到山寨插队的第三个年头,突然听说阿菊到山那边的一个小镇上去走亲戚时喜欢上了镇上的一个男人。那个男人虽然年长阿菊十几岁,但勤劳能干,家底殷实,而且人也颇有情趣,他会带阿菊去看电影、下馆子、逛商店,会给阿菊买可爱的小礼品。还有,镇上很热闹,有许多人、许多店铺和菜市场。这一些,都是山寨里所不可能有的。于是,阿菊就渴望着早日嫁到山那边去,去体验一种全新的生活。

然而,阿菊的梦想卡了壳。邻居阿婆、大哥和大嫂全都不同意阿菊的选择,理由是那户人家是坏成分,那男人是地主的儿子,他父亲在解放初就被镇压了,难怪三十多岁了还找不到老婆。而邻居家是贫农,十分纯粹的红五类。贫农的女儿(邻居阿婆已把阿菊当女儿看待)怎么能嫁给地主的儿子?尽管山寨十分闭塞,但是血统论的观念还是无孔不入地深入到山民的头脑之中,而且根深蒂固。

阿菊开始反抗,她不吃不喝不睡觉地又吵又闹,后来就被邻居阿婆关起来了。然而有一天,听说阿菊拧断锁偷跑出来,跑到山那边和那个男人私订了终身,从此不想再回山寨。但是又有一天,人们突然奔走相告,说阿菊回来了,后面跟了一群男男女女,是到邻居阿婆家正式提亲的。于是好奇的我们也跟过去看热闹,没想到在门口碰到了邻居大嫂。邻居大嫂一把拉起我的手,把我扯到一边,对我悄悄说道,阿菊平素里跟你们姐妹最好了,你帮我们劝劝她,让她死

了这条心,别再胡闹下去,这事是根本不可能的!

我其实还是个不谙世事的女孩,对这种事一点生活经验也没有。但看着邻居大嫂热切的眼睛,又不忍心驳了她的信任,只好点点头。

于是我挤进去,见到了浑身光鲜的阿菊。我拉着她的手,不知道该说什么才好,半晌才迸出一句:"阿菊,别离开我们……"

阿菊说:"别劝我,我喜欢那里的生活,以后你就会明白的……"

接着,我便听到陪阿菊来的那一伙人和邻居一家唇枪舌剑的辩论声。我看看阿菊,局外人似的满不在乎,一副志在必得的神态,似乎这场辩论只是例行公事而已。于是我意识到,这件事已经无可挽回,什么也不必说了。

这时,我看到了阿菊喜欢的那个男人,高高瘦瘦的,和阿菊相比,有点显老,长得也不好看,但眉宇间有一种味道,一种什么味道我也说不上来,也许正是这一味道深深地吸引了阿菊。

突然,一个陪阿菊来的中年妇女走到我面前,对我说:"听阿菊说,你是这儿的上山下乡知青,是有知识的文化人,你一定能理解什么叫恋爱自由,婚姻自主,你能不能帮我们劝劝阿菊家人,请他们不要再纠缠不休了,让这对有情人终成眷属吧,拜托你了!"

我一下子懵了,不知道该怎么说好。猛一抬头,发现房东大哥在远处向我招手,并且大声喊道:"称谷子了,快来开保管室(我当时还兼任生产队的保管员)!""来了!"我赶紧答应一声,飞也似的逃出了阿菊的家门。

来到房东大哥跟前,我问:"谁称谷子了?"

"没人称谷子!"

"没人称谷子你喊我做什么?"

"喊你回来啊!人家在讨论婚娶之事你去凑什么热闹?傻闺女!"

是啊,我去凑什么热闹,我真的好傻!这时,我不由得想起了鲁迅先生《论雷峰塔的倒掉》里的句子:人家许仙爱娶白蛇,白蛇愿嫁许仙,关你法海什么事?

活该找罪受!

傍晚时分,阿菊家风平浪静下来,两家人似乎达成了某种协议(或者某种交易)。于是,那拨人又簇拥着皇后般的阿菊轰轰烈烈地得胜回朝。

后来,听说那户人家在小镇上举行了一个喜气洋洋的婚宴,宣告阿菊和那个男人正式结婚。又过了一段时间,听说阿菊生了一个大胖小子,一家人高兴万分。再过了几年,有人见到了抱着大胖小子回娘家的阿菊,脸上洋溢着一种显而易见的满足和幸福,看得出来那男人很爱她,他们的小日子过得挺滋润。

我终于读懂了阿菊。她确实很勇敢,也很聪明。她果敢而义无反顾地走出了大山,走出了一条属于自己的幸福之路。不管是当时还是今天,这都不是每个山寨姑娘所能做到的!